LOS NUEVES SALVAJES

LOS NUEVES SALVAJES

LIBRO 1

A.R. KNIGHT

PRÓLOGO

Marl se protegió los ojos del resplandor del Sol. La cúpula sobre la ciudad marciana cortaba la luz en ángulos, dejando asientos como el suyo deslumbrantes. No había otros sitios libres en la cafetería, algo típico para media mañana. Era la hora habitual para reunirse con la Voz Roja, para encontrarse con su hermana. Un lugar concurrido dificultaba ser un objetivo.

—Están aquí —dijo Castor, el hombre sentado a su lado. Normalmente un tipo de traje y corbata, como la propia Marl, ambos llevaban ahora los harapos destartalados de la tradición marciana. Tiras de tela tomadas de parientes pasados y presentes, cosidas en un conjunto variopinto. La envoltura en su mano izquierda se aflojó cuando Marl cogió su café, sumergiéndose un mechón en el líquido marrón.

—Ya era hora —dijo Marl—. Siempre llegan tarde.

—Nosotros tenemos una ruta más fácil —respondió Castor.

Cierto. Alissa estaría escabulléndose por callejones, colándose por casas amigas. Marl iba directamente por la calle. Aun así, su hermana había convocado la reunión. No era culpa de Marl que Alissa tuviera que esforzarse para llegar.

Un hombre apareció entre la multitud, sacó las dos sillas frente a Marl y Castor. Las envolturas alrededor de este tipo eran tan completas que Marl no podía ver su rostro, solo una rendija sombreada para sus ojos. Los bultos a lo largo de su cintura indicaban que iba armado. Su agarre relajado en las sillas y los hombros distendidos sugerían que sabía usar las armas que portaba.

—Marl. Gracias —dijo Alissa, deslizándose en la silla frente a Marl, con su propio café en mano—. Sé que ha sido con poco aviso.

—Pensé que estabas muerta —dijo Marl—. Las imágenes de ese último ataque. ¿Cómo?

Alissa miró al hombre detrás de ella, luego asintió hacia la silla vacía. El hombre captó la señal y se sentó. Su rostro oculto alternaba entre Castor y Marl, y ella reprimió un escalofrío.

—Bakr, aquí presente, es la única razón por la que sigo viva —dijo Alissa—. Pero no hay tiempo. Necesito vuestra ayuda.

—Alissa —interrumpió Marl—. Me voy fuera del planeta. Eden quiere trasladarme a un nuevo proyecto, en Europa.

—¿Y vas a ir? —Alissa no sonaba enfadada. Extraño. Marl esperaba un arrebato, acusaciones de traición.

—Marte está perdido, Alissa —dijo Marl—. Si me quedo, Eden acabará por descubrirlo. Entonces ambas estaremos muertas.

—Marl —dijo Castor, poniendo una mano en su brazo—. Por favor.

—Está bien, Castor —dijo Alissa—. No se equivoca.

Su hermana tomó un respiro profundo. Marl dio un largo sorbo a su café.

—Marl, este nuevo proyecto, ¿qué es? ¿Un asentamiento?

—Eventualmente, sí —respondió Marl.

Un ruido se propagó en la cafetería desde fuera, un retumbar con un temblor que hacía vibrar las tazas. Bakr, el hombre sin rostro, miraba fijamente a través de la entrada de la cafetería mientras Castor deslizaba los dedos sobre el comunicador de su muñeca, buscando noticias.

—Cuando esté listo, dímelo —dijo Alissa—. Si no podemos mantener Marte, necesitaremos un hogar.

—Eden no permitirá que eso ocurra.

—Pero tú sí —dijo Alissa, con sus ojos mirando directamente a los de Marl. Odiaba esa mirada, odiaba cómo retorcía su mente en nudos, arrastrando a Marl a cualquier plan que Alissa tuviera en mente. La Voz Roja seguía a Alissa por esos ojos.

—Están atacando la ciudad —informó Castor a Marl—. Tenemos que irnos. Si Eden te encuentra aquí, estás muerta.

—¿No dijiste que este lugar era seguro? —preguntó Marl a Alissa.

A su alrededor, la cafetería se vaciaba. Gente precipitándose hacia las salidas, escapando por puertas traseras. En el cielo, a través de las ventanas, volaban drones corporativos. Cazando objetivos. Disparos esporádicos de láser manchaban el cielo, uno de los drones estallando en llamas cuando un tiro de suerte derribó la nave. Las máquinas asesinas devolvieron el fuego quirúrgicamente, un rayo preciso respondiendo a cada ráfaga de disparos dispersos.

—Mantente en contacto, hermana —dijo Alissa, levantándose de la mesa—. Bien podrías ser la última esperanza que tenemos.

Entonces Bakr se llevó a Alissa, hacia la parte trasera de la cafetería. Marl se movió en dirección opuesta, con Castor a su lado. El exterior era ahora ruinoso, fuego láser por todas partes, humo vertiéndose por toda la cúpula mientras los tanques de combustible perforados explotaban. La arena roja marciana arremolinándose al agrietarse parte de la cúpula, succionando aire hacia el agujero.

—Nunca saldremos sin ser vistas —dijo Marl.

—Tenemos un plan para eso —respondió Castor.

Marl tragó saliva. Su plan de contingencia. Un supuesto secuestro, Marl y Castor capturados por operativos de la Voz Roja, retenidos para pedir rescate e interrogatorio, y salvados por el oportuno ataque de las fuerzas corporativas. Solo había una parte necesaria para que resultara creíble.

—Lo haré yo —dijo Castor, sacando su arma.

—No —respondió Marl—. Fue idea mía.

Castor asintió, le entregó el arma. Marl levantó la pistola y apretó el gatillo, enviando un ardiente rayo rojo al pecho de Castor. Detrás de ella, el rechinar de las máquinas de guerra corporativas se acercaba. Marl volvió el arma contra sí misma. Miró fijamente el pequeño cañón, diseñado para concentrar energía eléctrica en un haz concentrado de luz, lo suficientemente caliente como para quemar sus harapos y penetrar en su piel. Dejaría una cicatriz, si el láser no la mataba.

Lo que hacíamos por la familia.

Marl apretó el gatillo.

CAPÍTULO 1
UNA CHICA Y SU ROBOT

Viola hizo una mueca al dar vida al robot. La esfera gris ceniza esperaba en la mesa de trabajo frente a ella, con sus diversas placas y piezas conectadas entre sí como un rompecabezas. El robot descansaba en un cuenco ovalado del que salía un cable hacia la pared del cuarto de Viola, absorbiendo la energía solar que bombardeaba Ganímedes.

—¿Cómo te sientes, Puk? —le preguntó Viola al robot. Del tamaño de un melón, Puk tenía pequeños propulsores que le permitían levitar y flotar por la habitación. Al menos, esa era la idea.

—¿Alguna vez has tenido un cuerpo nuevo? Porque es una pasada.

—Considéralo una mejora —respondió Viola, levantándose de la silla—. Venga, vamos a ver cómo funcionan.

Puk no tenía luces indicadoras, no había señal alguna de que el robot estuviese funcionando. No hasta que un suave zumbido, como el de un ventilador a alta velocidad, llenó la habitación. Al principio, no ocurrió nada. Luego, a medida que el zumbido ganaba intensidad, Puk flotó desde la base. El robot se tambaleó al alcanzar la altura de los ojos de Viola y comenzó a dar un lento recorrido por la habitación. Viola lo siguió, sorteando varios proyectos a medio terminar con sus correspondientes piezas, bobinas de cable o estantes de baterías.

—Esto facilita moverse por aquí —dijo Puk, girando sobre sí mismo para que los propulsores le impulsaran más rápido. Cuando Puk pasó zumbando cerca de la puerta del dormitorio de Viola, giró lateralmente y atravesó el umbral.

Viola siguió al robot y vio a Puk flotando frente a la pantalla mural opuesta a la cama individual de Viola. La pantalla mostraba una cascada, en algún lugar de la Tierra, y la selva circundante. Estaba silenciada, y los propulsores de Puk eran el único sonido en la habitación.

—Eso está en la lista —dijo Viola—. Una isla, Hawái.

—Mejor que una playa —respondió Puk—. Al menos allí no se me meterán granos de arena en los circuitos.

—Hablando de eso... ¿funcionan bien los propulsores?

—Todo en verde —dijo Puk, refiriéndose a las comprobaciones de sistemas que el robot realizaba sobre sí mismo—. En cuanto al control, podrían ser más rápidos, pero supongo que puedo adaptarme.

—Me alegra que estés contento —dijo Viola, cruzando los brazos y observando el flujo de la cascada. La transmisión no era en directo. Viola, o mejor dicho, sus padres, estaban suscritos a un servicio que empaquetaba estas grabaciones y las enviaba a Ganímedes varias veces al año. Viola hizo un gesto hacia la pantalla y esta cambió, pasando a la cámara exterior de la casa de sus padres. Su burbuja.

La pantalla mostraba la superficie devastada de Ganímedes, la roca marrón y las grandes burbujas transparentes. Grupos de viviendas se asentaban en cúpulas que bloqueaban la radiación en la superficie, con caminos subterráneos conectando cada una de ellas. Túneles más grandes, poblados con vagonetas que transportaban pasajeros de un lado a otro, enlazaban los vecindarios con el nexo de Ganímedes, la gigantesca fábrica y sede central de Galaxy Forge.

—Se puede ver la tormenta esta noche —dijo Puk, mirando la pantalla. Júpiter a menudo dominaba el cielo, a veces eclipsándolo todo. Esta noche, la eterna tormenta roja del planeta se agitaba justo en su campo de visión. Viola se estremeció. Había tenido pesadillas en las que quedaba atrapada en esa cosa.

La puerta del taller emitió un pitido. Viola corrió y presionó el botón verde del teclado. La entrada se abrió de golpe, deslizándose hacia la pared para mostrar una sonrisa tonta al otro lado. El portador de la sonrisa era una mezcla desaliñada de soñador adolescente y trabajador manchado de grasa. Roddy dividía su tiempo entre ser el mecánico personal de la familia y un mono de grasa de Galaxy Forge, a menudo pasando las tardes en la casa para instalar cualquier nuevo juguete que el padre de Viola trajera a casa.

—Hola Viola, ¿qué tal? —dijo Roddy—. ¿Querías ayuda?

—¡Hola Roddy! —Viola rodeó al hombre con sus brazos para un rápido abrazo, luego dio un paso atrás—. Quería que probaras algo por mí. Es con Puk y, um, podría doler un poco.

—¿Doler un poco? —dijo Roddy, entrando en la habitación. La puerta se cerró tras él. Puk salió zumbando hacia el taller, girando para que la cámara del círculo negro enfocara a Roddy.

—Es un objetivo —le dijo Viola a Puk—. Ve.

Roddy miró a Viola, levantando las cejas hasta la gorra rojo arcilla, parte del uniforme de Galaxy Forge. Puk no dudó. El robot avanzó a toda velocidad hasta que, a un metro de Roddy, Puk disparó un láser blanco ardiente. El rayo golpeó a Roddy en el antebrazo, haciendo que el mecánico saltara hacia atrás, maldijera y se frotara el punto. Puk se lanzó hacia adelante tras Roddy, disparando más de esos láseres punzantes. Muchos de ellos.

—¡Puk! —gritó Viola—. ¡Para!

El robot se detuvo, girando para mirar a Viola.

—No está neutralizado —dijo Puk—. Debería seguir disparándole.

—¿Qué demonios, Viola? —dijo Roddy. Había cogido un trozo de metal de desecho y lo sostenía frente a él como un escudo.

—Puk, vuelve a la base —dijo Viola, aunque la emoción se filtraba en su voz—. ¿Has visto eso, Roddy?

—Lo he sentido, desde luego —refunfuñó Roddy.

—Sí. Um. Lo siento —dijo Viola, ayudando a Roddy a poner el listón de metal de nuevo en el suelo—. No pensé que Puk seguiría disparando, pero significa que el programa de evaluación de amenazas funciona. ¿Estás bien?

—Sobreviviré —Roddy respiró hondo, miró a Viola. Su rostro estaba serio, tenso. A Roddy nunca le gustaba que le recordaran por qué Puk estaba recibiendo un programa de evaluación de amenazas o por qué habían estado trabajando por la noche para construir los propulsores para el robot.

—¿Sigues sin cambiar de opinión? —preguntó Roddy.

—No puedo, Roddy —dijo Viola—. Si no me voy de aquí ahora, no tendré otra oportunidad. Después de este semestre, tendré el título, papá me meterá en Galaxy Forge, y estaré atrapada.

—No es tan malo —respondió Roddy, continuando frotándose los brazos donde le habían golpeado los láseres de Puk —. Se te daría bien.

—Estaría atrapada —dijo Viola, girándose y caminando hacia una gran consola que dominaba un lado del taller. Viola la encendió, accedió al programa de cartas estelares, y la consola proyectó Júpiter y sus lunas circundantes en un holograma giratorio en el centro de la habitación. Viola señaló una más pequeña y azulada.

—Mañana será un día perfecto para el lanzamiento —dijo Viola—. ¿Cómo está la nave?

—Bien —dijo Roddy—. Tu padre no la ha usado últimamente. Ha estado demasiado ocupado. Pero Viola, no creo que...

—Sé que es mucho pedir —interrumpió Viola—. Papá descubrirá que fue idea mía. Dejaré una nota.

—No es por mí por quien me preocupo —dijo Roddy—. No sabes cómo es ahí fuera.

—Ese es precisamente el punto. No vamos a repetir esta conversación, Roddy. Por favor, solo dime que la tendrás lista mañana.

Roddy asintió. Viola pudo ver una docena de argumentos nacer y morir en sus ojos. No había tiempo para ellos. Ahora que el programa de amenazas de Puk funcionaba, tenía que potenciar el láser del robot para que pudiera hacer algo más que picar. Luego estaba el equipaje. Y la nota para sus padres.

—Me aseguraré de que esté lista para partir, Viola. Por ti —dijo Roddy, suspirando.

—Gracias, Roddy —Viola dio otro abrazo al mecánico mientras Roddy se dirigía hacia la puerta. Al volver a la mesa de trabajo, Viola cambió la consola a los titulares en streaming. Aparecieron noticias de todo el sistema solar en la pantalla. Viola prestó poca atención, excepto que esta vez casi todos los titulares incluían la misma cita. Viola pasó la mano a través de un artículo para ampliarlo.

"No podéis silenciar a la Voz Roja", dijo hoy Alissa Reinhart en un mensaje transmitido masivamente. La líder, anteriormente dada por muerta, continuó afirmando que hasta que los derechos del pueblo de Marte fueran restaurados, no habría paz.

—Por suerte, Europa está muy lejos de ti —le dijo Viola a la imagen de Reinhart. Con otro gesto de su mano, Viola descartó la imagen y volvió al trabajo.

CAPÍTULO 2
LA HUIDA

¿**E**ntendes el estado en el que está Europa ahora mismo? *Apenas está civilizada. No tiene atmósfera. Estarías atrapada en una base donde, si algo sale mal, te perderíamos.*

Viola escuchaba las voces de sus padres. Eso no le impidió acercarse a la bahía donde la nave privada de su padre aguardaba, esperando a que Viola la tomara. Una por una, Viola rebatió los argumentos. Claro, Europa estaba llena de exploradores en busca de beneficios. ¡Pero Ganímedes también! Solo que aquí era más refinado, después de dos décadas de colonización.

¿Sin atmósfera? La de Ganímedes seguía siendo lo suficientemente delgada, aspirada por la gravedad de Júpiter, que si pasabas más de una hora fuera te mareabas. Organizaban competiciones de resistencia para ver quién podía llegar más lejos sin sucumbir. Cualquier lugar fuera de la Tierra era hostil.

—¿Estás segura? —preguntó Puk—. Porque si haces esto, no será agradable cuando papá se entere.

—No me importa —dijo Viola.

Puk emitió un pitido, un sonido grave y sarcástico. El

pequeño robot podía hackear las puertas de la bahía de atraque en menos de diez segundos, porque Viola había pasado días estudiando esos cerrojos, comprando los suyos propios y diseccionándolos. Había encontrado una puerta trasera y codificado las claves en la biblioteca de Puk. Había momentos en los que Viola quería salir de casa sin que sus padres lo supieran. Este era uno de ellos.

Un único panel descansaba en el lado derecho de la puerta y brillaba con un tono rojo apagado. Puk flotó a menos de cinco centímetros de él. Estos cerrojos emitían una frecuencia de radio y esperaban una respuesta específica: su padre y Roddy llevaban insignias que respondían con el valor correcto y la puerta se abría. Puk hacía lo mismo, captaba la señal, la pasaba por la puerta trasera de Viola, y enviaba la respuesta necesaria para cambiar la luz a verde y abrir el cerrojo.

La apertura mostró un tenue baño de luces amarillas perfilando la silueta de la nave de los padres de Viola. El *Gepard* era una aguja de 12 metros de largo, diseñada para llevar solo a un piloto y un pasajero y moverse velozmente por el espacio cercano. Su padre la llevaba a dar vueltas, saliendo hasta la atmósfera para "recordarle de dónde venimos". Viola había subido en ella unas cuantas veces, había visto las estrellas en su hábitat natural.

—¿Está lista? —preguntó Viola a Puk, que había salido disparado hacia delante y se había conectado al panel de diagnóstico de la nave.

—Totalmente cargada y en verde —respondió Puk—. Casi como si lo hubiésemos planeado.

—Le deberé tanto a Roddy —dijo Viola.

—¿Qué le vas a dar a cambio? —preguntó Puk.

—Ya le encontraré algún recuerdo. Una roca de Europa —dijo Viola.

Una escalera hasta la cabina tenía tres metros, y cada peldaño caía pesadamente en el pecho de Viola. El *Gepard* podía llevarla a Europa, por los pelos. Su diseño requería una gran cantidad de electricidad para cargar las baterías del *Gepard*. Pequeños paneles solares recubrían los laterales de la nave, suficientes para mantener el soporte vital funcionando en caso de emergencia, pero no para llevarla a ningún sitio una vez que la batería principal se agotase. A menos que Viola encontrase su cuenta bancaria más abultada de lo que la había dejado hacía una hora, no habría forma de comprar su regreso a casa.

Lo que dejaba a Viola atrapada. Sola en una luna helada. Fácil de argumentar en contra de ir. Que las cosas eran seguras, estables en Ganímedes. Pero Viola podía ver su futuro si se alejaba de la nave. Podía ver los próximos cien años de su vida desarrollándose, una biografía aburrida. Completar la carrera, conseguir el trabajo, ascender y quizás, algún día, dirigir la empresa. Cada año alejándose más y más de la ingeniería que amaba y conformándose con juguetes como el *Gepard*.

Y eso podría estar bien. Podría ser suficiente. Solo que no ahora, no cuando todavía existía esa voz que le decía que se arriesgara. Viola se subió a la cabina y desactivó la escalera.

Cuando la escalera se alejó del *Gepard*, pasó por encima de un par de sensores en el suelo. Al hacerlo, el sistema de salida de la bahía registró la intención de Viola y encendió el resto de las luces. La compuerta, un grueso bloque de lisa roca lunar, rodeada de puntos brillantes de color rubí, le advertía que aún estaba cerrada.

Puk flotaba junto a Viola, suspendido sobre el asiento del pasajero situado detrás del asiento del piloto. Delante de Viola estaba la palanca de vuelo, seguida de un panel de botones y palancas que controlaban el impulso, los puntales de aterrizaje y más. El *Gepard* tenía pocas funciones de piloto automático. El esfuerzo manual era parte de la emoción. Viola había estado allí mil veces en el simulador familiar, sintiendo cómo era un viaje virtual. Ahora, sin embargo, cuando comenzó el pre-vuelo y vio el tablero volverse verde, el zumbido era real.

El *Gepard* emitió un pitido cuando las comprobaciones resultaron positivas. Viola accionó el siguiente interruptor en la secuencia, cuyo pesado clic la alejaba un paso más de casa. Una cuenta atrás se inició hasta que la nave estuvo lista para despegar, mientras la energía se transfería desde las baterías de almacenamiento al impulso. El diseño del *Gepard*, como el de la mayoría de las naves lejos de la Tierra, aprovechaba la electricidad para combatir la escasez de combustible para cohetes.

—Puk, abre las puertas de lanzamiento —dijo Viola.

—Saltará la alarma —dijo Puk.

—Lo sé —dijo Viola—. No reaccionarán a tiempo.

—Genial. Larguémonos de aquí.

Las puertas detrás del *Gepard* se abrieron, revelando la enorme y ondulante monstruosidad de Júpiter tras ellas. Los gases arremolinados y las tormentas del planeta más grande del sistema solar cubrían el cielo, dejando poco espacio para cualquier otra cosa. Esa noche, Ganímedes se había movido hacia un lado de Júpiter, de modo que la mayor parte del cielo era una brillante serie de remolinos tostados y anaranjados, mientras que el otro tercio era negro como la brea, la parte de Júpiter que no captaba la luz solar y bloqueaba cualquier visión de las estrellas más allá.

—¿Buen augurio, marcharse en una media noche? —preguntó Viola, tirando de la palanca que cerraba la cabina con una barrera de cristal transparente.

—Soy una máquina, no creo en augurios —dijo Puk.

—No eres nada divertido.

—¿Te estoy ayudando a escapar en una nave espacial? Creo que sí. ¿Es eso divertido? Yo diría que sí —replicó Puk.

Los motores emitieron un pitido indicando que estaban listos para partir. Viola activó los propulsores de flotación y, dos segundos después, el *Gepard* flotó libremente. Listo para una fuga. Viola alcanzó la palanca de vuelo para girar la nave cuando notó que alguien entraba en la bahía.

—¿Roddy? —preguntó Viola mientras el joven mecánico la saludaba con la mano.

—Sabes, no oigo esa alarma —dijo Puk.

—Debe haberla desconectado —murmuró Viola—. Papá va a matarlo.

—Más vale que le traigas un recuerdo de primera.

—Lo haré.

El *Gepard* cobró vida con un rugido. Viola sacó la nave suavemente de la bahía de lanzamiento y luego la orientó hacia arriba, hacia el cielo de Ganímedes. Una solicitud de destino llegó desde el control de vuelo de Ganímedes, zumbando en la unidad de comunicaciones del *Gepard*.

Última oportunidad para devolver esta preciosidad, aterrizar, meterse en la cama y despertarse para otro agradable desayuno, otro día dedicado a resolver problemas matemáticos y ver películas. Viola miró a través de la cabina, hacia la gloriosa masa de Júpiter, y marcó Europa, Edén Prime.

—Recibido, *Gepard*. Tienes autorización para despegar. Buen viaje —dijo Control de Vuelo.

—Eso espero —respondió Viola, y lanzó la nave hacia las estrellas.

CAPÍTULO 3
EL TRABAJO DIARIO

¿Queréis ver un milagro? Solo tenéis que mirar por la ventana —dijo Castor, el pregonero principal de Eden Prime, a la multitud reunida de peces gordos, palabras de moda y puntos destacados.

Davin siguió sus miradas, a través de la cúpula que cubría el esquife de crucero y hacia la tormenta blanca y arremolinada que seguía al terramorfador de Eden Prime mientras tamizaba la superficie de Europa y la convertía en algo utilizable. A pesar del nombre de la base, Europa no era precisamente un paraíso.

Primero una serie de ciudades burbuja, luego una atmósfera para calentar la bola de hielo a una temperatura más habitable. El brillante pilar de luz que se proyectaba hacia la superficie cerca de Eden Prime era un indicador de esos esfuerzos; un gran espejo solar orbitando la luna y reflejando fotones concentrados hacia la superficie. La mayor parte de la energía de Eden Prime provenía de ese artilugio, aunque significara no tener nunca una noche verdadera.

Davin dejó que su mano se deslizara hasta el arma que colgaba sobre su hombro, gruesa con dos cañones superpuestos. Melody tenía suficiente potencia para abrirse paso a través de cualquiera de estos trajes si hacían algún movimiento. No es que Davin planeara dispararla, no mientras Eden siguiera pagando.

Un par de pistolas colgaban del cinturón de Davin, ambas ajustadas a un nivel de adormecimiento nervioso más adecuado para personas que no disfrutaban de la muerte en sus nuevos titulares de desarrollo. El armamento atraía miradas, pero esos ojos estaban más reconfortados que nerviosos. Davin era su protección pagada.

Davin asintió al otro lado del esquife hacia Cadge, una bola de músculo barbudo y compañero en este paseo. Una vez por semana, Eden Prime les pagaba para "escoltar" a estos presumidos alrededor del terramorfador. Una forma para que el asentamiento vendiera propiedades en Europa a posibles compradores, generara publicidad y aburriera de muerte a los Wild Nines. Pero el dinero fácil seguía siendo dinero, y Davin pensaba que quedarse con las monedas mientras seguían cayendo era la decisión correcta.

—¿Sabéis qué es lo mejor de este tipo? —gritó una voz borboteante desde el fondo de la multitud, como si su dueño hubiera estado reuniendo valor para hablar y ahora avanzara como un toro.

Davin localizó la fuente: un hombre alto y delgado que lucía el refinado aspecto de traje y corbata del resto de la multitud... a primera vista. El hombre se lanzó a una letanía de quejas: cómo Eden Prime era una estafa, que les estaban engañando, que Castor no quería que la colonia tuviera éxito en absoluto.

Cadge se movió en paralelo a Davin, y el rufián curtido se adelantó a su capitán para llegar al alborotador. La multitud observaba con un interés tan leve que Davin sintió que se le revolvía el estómago. Las acusaciones sonaban descabelladas, sí, pero estas personas no estaban para nada inquietas. Algunos se inclinaron hacia delante mientras Cadge forcejeaba con el hombre para apartarlo del grupo, con ojos de cazador, esperando una pelea.

—Al menos forcejea, me vendría bien algo de entretenimiento —dijo Cadge. Davin sacó las esposas aturdidoras que todos llevaban en estas misiones y las colocó en las muñecas del alborotador. Las esposas bloqueaban la comunicación entre los nervios y el cerebro, haciendo muy difícil intentar escaparse.

—¡Me están haciendo daño! —gritó el alborotador—. ¡Este es el tipo de servicio que obtenéis con Eden!

—Cierra el pico —dijo Davin—. Si dices una palabra más, te despertarás en una celda con un dolor de cabeza tremendo.

—Hazlo —dijo Cadge al alborotador, cuyos ojos saltaban entre los dos—. Hace demasiado tiempo que no le doy un puñetazo a alguien.

La mirada maníaca de Cadge silenció al hombre, y el alborotador cayó en un mohín. Castor recuperó la atención con una broma sobre cómo todavía había locos por aquí. La multitud se volvió hacia el publicista con una risita y sorbos de sus bebidas.

—Un montón de blandengues —refunfuñó Cadge, manteniendo una mano sobre el hombro del alborotador—. Apuesto a que ninguno de ellos podría dar un puñetazo decente.

La voz de Cadge estaba en el lado más áspero de una picadora de carne. Fluía a través de mandíbulas rotas tres veces, salía de pulmones que habían jugado con la mayoría de las drogas más mortíferas de este lado del cinturón de asteroides, y llevaba consigo la muerta edad de la experiencia. Davin podía escuchar a Cadge maldecir durante días sin aburrirse.

—¿Te estás quejando de eso? —respondió Davin.

—Me preocupa que mi filo se vuelva blando —suspiró Cadge—. Han pasado días, Davin. Días desde que le arranqué los dientes a un hombre de un golpe y lo arrastré borracho a la celda. Fui al campo de tiro esta mañana, apenas sabía cómo disparar mi arma.

Después de otro sobrevuelo, el esquife, una burbuja transparente sujeta a motores lentos, atracó de nuevo en Eden Prime. Desde el aire, la ciudad era una serpiente de acero que se extendía a través de fluidas tonalidades de hielo. El terramorfador crecía en línea desde la ciudad, marcando su camino con parches de musgo de tundra verde claro, esperando una atmósfera más fuerte. Solía ser un proceso que llevaba décadas. Europa, sin embargo, era la pionera de la grandiosa nueva máquina.

Según el discurso de Castor, el terramorfador tendría Europa calentada y respirable en pocos años. Invierte en la ciudad de Eden Prime, decía Castor, y te estarías preparando para un retorno rápido.

Como si se pudiera llamar ciudad a Eden Prime. Los pocos miles de ingenieros y su personal de apoyo formaban la columna vertebral. El flujo casi interminable de buscadores de fortuna que pensaban que la oportunidad de un nuevo planeta significaba la oportunidad de hacerse ricos brotaba de esa espina dorsal como miembros aleatorios buscando un propósito. La mayoría no encontraría uno hasta que la atmósfera se solidificara, pero entrar temprano en una nueva colonia tenía la posibilidad de una gran recompensa, si no morías antes por descompresión explosiva.

Los trajes siguieron a Castor fuera de la nave, algunos escribiendo mensajes en los comunicadores abrochados a sus muñecas. La bahía donde habían atracado estaba cubierta con brillantes representaciones de la gloria que llegaría a Europa. Altas torres serpenteantes con vistas al paraíso. Mares congelados derretidos empujando contra playas recién creadas. Parques verdes con niños jugando. Todo ese suelo procedente de rocas de asteroides rotos infundidas con nutrientes por el terramorfador.

Davin estaba a punto de sugerir una parada en uno de los

pocos bares de Eden Prime. Tomar el desastre casero estándar que hacían con lúpulo cultivado en laboratorio hasta aquí. Dada la escasez de clientes, al menos era barato. Entonces la muñeca de Davin vibró.

—¿Sí? —respondió Davin al comunicador, un dispositivo flexible en blanco y negro que envolvía su antebrazo izquierdo.

—Hola —la voz de Phyla llegó clara y nítida—. ¿Has terminado ahí fuera? Hay un mensaje que deberías ver. Importante.

La piloto principal de los Nines miraba a Davin a través de la pequeña pantalla del comunicador, con la cara fija en esa mueca típica que Phyla usaba cuando había algo real de que hablar. Líneas suaves que recogían mechones de pelo resplandeciente, mezclándose con un montón de pecas ganadas en un encuentro sorpresa con una llamarada solar. Esa lección se filtraba en todo lo que Phyla hacía. Maximiza la planificación, la preparación, y la gente no se fríe.

—¿Te importaría decírmelo, entonces?

—Podrían estar escuchando.

—Estás siendo paranoica.

—¿Me conoces? —respondió Phyla—. Solo ven aquí, rápido.

—Yo puedo encargarme de encerrarla —dijo Cadge, refiriéndose al esquife—. Lárgate de aquí.

Davin asintió y se marchó a paso rápido. Correr, según establecía el contrato de Eden, era algo que podía incitar al pánico. No lo hagas. Parte de asegurar un ambiente tranquilo mientras destrozaban una luna. La oficina de los Nines estaba justo cerca de la bahía de lanzamiento del esquife, pero Davin no se molestó en pasar por allí. Phyla no había realizado la llamada en uno de los comunicadores oficiales.

Había venido de su nave.

CAPÍTULO 4
LOS WILD NINES

El *Whiskey Jumper* tenía la bahía tres para él solo, un requisito del contrato de los Wild Nines. Una gran caja con motores en la popa y un abultamiento en la proa, destinado a cabina de mando, la nave de Davin era un transportador de carga modificado a lo largo de los años para ser cualquier cosa menos eso. Cuatro patas de aterrizaje descendían de la gran caja central, junto con una rampa de carga.

Davin subió por esa rampa hasta la bodega principal, de dos pisos de altura y la misma anchura. Un elevador incorporado frente a la rampa conducía a la pasarela del segundo nivel, mientras que puertas circulares en ambas plantas daban acceso a enfermería, ingeniería y más. El interior de la nave era... colorido. Una invitación permanente a dejar una marca artística a lo largo de los años había cubierto las paredes con pinturas que iban desde poco más que firmas de grafiti hasta paisajes como los valles rojos de Marte.

Cada vez que Davin entraba aquí, la historia le golpeaba como un martillo. Se detuvo un segundo para observar los recuerdos de tripulaciones hace tiempo desaparecidas. Una siempre le llamaba la atención. Un contorno negro del

Whiskey Jumper, líneas sangrando por toda la pared metálica, flotando contra una bola azul y blanca. Una mirada superficial podría suponer que el planeta era Neptuno, pero Davin sabía que era la Tierra. La Tierra dibujada por el primer capitán del *Jumper* cuando pilotó la nave hacia el espacio en su viaje inaugural. La nave nunca había regresado.

—¿Cuál es la emergencia? —preguntó Davin mientras subía a la cabina.

Phyla se reclinó en el asiento del copiloto, ataviada con ropa cómoda que indicaba que salir de la nave hoy era opcional. Su cara estaba pegada a la consola. Tres monitores adheridos entre sí, la consola transmitía datos. Con toques y deslizamientos, las pantallas podían cambiar según fuera necesario. Phyla había configurado la izquierda para mostrar comunicaciones, rastreando mensajes entrantes y salientes, con la grabación más reciente en primer plano para que Davin la reprodujera.

—Dos visitantes de alto perfil. Escolta personal. Tu tipo de trabajo favorito —dijo Phyla, chupando un palo estimulante.

Davin alcanzó el palo y Phyla se lo entregó. Cócteles químicos envueltos en una ramita azucarada. Sabía seco y áspero, pero daba una patada de mil demonios. Como comerse un espasmo.

—¿Dónde están ahora? —preguntó Davin después de algunos espasmos.

—Aterrizando. Pasando por el acoso habitual —dijo Phyla.

Eden, la compañía detrás de Eden Prime, era hipervigilante en cuanto a imponer tasas a cualquier carga entrante. Cogiendo cada moneda de repuesto que podían. Eden Prime abordaba y evaluaba cada nave entrante, asignándole un valor. Ese valor determinaba el nivel de atención que personas como Castor y su jefe, el gerente general de Eden Prime, Marl, prestaban al navío.

—Cadge va a estallar —dijo Davin, sentándose en la silla

del copiloto—. Un día de estos perderá la cabeza y partirá a alguien de esa multitud, o quizás a Castor, por la mitad. Lo peor es que empiezo a desear que lo haga.

—Creo que a Eden no le haría mucha gracia —dijo Phyla, recuperando el palo estimulante.

—Siempre hay más contratos. Entonces, ¿por qué me has hecho venir aquí? Las escoltas no son un secreto.

—No quieren que Marl sepa que vienen. Ni nadie más en la base.

—Interesante. ¿Cómo van a evitar la inspección?

Phyla puso los ojos en blanco, un movimiento lento donde Davin podía seguir la pupila mientras hacía su recorrido de un lado al otro del ojo azul. Había empezado a hacerlo cuando eran niños, décadas atrás. Lo aprendió de su padre, mencionó Phyla una vez, diciendo que era una advertencia de que iba a ser descarada.

—¿Crees que mantuve una agradable charla con ellos? Transmitieron la petición directamente a nosotros. Corto alcance, difícil de interceptar. Todo lo que decía era que nos reuniéramos con ellos y mantuviéramos la discreción.

—¿Alguna idea de quiénes son?

—La nave es pequeña. Marca Eden. Como de Eden matriz, no Prime.

—¿Padres preguntándose qué está haciendo su hijo? —dijo Davin.

—Quizás —respondió Phyla—. De todas formas, por tanto dinero, ¿importa?

Phyla mostró el mensaje. Al final de la única frase había un precio. Un buen precio.

—No, no importa —dijo Davin—. ¿Cuánto tiempo tenemos?

La piloto volvió a cambiar la consola al tráfico aéreo de Eden Prime. Señaló una entrada.

—Bahía siete, programado para aterrizar en una hora —dijo Phyla.

Eso le daba a Davin tiempo suficiente para ducharse y quitarse el uniforme de Eden y ponerse ropa más cómoda, una chaqueta con muchos bolsillos, pantalones con muchos más. Botas lo bastante flexibles para correr, lo bastante resistentes para evitar que le volaran los pies de un disparo. Una mirada a sí mismo en el espejo de la cabina, y fuera.

De camino a la salida del *Whiskey Jumper*, Davin cogió a Mox de su habitación. Los camarotes de la tripulación eran espacios reducidos: una cama individual con un escritorio, completo con una consola de pantalla única. Un armario integrado en la pared para la ropa. Davin miró dentro y reprimió un respingo. Mox no llevaba camisa, lo que significaba que el marco negro metálico de su exoesqueleto estaba completamente a la vista. Como una araña adherida a su espalda, el exoesqueleto se enganchaba a las extremidades de Mox, una serie de articulaciones flexibles y motores eléctricos. Mox se inclinaba sobre la repisa, navegando por algo en la consola.

—Ponte tu equipo, tenemos un trabajo especial —dijo Davin a modo de anunciarse.

Mox miró al capitán. Antes de que Mox deslizara para quitar la imagen de la consola, Davin captó un vistazo. Una noticia con un título familiar. No era la primera vez que veía a Mox mirando esa en particular. Un ataque en Luna, la ciudad principal en la luna de la Tierra, años atrás.

—¿Haciendo qué? —respondió Mox, su voz como un flujo de lava, lenta y espesa.

—Escoltando a algunos VIPs. Creo que es para Eden. Tienes treinta minutos, y vamos armados.

—Estaré listo.

Davin se giró para marcharse, luego se detuvo.

—Te necesito aquí —dijo el capitán—. No pensando en ella.

Mox igualó la mirada de Davin. No parpadeó.

—Estaré bien —dijo el hombre de metal.

Davin no podía impedir que Mox se sumergiera en su

pasado. El problema era que Mox lo estaba haciendo cada vez más estos días. Envuelto en cosas que no podía cambiar. Al menos esta escolta podría ser una distracción.

Opal estaba en popa, cerca de los motores. Davin la encontró trabajando con Trina, desmontando la carcasa de uno de los cuatro propulsores principales diseñados para empujar gas ionizado detrás del *Whiskey Jumper* cuando hacía sus escapadas a la órbita. La yuxtaposición de las dos, Opal, la veterana curtida, recibiendo órdenes de Trina, la mecánica llena de grasa enredada en cables, cinturones de herramientas y gafas, hizo reír a Davin.

—Nos dará un uno por ciento más de impulso en la aceleración inicial —decía Trina, pronunciando cada palabra como si fuera un experimento, examinada y exhibida por sí misma —. Debería reducir nuestro tiempo de escape de esta roca a menos de un minuto.

—¿Y cuánto costó eso? —interrumpió Davin, desarmando el comentario con una sonrisa.

—Oh, hola capi —respondió Trina, volviendo su cara manchada de aceite hacia Davin—. No mucho. Lo compré yo misma, de mi paga. Si funciona, puedes comprármelo.

—Odio cuando haces eso —dijo Davin.

—Eres un mal mentiroso, capitán —Opal pronunció sus palabras apretadas, un flujo entre los finales y los comienzos. Sujetaba un puñado de tornillos que habían mantenido cerrada la placa de acceso del propulsor—. ¿Ya los necesitas?

—Casi. Solo tengo que reconectar el circuito —dijo Trina, volviendo al grupo de cables que colgaban del panel de control del motor—. Capi, no puedes enfadarte demasiado. Apuesto a que los conseguí por la mitad del precio que habrías pagado tú.

—Eh, vamos —dijo Davin—. No soy tan malo, ¿verdad?

Ambas mujeres le dirigieron miradas inexpresivas.

—Tendrías que haberla visto, capitán —dijo Opal, colocando los tornillos en el carrito de trabajo con ruedas de Trina

—. Ahí está este tipo, sentado sobre un stock de estos propulsores pensando que se los venderá a Eden...

—Solo que Eden ya no usa gas para sus naves —continuó Trina.

—Ahora son todas solares, eléctricas. Así que está atrapado aquí con esta carga que no puede vender. Piensa que yo no lo sé y quiere cobrarme el doble de lo que valen.

—Trina le dice, ¿quieres cenar esta noche? Te daré lo suficiente para la cena, e incluso una copa, porque sé que ni siquiera tienes tanto —dijo Opal, riendo.

Trina se sonrojó y se encogió de hombros.

—Duro —dijo Davin, negando con la cabeza.

—El tipo se derrumbó. Fue patético, la verdad —dijo Trina—. Pero entonces compré cuatro para animarle.

—Cuatro que voy a acabar pagando yo —dijo Davin—. Supongo que puedo darte algo de margen, teniendo en cuenta que mantienes el *Jumper* funcionando tan bien.

—Gracias, capi —respondió Trina.

—¿Y qué necesitas, capitán? —preguntó Opal—. Suponiendo que no estés pasando por aquí solo para charlar.

—A ti y a ese fusil tuyo —dijo Davin—. Tenemos una escolta, y hay posibilidades de que se ponga fea.

INSPECTORES

Dolor. Con cada paso, el arañazo de un nervio. Al doblar los dedos, el tirón de una articulación. Sentir algo contra su piel cada momento de cada día. Había pasado muchas noches en vela. Aún las pasaba, años después del procedimiento. Cientos de días terrestres desde que Mox se tumbara en la camilla y le gruñera al médico que lo hiciera.

Que le implantara pernos bajo la piel, que entrelazara cada extremidad de su cuerpo con un armazón eléctrico. Que injertara los cables a través de su columna vertebral. Le habían ofrecido ocultarlo. Enterrarlo bajo la piel y a lo largo del hueso. Una operación con meses de recuperación, múltiples etapas, más dinero del que Mox no tenía.

Así que Mox permanecía cerca de la rampa del *Jumper* y pasaba las manos por el cañón de pulso de un metro de largo. El arma funcionaba con las mismas baterías que alimentaban el exoesqueleto de Mox, baterías distribuidas alrededor de su cintura en una serie de pequeñas y delgadas cajas. Baterías que Mox cargaba cada noche, que le durarían dos días de uso si tuviera que agotarlas. El cañón podía disparar más de veinte proyectiles por segundo, no tan rápido como las armas de proyectiles, pero lo suficiente. Mox nunca volvería a carecer de suficiente.

Davin y Opal entraron, portando sus propias armas, más pequeñas. Davin con su escopeta, Melody, y las armas cortas enfundadas en la cadera. Opal llevaba un rifle de francotirador, cuyo cañón era tan largo como el cañón de Mox, pero con una delgada mira acoplada. Mucha potencia de fuego para un trabajo de escolta en esta diminuta base. A Mox no le pagaban por entender. Solo por disparar cuando se lo ordenaran.

—Su nave está llegando al hangar siete —dijo Davin—. Vamos a caminar.

Bajaron por la rampa hasta el hangar tres. Como no estaban descargando mercancía, Mox no se sorprendió al ver el hangar desierto. Lo suficientemente grande para albergar una nave dos veces el tamaño del *Jumper*, Davin había negociado el espacio en solitario como parte del contrato con Eden. Cuanta menos gente rondara tu nave, menos piezas desaparecerían.

Tal como estaba, módulos de combustible, contenedores de suministros y trastos aleatorios abarrotaban el hangar. Si el jefe de muelles de Eden Prime no podía llenar el hangar con naves, lo usaría para almacenamiento.

—No te he visto usar eso desde Titán —le dijo Opal a Mox, señalando con la cabeza el cañón—. Ten cuidado de no hacer un agujero en este sitio.

—Davin dijo pesado —respondió Mox.

—Estoy diciendo que por lo que están pagando, o son paranoicos o saben que algo no va bien —dijo Davin.

—¿No viene Merc? —preguntó Mox cuando la rampa del *Jumper* se cerró tras ellos. El piloto normalmente formaba parte de su equipo de tierra, o volaba como apoyo en el único caza espacial del Wild Nine, un Viper.

—Estuvo toda la noche —dijo Opal—. Y vuelve a estar esta noche. Sé que no quiero que dispare medio dormido.

—De acuerdo.

Extendiéndose detrás de los hangares había un amplio corredor destinado a transportar mercancías y personas. Mox caminaba detrás de Opal y Davin, con los ojos escaneando el movimiento de ida y vuelta de pequeñas aeronaves, un asiento o dos y una plataforma plana.

La repulsión magnética mantenía las aeronaves flotando, señales que activaban imanes por delante a medida que la aeronave pasaba sobre ellos y desactivándolos al pasar para no interferir con las personas que caminaban por los pasillos. De las cuales siempre había un montón; comerciantes, mecánicos y varios robots de servicio. Obstáculos que esquivar. O que apartar de una patada.

El paseo significaba pasar por los hangares cuatro y cinco, que eran de entrada y salida. Las naves aterrizaban, dejaban la carga, repostaban y se iban en pocas horas. Las aeronaves hacían cola en las puertas para depositar o recibir carga. Eden Prime era un consumidor, que necesitaba todo para mantenerse vivo.

Mox miró de reojo una aeronave que pasaba, su parte trasera cargada con cajas coloreadas para frutas y verduras. Últimamente había menos de esas. Los jardines ya estaban en funcionamiento, cultivando productos con agua recogida del hielo derretido de la superficie de Europa.

—¡Mako! —gritó Davin mientras el trío pasaba junto al hangar seis, uno de los pocos hangares de propiedad privada en la pequeña base. Mientras Mox miraba las altas pilas de piezas, organizadas de una manera que no podía desentrañar, una cabeza con casco se asomó alrededor de una columna de tuberías y saludó con la mano.

—¿Davin? —respondió Mako, saliendo de detrás de la columna y extendiendo su mano escuálida y pálida para un apretón—. ¿Qué hacéis tan adentro? —Mako los observó, se levantó las gafas protectoras de los ojos y silbó—. Y listos para la acción.

—Un trabajo —dijo Davin, luego agitó los brazos—. Tu lugar está más desordenado de lo habitual.

Mako se dio la vuelta y señaló una nave detrás de los montones de chatarra. Un carguero de una generación anterior al *Jumper*, la imponente serie de esferas estaba siendo desmantelada por una horda de pequeños robots, que rascaban y arrancaban varias piezas y transportaban los restos a diferentes montones.

—¿Ves eso? —dijo Mako, entrecerrando los ojos hacia Davin—. El negocio va bien. Si alguna vez ves este lugar limpio, sabrás que he acabado. ¿Qué trabajo?

—Vas a tener un vecino —dijo Davin.

—¿El cinco? Sabes que ese es de entrada y salida.

—El siete —anunció Mox—. Y pronto.

—¿El siete? —dijo Mako—. Es raro que el siete se llene. Solo la corporación Eden, o peces gordos.

—¿Alguna idea de quién podría estar llegando? —preguntó Davin.

Mako se encogió de hombros, pareciendo una marioneta con hilos, dado lo ligero que era el hombre. Mox sintió un tirón en su armazón y miró. Uno de los robots de salvamento, tocando su pierna. Mox lo apartó de una patada. Los ojos de Mako siguieron al androide tambaleante, volviendo a Mox, y luego desviando la mirada. Mox vio al hombre tragar saliva. Miedo. Mox supuso que esa era la reacción prevista.

—Quizás si mantuvieras las orejas fuera de ese montón de chatarra —dijo Opal—, te enterarías de cosas.

—Todo lo que sé es lo que viene en piezas —dijo Mako—, y las piezas se venden rápido. La mayoría a nuestra intrépida líder, Marl.

—¿Qué quiere ella? —preguntó Davin.

—Ni idea. No me importa —dijo Mako—. Quiero decir, ¿debería...?

Davin suspiró, pulsó algunas teclas en su comunicador. La

unidad de Mako emitió un pitido y el vendedor de chatarra la miró con una amplia sonrisa.

—Son cosas de energía, y equipos de refugio —dijo Mako—. Como si estuviera planeando expandirse, pero sin la ayuda de Eden. Un nuevo grupo de personas.

Davin miró a Mox y Opal, pero ninguno de los dos tenía ideas. Eden, la empresa súper masiva que estaba invirtiendo en la base, tenía suficiente dinero y suministros para expandir Eden Prime tanto como quisieran. Marl, la directora de la base, no debería tener que ir a buscar chatarra.

—Dado que acabo de pagarte por esa basura —dijo Davin—, avísanos si parece que algo extraño se dirige al hangar siete.

—¿Como vosotros tres? —Mako se rió. Ninguno de ellos se unió a él—. Claro, sí. Si ves pasar a uno de mis robots de chatarra, espera compañía.

Entonces Mako fue a un montón de pequeños propulsores de elevación y se zambulló, excavando. Conversación terminada. Davin salió y Opal le siguió. Mox echó un último vistazo al ajetreado hangar, robots construyendo pilas de chatarra para vender. Intentó imaginarse a sí mismo haciendo ese trabajo, clasificando basura en busca de algo bueno. No pudo. Mox comprobó los agarres del cañón al volver al pasillo, firmes y listos. Su arma lejos de pertenecer a esos montones.

La puerta del hangar siete estaba desbloqueada. Mox miró a la izquierda, hacia el tramo vacío de pared azulada frente a la puerta. Allí dentro, en algún lugar, había una cámara. Más en los pasillos. Cualquiera que pensara en poner las manos rápidas en las cosas de otro sería filmado, encontrado y expulsado de la luna. Davin sostuvo su comunicador frente al escáner junto a la puerta, que emitió un pitido afirmativo.

El hangar siete apareció cuando la puerta se deslizó, vasto y vacío. Sin cajas, sin celdas de energía. Mientras el trío entraba en el hangar, Mox sintió que le picaba el cuello. Las paredes se desplazaron, se deslizaron en su visión. Había estado aquí antes, o en algún lugar parecido.

Mox sabía lo que estaba a punto de suceder. Recuerdos del pasado demasiado fuertes para dejarlos morir. Lo sabía, y no podía detenerlo.

CAPÍTULO 6
EL COMIENZO DEL HOMBRE FUERTE

La superficie lunar verde, un producto exuberante de la terraformación serpenteando entre torres de cristal en espiral. La gravedad reducida facilitaba la construcción de edificios arqueados y apéndices, convirtiendo la arquitectura en un arte fantástico. Mox atravesaba un amplio patio, roca lunar pulida interrumpida por parches de hierba musgosa. Los colores carmesí de Seguridad le envolvían, con una capa colgando de sus hombros.

La primera explosión se produjo muchos metros por encima de la cabeza de Mox. Desgarró el centro de una oficina arqueada, enviando cristales rotos que se extendieron por el cielo lunar.

Mox intentó avanzar hacia las explosiones. Trabajadores y empresarios iban en dirección contraria, corriendo y saltando a través de la baja gravedad en un pánico ondulante. Al acercarse, Mox vio la ruina. Los cimientos del edificio destrozado se inclinaban mientras la gente salía a toda prisa.

En lo alto, el arco se partió, separando esta mitad del edificio de su contraparte. La torre curva se inclinó aún más. Mox indicó a la gente que se alejara, señalando hacia el patio. Innumerables rostros pasaron borrosos mientras el comunicador de Mox lanzaba preguntas, órdenes, advertencias.

Entonces los pisos empezaron a caer. Las vigas de soporte se desgarraron, los anclajes arrancaron la superficie lunar cuando el peso inclinado resultó excesivo. Una mujer salió tambaleándose del edificio mientras se derrumbaba, sangrando por la cabeza. Parecía aturdida, luego cayó de rodillas. Mox corrió hacia ella, abriéndose paso entre la multitud.

Se apartaron ante el uniforme rojo, digno de respeto incluso en una huida frenética. Mox la recogió, la mujer se volvió para mirarlo, su rostro marcado con cientos de pequeños arañazos por la ventana de cristal que había estallado frente a ella. En sus ojos, Mox vio el edificio sobre ellos, cayendo. La boca de la mujer se abrió.

—Eh, Mox, ¿estás con nosotros, colega? —dijo ella.

Un parpadeo.

La bahía siete aparecía frente a él, sin fuego. Sin mujer. Solo Davin, agitando su mano de un lado a otro delante de los ojos de Mox.

—No estamos allí. Tú no estás allí —dijo Davin.

—Lo sé —gruñó Mox, pero los bordes de su visión reproducían el ataque, las llamas aún ondulantes, el cristal aún cayendo—. Se siente similar. Abierto, tranquilo.

—Cuéntame —dijo Davin, mirando alrededor de la bahía.

—Tú no estabas allí.

—Eso no significa que no lo entienda.

Mox no respondió. No tenía sentido discutir.

Mox miró y encontró a Opal, instalada en la esquina delantera derecha. Rifle alzado y apuntando, apoyado en cajas de carga. Davin se apoyaba contra la puerta. Mox permaneció donde estaba. En pleno centro, cañón preparado. Mox sintió los ojos del capitán en su espalda.

—¿Qué? —preguntó Mox.

—¿Quién era? La mujer que dices que estás viendo.

—La conocía —respondió Mox.

—¿Eso es todo?

Mox no se volvió para mirar al capitán, solo mantuvo la mirada fija en la apertura de la bahía. Resistió caer de nuevo por el agujero.

—No hablo de ella —dijo Mox después de unos segundos.

—Eso no significa que no pueda preguntar —respondió Davin.

—¿Por qué?

—Porque tengo a un tipo con un arma paseando por mi nave, creo que le debo a la tripulación saber si alguna vez vas a perder el control.

—No volverá a ocurrir.

—Tengo la sensación de haber oído eso antes.

—No volverá a ocurrir —repitió Mox, más para sí mismo que para Davin.

Mox levantó los brazos, mostrando el exoesqueleto. El cañón, cuando Mox lo soltó, tiró hacia adelante de su torso. El armazón tiró hacia atrás, sus baterías suministrando energía para mantener nivelada el arma grande. Mox lo sintió, el tirón tenso en sus músculos, el florecimiento rojo del dolor mientras los pernos en sus hombros se tensaban. Su rostro intentó moverse, los ojos intentaron entrecerrarse, pero Mox resistió. Mostrar debilidad no era una opción. No era su papel.

—Esto es suficiente —continuó Mox.

—No voy a presionarte —dijo Davin—. Solo no te quedes soñando despierto si esto se complica.

—Estaré bien.

Las alarmas de la bahía siete aullaron. Nave entrante. Una película azul claro cubría las grandes puertas grises de la bahía. Un campo magnético que evitaba que el oxígeno y la atmósfera de la base se escaparan.

Las puertas grises se abrieron con un fuerte chasquido, luego se deslizaron a lo largo de raíles engrasados a la perfección por los robots atentos. El cielo oscuro y magullado de

Europa se mostraba a través de las puertas: seda azul transparente sobre la interminable negrura exterior. En el borde de la apertura, el brillante rayo solar blanco. Júpiter estaba en el otro horizonte esta noche.

La nave apareció flotando como un fantasma. Motores eléctricos, tan silenciosos y sin la combustión ni el pulso de los métodos más rudimentarios. Mox observó la elegante nave ovalada, su exterior mate del color de la selva profunda. Sin logotipo, sin señal de ninguna compañía. Era demasiado pequeña para transportar carga. Cinco, quizás seis pasajeros para cualquier viaje largo.

La rampa se extendió lentamente, como la lengua de una persona saboreando una bebida caliente. Como si intentara no hacerse daño. Pequeñas luces amarillas parpadeaban a lo largo de la pendiente hasta el suelo de la bahía.

Los primeros pies aparecieron en la parte superior de la rampa, seguidos por un bastón. Un hombre de cabello blanco y curtido, y una mujer de rostro amable les siguieron. Luego, nadie más. Los dos bajaron por la rampa, sus ojos recorriendo la bahía. Al menos, notó Mox, los ojos del hombre. La mirada de la mujer fue hacia Davin, hacia Opal en la esquina, y luego de vuelta a Mox.

—Debo decir que los guardias de aquí tienen estilo —dijo la mujer, extendiendo una mano hacia Mox—. Soy Clare, este es Ward. Estamos aquí porque Eden cree que esta base puede que ya no esté bajo su control.

CAPÍTULO 7

VISTO A TRAVÉS DE LA MIRA

Los dos eran blancos fáciles. Su ropa era ligera, sin armadura. Cada paso metódico, fácil de predecir. El hielo se formó en las venas de Opal. No se contrataba seguridad si no existía riesgo. Si las cosas salían mal, los Nines tendrían que disparar primero. La mujer hablaba con Mox y Davin, fuera del alcance de su oído. Davin hacía sus característicos encogimientos de hombros, y Opal apretó los labios para evitar gritarles que se mantuvieran agachados.

Davin no tenía la experiencia. Había encontrado a Opal en Miner Prime, esa estación espacial situada entre Marte y Júpiter, en el corazón del cinturón de asteroides. No es que fueran buenos tiempos para Opal, ni que pudiera permitirse decir que no, pero cuando Davin le dijo con esa sonrisa presumida que estaba pasando del transporte de carga al negocio de la protección, Opal supo todo lo que necesitaba saber. Davin nunca se había tumbado en el barro rojo de Marte, observando al enemigo durante horas, esperando el momento perfecto.

Opal había ido a Miner Prime para evitar esas situaciones, para mantenerse fuera de la mira del rifle de otra persona. Pero aquí estaba, mirando a través de una mira. Con el dedo cerca de un gatillo que Opal sabía, sabía que terminaría apretando antes de que acabara el día.

Excepto que no aquí, porque Davin le estaba haciendo señas para que se moviera. Opal se puso de pie, presionando un botón en el lateral de la culata del rifle que cambiaba el magnetismo que mantenía unidas las diversas piezas. El arma se colapsó en un pequeño conjunto, conectado por un flexible hilo metálico que atravesaba cada pieza. Hacía que el arma fuera fácil de transportar, fácil de ocultar.

—Le estábamos diciendo a vuestros colegas que esperamos una nave —dijo la mujer, presentándose como Clare y a su compañero como Ward—. Debería aterrizar en unos minutos, creo que en la bahía cinco. Necesitaremos vuestra ayuda para registrarla.

—¿Para qué? —preguntó Opal.

—Evidencias de que Marl tiene más cosas entre manos que desarrollar el negocio de Eden Prime —dijo Davin.

—Tendría demasiado que perder. Eden Prime está creciendo. ¿Por qué arriesgarse?

Clare le dedicó a Opal una pequeña sonrisa. Opal conocía esa mirada, la había visto muchas veces en el ejército. Significaba que Opal estaba pasando por alto algo obvio.

—Eden tiene demasiado invertido en Eden Prime —dijo Ward, con su voz como un silbido agudo—. Estamos aquí para ver si Marl comparte ese sentimiento.

—Me encanta una buena historia de intriga corporativa —dijo Davin—. Pero, ¿por qué no os llevamos adonde necesitáis ir, para que podáis marcharos antes de que alguien os dispare y me cueste un contrato?

—El hombre tiene razón —dijo Clare, poniendo su mano en el hombro de Ward y dándole un suave empujón hacia adelante.

Esta vez, al entrar en el pasillo, Mox iba delante y Opal en la retaguardia. El hombretón cubría gran parte del pasillo, lo suficiente para que Clare y Ward permanecieran detrás de él.

Una mirada por el largo corredor mostró solo unos pocos esquifes siendo despejados por dos trabajadores. Sin multitudes. Sin robots ajetreados. No era lo suficientemente tarde para que Eden Prime estuviera disminuyendo su actividad.

—Preparaos —dijo Opal, sacando su arma lateral, una mejor opción en los estrechos confines del corredor, de su funda de cintura—. Está demasiado tranquilo.

—Phyla, ¿puedes conseguirme alguna información sobre por qué las bahías se han convertido en un pueblo fantasma? Tengo un par de... —Davin habló por su comunicador, mirando a Clare y Ward—. Mascotas aquí que preferiría no perder si la situación se va a poner complicada.

—¿Mascotas? —preguntó Clare, volviéndose hacia Opal.

—Puede que haya gente escuchando —respondió Opal.

—Estoy investigando, pero no hay noticias. Ni alertas —la voz de Phyla sonó por el comunicador.

—Me encanta cuando las situaciones malas empeoran —dijo Davin—. Sigamos adelante. Lleguemos al *Jumper* y podremos reevaluar.

—No —dijo Clare—. Bahía cinco. Ahora.

—Por suerte para ti, pasaremos por allí de camino. Si miras con atención, quizás puedas echar un vistazo.

Reanudaron la marcha, Opal quedándose cada vez más atrás. Las emboscadas eran más difíciles cuando los objetivos no estaban cerca unos de otros. Piensa, Opal. Tácticas. Aquí en esta base, con la atmósfera aún ligera, las explosiones eran un juego peligroso. Abrir un agujero provocaría la despresurización de las bahías. Haría que el aire respirable escapara. Sin comercio, sin flujo de efectivo, durante días hasta que Marl pudiera reparar el agujero. Eso significaba armas pequeñas. Fuego directo.

Opal podía ver el corredor, toda su extensión pulida y vacía. Alguien tendría que correr por el pasillo para atacar, dando a los Nines tiempo de sobra para reaccionar. A menos que los atacantes ya estuvieran en una de las bahías.

—Mox, adelántate —dijo Opal—. Yo cubriré el pasillo, tú revisa las bahías a medida que lleguemos a cada una.

Mox asintió y, con su pesado trote, avanzó hacia la bahía seis. Mientras el hombre metálico se acercaba a la puerta de la bahía, las anchas puertas dobles, Mox agarró el cañón y dio un paso lateral al frente. El extremo operativo del cañón apuntaba hacia el interior de la bahía seis, y Opal esperó a que Mox abriera fuego. Quería que sucediera. Cuando la acción comenzara, Opal sabía que estaría bien. Ahora solo había hielo y nervios.

—¿Despejado? —preguntó Davin, de pie entre Mox y sus protegidos.

—Parece normal —dijo Mox—. Mako está allí. Todavía trabajando.

—¿Podemos confiar en él? —preguntó Opal.

La respuesta a eso siempre era no. Nunca confíes. ¿Y si Marl encontraba el punto débil de Mako? Quizás alguna nueva nave para desmontar, o una tienda en el bulevar principal de la base. Algo lo suficientemente tentador como para que Mako los vendiera.

—Está seguro —dijo Davin—. No te preocupes.

Opal negó con la cabeza. Basta ya. Esto no era Marte. Esto no era la Voz Roja.

Pasaron por la bahía de Mako, dirigiéndose hacia la puerta de la bahía cinco. Nadie hablaba, y Opal no cambió eso. Aparte del omnipresente zumbido de los mecanismos internos de Eden Prime, el bastón golpeando de Ward producía el único sonido.

Mox llegó primero a la puerta, mirando por un lado, luego colocándose frente a las puertas. Davin se movió para unirse a Mox, levantando una palma hacia Opal. No se necesitaba rifle. Al menos, no todavía. Clare y Ward se reunieron detrás de ellos mientras Opal mantenía sus ojos moviéndose de un lado a otro del corredor.

—Abre la puerta —dijo Clare.

—¿Qué hay en esa nave? —preguntó Davin.

—Eso es lo que estamos aquí para averiguar.

Davin pasó su credencial, y las puertas se deslizaron para abrirse. Entraron y Opal los siguió, manteniendo la distancia. Finalmente, dio la vuelta al borde de la puerta y vio una nave que no había estado allí antes. Más grande que la de Clare, pero aún pequeña para un transportador de carga, esta tenía el aspecto elegante de una nave mensajera. Velocidad y lujo, destinada a transportar personas y su equipaje, o un producto premium, de un planeta a otro con un retraso mínimo.

El ligero olor a gas ionizado, el leve escozor en la nariz, llegó hasta Opal mientras caminaba hacia la bahía. Un claro indicador de que los motores acababan de apagarse.

—Todavía están a bordo —dijo Opal.

Mox y Davin la miraron y asintieron. Ya lo sabían, pero Opal no tenía tal garantía sobre Clare y Ward. A diferencia de la bahía siete, la cinco permanecía ocupada y las necesidades habituales llenaban el área. Células de combustible, un esquife para cargar cosas más pesadas, cajas para carga. Muchas cosas para esconderse detrás.

—Vosotros dos quizás queráis buscar cobertura —dijo Davin, compartiendo el sentimiento de Opal—. ¿O me estoy llevando la impresión equivocada? ¿Que esta nave no es amistosa?

—Depende de Marl —dijo Clare, Ward asintió. Estaban relajados, tranquilos. Si pensaban que esto podría ser una trampa, ¿por qué no lo trataban como tal?

—Entonces juguemos a lo seguro —dijo Davin—. ¿Qué tal si vais allí?

Davin señaló unas cajas apiladas cerca de la esquina de la bahía. Clare y Ward no discutieron y se pusieron a cubierto. Opal fue al lado opuesto, cerca de una pila de células de combustible. Deslizó su dedo a lo largo del cañón del rifle, tocando un botón que envió una carga magnética, uniendo todas las piezas en su lugar.

Opal se inclinó hacia adelante, apoyando sus codos en una célula, y miró a través de su mira. Mox se colocó en el centro muerto, un objetivo masivo que podía devolver todo y más. Davin tomó un lugar cerca de Clare y Ward, de pie entre ellos y la puerta.

La espera siempre era la parte más difícil. Como francotiradora, Opal se sentaba durante horas, cada respiración un cuidadoso entrar y salir para evitar que su puntería se moviera. Lista para disparar en cualquier momento. La tensión creciendo con cada segundo hasta que, como una rana siendo hervida, algo se movía y la quietud se hacía añicos con una destrucción cacofónica.

La nave hizo un ruido. Un sonido chirriante. Sistemas encendiéndose. Con un repentino tirón, un rectángulo de dos metros de alto se abrió en la parte inferior de la nave. Una rampa, más delgada y destinada a personas. Y un pie fue lo primero que apareció. Con bota. Unido por el segundo pie un momento después, descendieron. Opal vio pantorrillas, muslos, sin funda en la cintura. Una rápida mirada de vuelta por las escaleras a través de la mira, pero no había nadie más.

—Alto —anunció Mox cuando la persona llegó al último escalón—. Muévete y mueres.

La persona se quedó quieta, con las manos descansando cerca del arma lateral en su cintura. Llevaba un uniforme desparejado y anticuado. Como alguien que hubiera saqueado el conducto de la ropa sucia de una empresa. Opal no reconoció las marcas descoloridas, pero reconoció el estilo del uniforme. El atuendo descuidado complementaba la sonrisa fácil, los músculos relajados. El tipo miraba a la muerte a la cara con una sonrisa. Opal apretó el dedo en el gatillo del rifle. La falta de miedo hacía a alguien peligroso.

—Entonces, ¿es esa la forma habitual en que saludáis a la gente en Eden Prime? —dijo el espacial—, porque eso no es muy educado.

—Lo siento —dijo Mox.

—No pedí una disculpa, pero gracias. Ahora, tengo trabajo que hacer, así que si no os importa...

—¿Qué tipo de trabajo? —preguntó Clare, saliendo de su cobertura y moviéndose junto a Davin.

—Bueno, esa es precisamente la cuestión. Es un trabajo que no necesita espectadores. Ni gente haciendo preguntas. ¿Por qué dijisteis que estabais en esta bahía, de nuevo?

La mano del hombre se crispó, su sonrisa creció. Una señal. El espacial se enfrentaba a probabilidades abrumadoras, pero desenfundaría en el momento en que Clare respondiera a su pregunta. Opal apretó el gatillo cuando un disparo brilló. Los láseres siempre eran silenciosos, excepto por los gritos que extraían de un impacto. El espacial cayó hacia atrás, al suelo, con humo saliendo de su pecho. Opal levantó la vista de la mira y vio a Clare sosteniendo el arma lateral de Davin, apuntándola al espacial.

—¡Vaya! ¡Eh! —gritó Davin, arrancando su arma de Clare—. Esa era una buena conversación.

—¿Ves esa ropa? —dijo Clare—. Esa es la prueba que necesitábamos. Ahora tenemos que correr.

—¿Prueba de qué? —preguntó Davin, pero Clare ya lo estaba arrastrando hacia la puerta.

Ward, el hombre que Opal había visto por última vez avanzando con un bastón, lo había recogido y lo sostenía como un arma, apuntando la punta alrededor como si fuera a escupir láseres. Lo cual, Opal se dio cuenta, podría ser. Cuando Clare llegó a la puerta, Mox retrocediendo para unirse a ellos, ella hizo una pausa. Opal esperaba que las puertas se abrieran. Como deberían. Pero permanecieron cerradas. Atrapados.

—Phyla, necesitamos que se abra la puerta de la bahía cinco —dijo Opal en el comunicador de su muñeca izquierda.

—En ello —dijo Phyla.

Como seguridad contratada para la base, tenían los códigos para las puertas. Debería haber tomado solo un par de segundos, pero esos segundos pasaron y la puerta seguía cerrada.

La nave traqueteó, su rampa retrayéndose. Los motores comenzaron a girar. Opal cambió la mira, miró los contornos de la pequeña nave. En esos recovecos había boquillas, cañones listos para disparar. En espacios reducidos, la nave podía freírlos a todos en segundos.

—¡Mox! ¡Esa nave tiene armas! —espetó Opal.

—Phyla, ¡necesitamos que esta puerta se abra! —dijo Davin en su comunicador. Clare y Ward se alejaron del capitán, hacia las cajas. La única oportunidad que tenían era...

El cañón de Mox abrió un agujero en el mundo, el golpe-chirrido de los cañones giratorios calentándose y escupiendo proyectiles, docenas de ellos, resonando alrededor de las paredes metálicas de la bahía. Las líneas blancas golpearon la nave, ahora a un metro del suelo, y se enterraron profundamente en el casco. Marcas negras acribillaban la parte delantera mientras Mox arqueaba el cañón hacia las hendiduras que se abrían a medida que la nave ponía sus armas en línea.

Opal, mirando a través de su mira, se alineó con una abertura donde una pequeña boquilla gris se estaba moviendo hacia adelante, y disparó. El rifle envió un rayo azul, no tan caliente como los disparos de Mox, que golpeó la boquilla y la hizo volar en una lluvia de chispas.

El cañón hizo su trabajo. A esta distancia, y sin que la nave tuviera tiempo de cargar un escudo, la nave se desintegró bajo los rayos de energía de Mox. Un disparo clave hizo estallar la placa de armadura que cubría la cabina. El cristal grueso seguía allí, usado como puerto de observación cuando la nave no estaba siendo atacada.

Opal pudo distinguir a alguien moviéndose de un lado a otro, brazos presionando botones. Centró la mira en la figura. Un buen disparo y esto habría terminado.

Y Ward lo hizo. Ese bastón suyo disparó una larga y lenta onda rojo-naranja que se arqueó sobre el cristal de la cabina y se abrió paso a través de él. Un lanzador de plasma. Opal no había visto uno en años. Anticuado, lento, pero efectivo. La nave se estremeció bajo el asalto, sus reactores encendiéndose y apagándose mientras los cables de alimentación se derretían y se reencaminaban.

El cañón de Mox se detuvo, sobrecalentado y necesitando enfriarse para la siguiente salva. Detrás del plasma derretido, la forma seguía moviéndose en la cabina. Una locura quedarse allí. El plasma se filtraría en cualquier momento, destruiría la consola. Pero Opal levantó su mira, alineó la forma, vio a la persona levantar sus brazos. ¿Rendición? El dedo de Opal permaneció en el gatillo.

Entonces la persona tiró de algo en la parte superior de la cabina. Los jets repulsores estallaron, girando la nave para que los motores apuntaran de nuevo a la puerta, justo hacia Mox, Davin, Clare y Ward. Opal sintió el pánico, la certeza de lo que iba a suceder a continuación y la completa incapacidad de hacer algo al respecto. Opal vio la iluminación reveladora, un motor preparado para lanzarse. Dejó caer el rifle, se volvió hacia los otros, para advertirles.

Mox ya se estaba moviendo. Incluso con el cañón, ese exoesqueleto impulsaba al hombre cuando quería moverse. Mox saltó, agarró a Davin, y los empujó a ambos al suelo mientras los motores de la nave rugían a la vida.

La luz no era tanto cegadora como aniquiladora. Incluso a través de sus párpados cerrados, con la mano cubriendo, el mundo de Opal se volvió perlado. Cayó al suelo, su espalda tan caliente que Opal pensó que se había incendiado. Tan rápido como llegó, el calor retrocedió, el rugido se alejó y Opal descubrió sus ojos. Sus oídos zumbaban, los ecos concusivos de un motor a plena potencia en la pequeña bahía.

El suelo, las paredes y los contenedores mostraban marcas negras, algunas todavía brillando en naranja donde el chorro directo del motor había golpeado.

Mox se quitó de encima de Davin, aturdido. Opal se

tambaleó hacia ellos, mirando alrededor pero sin ver a Clare y Ward. Un momento después su corazón se hundió, cayó en esa familiar insensibilidad. Dos bultos carbonizados, con llamas lamiendo la ropa, estaban cerca de la puerta.

El bastón de Ward, reventado y goteando plasma en un charco que se enfriaba instantáneamente, yacía junto a ellos. Incluso si hubieran sobrevivido a los motores, el plasma estallado los habría incinerado a ambos.

Un zumbido sonó en los oídos de Opal y miró detrás de ella para ver a Davin de pie, gritando algo en su comunicador. No había nada que pudieran hacer por estos dos, excepto venganza. Recuperar el honor del contrato. Opal volvió a por su rifle, caliente pero sin daños.

La puerta se abrió. Los hackeos de Phyla funcionando. Unos pocos robots entraron apresuradamente y comenzaron a limpiar el desastre. El cielo negro plateado de Europa se filtraba desde el exterior, el escudo magnético manteniendo el aire quemado cerca.

CAPÍTULO 8
PILOTO DE CAZA

Merc estaba tomando un tentempié a media siesta cuando la tensa voz de Phyla sonó por el intercomunicador, gritándole que fuera al caza. Dejó caer la barrita energética, cuyo envase proclamaba a gritos que contenía literalmente todas las vitaminas, y salió disparado de la cocina, bajó por el corto pasillo, se deslizó por la escalera hasta el muelle de carga central y luego se dirigió directamente a la pequeña bahía de cazas.

—¿Tienes más información? —preguntó Merc por el comunicador mientras avanzaba.

—Davin, Mox y Opal estaban en una escolta. Las cosas se torcieron y el culpable está escapando. Davin dice que lo desarmaron. Quiere que lo traigas de vuelta, con suavidad.

—Davin siempre lo quiere suave.

—La chatarra vale más que las cenizas, Merc.

El Viper Dos-Veintiuno era un nombre estúpido para una nave increíblemente guay. Esta preciosidad tenía una aerodinámica que garantizaba un rendimiento de estrella del rock tanto en gravedad cero como en cualquier otra. Merc tenía la configuración preestablecida para la atmósfera de Europa, y la comprobación previa al vuelo mostró luces verdes en menos de cinco segundos. El Viper volaba con electricidad, una ventaja letal cuando necesitabas el máximo empuje de inmediato. Un desastre para viajes largos, pero Merc nunca lo pilotaba sin tener el *Jumper* cerca. Guio la nave fuera del *Jumper* y hacia la gran apertura de salida de la bahía.

—Veinte —dijo Merc.

El Viper procesó el comando y se impulsó hacia delante, deslizándose desde la bahía a través del escudo magnético. Según la hora oficial, siempre en el estándar de la Tierra, era media tarde. Abajo, el musgo teñido de hielo alrededor de Eden Prime parecía atrapado en una niebla, con azul y blanco aferrándose al follaje, como brócoli congelado.

Más allá del borde del terraformador, destellaban azules más puros. Detrás de Merc, la luz fluía desde el conjunto solar, el nuevo sol siempre presente de Europa, un faro junto a la constante presencia de Júpiter. Merc no había visto una noche verdadera en cinco años, no desde que dejó la Tierra.

El Viper localizó la nave maltrecha, con sus motores brillando en blanco en la relativa oscuridad mientras ganaba altitud. Fuera de las ventanas de la cabina, Merc solo podía ver la nave como una brillante bola de luz que se elevaba, pero los escáneres del Viper, a medida que Merc los ajustaba, modelaron la nave, incluyendo bordes rotos y agujeros quemados por el cañón de Mox. Mucho más lejos, la interpretación del Viper parecería como si se estuviera emborrachando, y, más lejos aún, un gran círculo indicando que hay una nave ahí.

—Phyla, están intentando escapar al espacio —dijo Merc, ajustando su vector de interceptación—. Pero, si me preguntas, esa nave no es capaz de mantener la presión atmosférica durante mucho tiempo.

—No dejes que el espacio haga el trabajo sucio por ti, Merc.

—Ni se me había pasado por la cabeza —dijo Merc, soltando el comunicador—. Cincuenta.

La aceleración empujó a Merc contra su asiento, con una sonrisa familiar dibujándose en su rostro. La velocidad, tío. Eso era lo bueno. Mirando a través de la cabina, el HUD mostraba algunos puntos y medidores donde Merc podría atrapar a su presa. A la derecha, la energía del Viper. A la izquierda estaba su acelerador. En el medio había un círculo azul profundo alrededor de donde se encontraba la nave fugitiva en la atmósfera. Tenía ventaja, pero la nave no tenía velocidad. Merc calculó dos minutos hasta el alcance de tiro.

La mano izquierda de Merc soltó su doble agarre del mando de vuelo y se dirigió hacia el panel izquierdo donde había botones con pegatinas encima. Trabajo de Trina. La mecánica trasteaba con el Viper cuando el *Jumper* no la necesitaba, añadiendo armas y juguetes, así que cada vez que Merc pilotaba el caza había algo nuevo esperándole. Encontró el interruptor en el extremo izquierdo. Presionó el interruptor hacia adelante y sintió el ligero clic. El ruido, como monedas cayendo en su sitio, resonó por la cabina.

El Viper tenía láseres, y eran devastadores si estabas seguro de que tu objetivo no tenía escudos. O cualquier placa reflectante que pudiera rebotar tus proyectiles fundidos hacia el espacio o, peor aún, directamente de vuelta hacia ti. Los proyectiles sólidos no eran tan fáciles de esquivar. Atravesarían la nave como palillos a través del queso. Harían imposible que la nave abandonara el planeta.

—¡Eh, patos sentados! —anunció Merc a través del comunicador de corto alcance hacia la nave—. Señalizaos para rendiros y no os llenaré de agujeros.

—¿Crees que no sé que lo harás de todos modos? —llegó la respuesta, con la voz tensa, aguda.

—No sé de qué hablas, tío. Excepto que si sigues dirigiéndote a las estrellas, lo harás como una bola de fuego en un segundo.

—No se suponía que hubiera gente extra allí, en la bahía

—dijo el hombre—. Debería haber sido sencillo. Ya nos habríamos ido.

—Repite, nave. Y apaga los motores —respondió Merc—. ¿Estás escuchando esto, Phyla?

—Lo estoy oyendo, pero no lo entiendo —respondió Phyla a través de su canal seguro—. ¡Eh! Atento. El *Jumper* está detectando un nuevo jugador en tu partida.

Un momento después, los propios sensores del Viper emitieron un pitido. Nueva nave, viniendo desde la órbita. Caliente. Lo suficientemente lejos como para que los escáneres mostraran un simple círculo, pero iba rápido. En unos segundos más habría una imagen.

—Escudos al máximo —dijo Merc, los comandos de voz imitando interruptores físicos, pero no quería quitar la mano del mando en ese momento.

Asignar la energía a los escudos significaba perder parte del potencial de empuje del Viper, pero no es como si Merc lo necesitara para mantenerse a la par con el lento desastre del enemigo.

—Nave, tienes un nuevo bogey acercándose rápidamente. Sugiero que me digas qué es, si tienes alguna información —comunicó Merc a la nave enemiga—. Luego sugiero que des la vuelta y regreses a la base tranquilamente.

—Piloto de palo, amenazar a un hombre que ya está muerto no te llevará muy lejos —respondió el tipo de la nave, antes de romper en una triste carcajada.

La nave giró a la izquierda, alejándose de la nave entrante, pero no se movía lo suficientemente rápido. Merc vio cómo el nuevo jugador ajustaba su línea para coincidir. A la velocidad a la que iba, la nueva nave lo alcanzaría en diez, quince segundos.

—Diez por ciento —dijo Merc, reduciendo el acelerador.

No tenía sentido meterse entre el nuevo y el viejo. Especialmente cuando no sabía qué iba a hacer el nuevo.

El Viper emitió dos pitidos profundos. Misiles lanzados, pero no hacia Merc.

—Nave, tienes un par de bichos acercándose —dijo Merc.

—No se suponía que estuvieran allí, tío —dijo el tipo—. Se suponía que entraríamos y saldríamos. Aunque no se puede decir que no hiciéramos el trabajo. Eso no.

Los misiles, con sus brillantes extremos apenas visibles como estrellas moviéndose rápidamente, atravesaron el aire frente a Merc y golpearon la nave. La explosión comenzó pequeña, luego chisporroteó en fuego y rayos de electricidad. Los motores eléctricos explotarían a lo grande, pero eso era algo más.

—Phyla, había una bomba a bordo de esa nave. O algo que explota muy bien —dijo Merc, observando cómo la bola de fuego se colapsaba sobre sí misma, con los restos precipitándose como meteoros hacia la superficie de Europa.

—Solo regresa aquí —dijo Phyla.

—¿Qué, no quieres que juegue al pilla-pilla con esa nueva nave?

Hablando de eso, la nave atacante estaba ajustando su curso hacia Merc, pero también hacia Eden Prime detrás de él. Merc empujó la palanca de vuelo hacia adelante, inclinando la nariz del Viper en línea recta. A su velocidad, la otra nave no podría girar lo suficientemente brusco para conseguir un tiro limpio. Incluso en la fina y en desarrollo atmósfera de Europa, la resistencia del aire destrozaría la nave. Una vez que Merc pasara por debajo de la otra nave, podría dar la vuelta y, si fuera necesario, iluminarles la retaguardia con todo tipo de sorpresas.

—¡Hola! —crepitó la radio de corto alcance de Merc—. ¡Solo llamo para confirmar que no tenemos ningún plan contra ti, colega!

Seguro que no. Merc no iba a ponerse en sus confiadas manos de todos modos.

—¿Por qué tostaste a ese tipo? —respondió Merc por la radio, manteniendo su comunicador abierto.

—Le ahorré el sufrimiento —la voz al otro lado se volvió plana, como un jugador cansado del juego—. Era hombre muerto. Aunque eso no importa para ti.

—Muy amable por decírmelo —dijo Merc.

La nave más grande pasó por encima, continuando hacia Eden Prime. Merc no detectó bloqueos de misiles ni disparos de advertencia. Aparentemente eran asesinos de un solo golpe.

—¿Qué quieres que haga, Phyla? —dijo Merc—. Se supone que proporcionamos seguridad, y acaban de liquidar a un tipo en nuestro territorio.

—Vuelve a casa, Merc. Hasta que sepamos qué está pasando aquí, no quiero que estés fuera.

Merc casi se quejó, quiso protestar. Tal vez llevar el Viper tras esa nueva nave. Pero en lugar de eso, activó la rutina de acoplamiento, giró a través del cielo y regresó a la base.

CAPÍTULO 9

DISPUTAS CONTRACTUALES

El cuartel general de Eden Prime se encontraba a una larga caminata desde los hangares, una caminata que Davin realizó después de una larga limpieza y sesión informativa con el equipo. El recorrido transcurría a lo largo de un espacio amplio y abierto que todos llamaban el Bulevar. Como un cilindro partido por la mitad, el techo curvo recogía energía solar y ofrecía una vista estelar de Júpiter y las estrellas circundantes. Las tiendas compraban espacio a lo largo de los laterales, construyendo formas de burbujas desde la pared exterior.

El edificio gubernamental de Marl no era diferente, excepto en su diseño. Construido con curvas azules, sin un solo borde recto a la vista, el edificio evocaba las olas de los océanos de Europa que pronto se descongelarían. Al menos, eso es lo que decía Marl.

Las puertas frontales, de cristal templado con incrustaciones de dibujos ondulantes de peces, corrientes y algas, se abrieron cuando Davin se acercó. El horario de oficina había terminado por el día, pero Davin entró de todos modos. Marl tenía que saber lo que acababa de ocurrir en el hangar cinco, tenía que saber sobre la emboscada y ejecución de la nave que Mox había hecho pedazos.

Ninguna nave podía aterrizar en Eden Prime sin el permiso del control de vuelo. Los Wild Nines eran la policía de facto de este lugar, y nadie se había molestado en informarles sobre la llegada de una nave sospechosa con una bomba. Ni tampoco que otra nave estaba entrando en la atmósfera cargada con armamento pesado.

—El hangar siete está bloqueado —la voz de Opal llegó a través del comunicador—. Hay gente extraña allí. Parece que intentan entrar en la nave de Clare. No reconozco sus uniformes.

—Está bien. No insistas —respondió Davin.

No había forma de regresar a la nave de la inspectora para buscar pistas. Solo otra vuelta de tuerca en este gran día.

Davin se quedó en el vestíbulo del edificio de Eden Prime, mirando las escaleras gemelas que se curvaban alrededor de ambos lados del hall de entrada. Ambas conducían al mismo rellano del segundo piso, un balcón que te daba una vista a la altura de los ojos de una lámpara colgante. Las luces en ese accesorio eran afiladas, largas y delgadas, como los fragmentos congelados que decoraban el páramo más allá de la boca del terraformador. Encendida, como estaba ahora, la lámpara proyectaba una luz blanca pura por todo el interior. Eden Prime, decía, era hermoso. Estaba abierto a negocios reales, clase auténtica. Cuánto tiempo duraría esa impresión con dos personas quemadas vivas en un hangar de atraque, Davin no estaba seguro.

Tomó las escaleras de la izquierda, subiendo los escalones hasta el rellano. Pasillos cortos a ambos lados terminaban en puertas. Durante el día, la primera planta albergaba el trabajo de solicitudes comerciales, los grupos de visitas llenos de inversores potenciales. Las puertas de arriba estaban etiquetadas con 'Solo personal de Eden Prime'. Davin probó una. No estaba cerrada. La única luz al otro lado provenía de las ventanas: el reflejo de Júpiter. Cubículos vacíos guiaron a Davin hacia la oficina de Marl.

Sentía la necesidad de tener a Melody, pero Davin solo tenía un arma lateral. La misma que Clare había usado para volar a ese tipo hace una hora. Davin mantuvo una mano sobre ella. La oficina de Marl estaba separada con un azul más oscuro que el resto. Tan grande por sí sola como todos los demás cubículos juntos.

La puerta de la oficina de Marl fue la primera que, cuando Davin presionó para abrirla, permaneció cerrada. El escáner de credenciales de la derecha emitió un tono bajo cuando Davin pasó su tarjeta. No funcionó. De repente, sin saber por qué, Davin golpeó con el puño la puerta de Marl. La golpeó una, dos, tres veces. El metal no se dobló, ni siquiera produjo un golpe satisfactorio. En cambio, recibió el castigo y se quedó allí, sólido.

Davin no conocía a Clare o a Ward, no sabía lo que estaban buscando, o por qué habían solicitado que los Wild Nines les dieran una oportunidad de salir con vida, pero lo habían hecho, y Davin había fallado. Pero no había fallado solo. Los asesinos habían tenido ayuda.

—Davin Masters —dijo la voz de Marl, una calma, peso muerto, a través del comunicador de la oficina—. ¿No ha terminado ya tu turno?

—Todo el mundo está trabajando hasta tarde —respondió Davin, sus ojos escaneando arriba y alrededor de la puerta, buscando la cámara sin encontrarla.

—Ya me conoces, vivo por el trabajo —dijo Marl—. ¿Qué puedo hacer por ti?

—Para empezar, abrir esta puerta.

—¿Vas a dispararme si lo hago?

—Depende —dijo Davin.

La cerradura junto a la puerta destelló en verde y la barrera metálica se deslizó a la derecha y se abrió. Davin entró en la oficina de Marl, un conjunto de sillas, un escritorio y una vista interminable de la superficie de Europa. De pie a un lado, con el arma desenfundada, estaba Castor, el hombre de relaciones públicas y guardaespaldas no oficial de Marl.

—Castor —dijo Davin al entrar en la habitación—. Siempre un placer.

—Davin —dijo Castor, su voz en un tono nivelado que evitaba cualquier inflexión. Ya sea que Castor se estuviera preparando para asesinarlo o para desearle un feliz cumpleaños anticipado, Davin no podía saberlo.

—¿Quiénes eran esos dos que os contrataron? —preguntó Marl—. Me gustaría saber de quién son las cenizas que mis equipos están barriendo.

—Esperaba que tú me lo dijeras —dijo Davin—. No tuvimos mucho tiempo para hablar.

—Me pregunto de quién será la culpa.

Davin sabía que era una provocación. Lo sabía. Marl intentaba enfadarlo, hacerle decir algo estúpido. Davin la había visto hacer esto a docenas de personas antes, manipular sus emociones con una frase o tres cuidadosamente colocadas y luego salir con dinero o chantaje mientras la otra persona luchaba por mantener su dignidad.

—¿Por qué estaba sellado el hangar cinco, Marl? ¿Por qué no pudimos salir? —preguntó Davin, acercándose al escritorio, su voz elevándose mientras hablaba—. ¿Por qué se le permitió aterrizar a esa nave?

Davin dio otro paso, estaba entre las sillas ahora, cuando sintió que Castor le tocaba el brazo. Davin se liberó del guardaespaldas, pero detuvo su marcha hacia adelante. Marl se dio media vuelta desde la vista, miró directamente a Davin, sus ojos destellando fuego en la luz tenue. Davin no podía negar que Marl parecía poderosa, con la barbilla alzada para que sus ojos lo miraran desde arriba. Vestida con uniformes oficiales de Eden, pero, a diferencia del verde monótono que vestían los soldados rasos, Marl tenía vestidos y trajes que le quedaban bien. Ni una arruga de sobra, ni una manga demasiado larga. Sus tonos verdes eran esmeraldas más profundas, a juego con la flora que ahora crecía en Europa.

Con esta luz, Marl era una silueta negra mientras se erguía sobre su escritorio.

—Las puertas fallan todo el tiempo —dijo Marl—. Investigaré por qué aterrizó la nave. Es posible que mintieran, que ocultaran sus armas a nuestros escáneres.

—Así que no sabes nada —dijo Davin.

—Lo siento.

—No lo sientes.

—No, pero entonces, no debería estarlo. Tú y tu equipo no me informasteis de que una escolta os había contratado. No me dijisteis por qué estaban aquí esos dos. No conseguisteis mantenerlos con vida. No capturasteis la nave que los atacó —Marl colocó las manos sobre el escritorio, delgadas, huesudas, pero fuertes—. De hecho, Davin, lo que debería estar es enfadada. Y lo estoy.

—Oye... —comenzó Davin.

—Por lo que —Marl lo silenció con un gesto—, con efecto inmediato, estoy terminando vuestro contrato con Eden Prime. Tú y tus Wild Nines tenéis un día para recoger vuestras cosas, pero luego quiero que os larguéis de esta luna.

—¿Y quién va a evitar que este lugar se desmorone? ¿El capitán relaciones públicas aquí presente? —dijo Davin, asintiendo hacia Castor.

—Nosotros —dijo una nueva voz detrás de Davin, llena de orgullo arrogante.

La voz provenía de un hombre fornido en la entrada. Parecía un luchador retirado, se mantenía con la cautela curtida de alguien que se había ganado sus canas. La ropa del hombre llamó la atención de Davin. El mismo conjunto, una colección suelta de rojo y azul polvorientos, que llevaba puesto el hombre en el hangar cinco.

—Ferro y su equipo son vuestros reemplazos —dijo Marl—. Y lo importante, Davin, es que son mejores que vosotros.

—¿En serio? —Davin se volvió hacia el nuevo hombre—. ¿Dónde lo encontraste, Ferro? ¿Simplemente esperando por un contrato?

—Marl y yo, nos conocemos desde Marte... —comenzó Ferro.

—Cállate —dijo Marl—. Davin, tienes un día para recoger tus cosas. Luego quiero que te vayas.

—Si miras las grabaciones del hangar cinco, verás que este tipo y el que intentó volar tu base tienen un sentido de la moda muy similar —dijo Davin—. Quizás deberías reconsiderarlo.

Davin se alejó del escritorio, de vuelta hacia la puerta.

—Un placer conocerte —dijo Ferro cuando Davin pasó junto a él—. Siento que mi llegada signifique tu partida.

—Claro que lo sientes —dijo Davin—. Disfruta de este montón de basura, es todo un premio.

—Veinticuatro horas —dijo Marl a la espalda de Davin—. Después te vas, o estás muerto.

—Siempre tan dulce con las palabras, Marl —dijo Davin mientras pasaba junto a Ferro, salía de la oficina, del edificio.

CAPÍTULO 10
TÉRMINOS DE ENGAÑO

Apenas la puerta se cerró tras Davin, Marl fulminó a Castor con la mirada.

—No interceptaste la transmisión —dijo Marl—. No la interceptaste para avisarme, para avisar a Ferro que habían contratado guardaespaldas.

Castor, siempre el modelo del entrenamiento militar, no se inmutó bajo la mirada de Marl. Permaneció firme. Como si esto fuera una ceremonia oficial. Como si no estuvieran en un mundo de mala muerte intentando sobrevivir a duras penas.

—Las señales directas son casi imposibles de interceptar a menos que estés escuchando justo entre ellos —dijo Castor. El tono uniforme, la marcha de la lógica. Solo por una vez, a Marl le encantaría ver a este hombre mostrar alguna emoción —. Lo hecho, hecho está. Tenemos que seguir adelante.

—Mis hombres no son policías —dijo Ferro.

—Ahora lo son —respondió Marl—. Alissa me pidió que te acogiera, y lo he hecho. Puedes hacer esto por mí. Eden Prime no es lo suficientemente grande como para causar muchos problemas.

—Hay otro problema —dijo Castor—. Los inspectores están muertos, y Eden querrá saber por qué.

—¿Supongo que no podemos decirles que fue un intento de asesinato fallido? —dijo Marl—. ¿O que fue un accidente que una nave girase en una bahía de atraque llena de gente y encendiera sus motores principales?

—¿Sarcasmo? —preguntó Ferro a Castor.

—No creo que ninguna de esas explicaciones se sostenga —dijo Castor, ignorando a Ferro—. La grabación no las respaldará.

La grabación. Eden Prime estaba llena de cámaras que captaban todo, como en todas partes. Almacenaban las grabaciones aquí. Vídeo que podía ser alterado. Nadie había visto todavía la reproducción, excepto Marl y Castor. No había testigos, solo Davin y su tripulación, ¿y quién creería a unos mercenarios cuando las pruebas eran tan condenatorias?

—Ajustamos el vídeo. Lo cambiamos —dijo Marl—. La Voz Roja tiene un especialista, ¿verdad? Para los medios.

—Podríamos hacerlo —dijo Castor.

—¿Rápidamente? —preguntó Marl, luego señaló a Ferro—. Para que esto funcione, tendrás que arrestar a Davin. Impedir que se marche. Entonces, cuando llegue la siguiente fuerza de Eden, podremos entregarles su premio.

—Enviaré la grabación —dijo Castor—. Ferro, dales unas horas a tus hombres. Luego atacad.

—Ve, prepáralos —le dijo Marl a Ferro—. Castor, un minuto más, por favor.

Ferro abandonó la habitación.

—Davin no dejará que esto siga su curso —dijo Marl—. Lucharán.

—No podemos dejar que ganen. Llámalo.

—No me gusta deberle tantos favores a un solo hombre. —Marl se recostó en su silla, mirando fijamente a su comunicador.

—No tendrás que devolverlos. Estará muerto antes de que pueda cobrarlos.

—Esperemos que así sea.

Marl marcó el número, expresó su petición y esperó a que la respuesta atravesara unos cuantos millones de kilómetros.

CAPÍTULO 11

NOCHES DE BAR

Era mucho más tarde de su hora de acostarse. La cabina del *Gepard* se abrió con un siseo en el cuarto hangar de Eden Prime tras doce horas en el espacio. Viola no había comprobado la ruta antes de despegar. No se había dado cuenta de que había despegado en el momento exacto en que las órbitas lunares hacían la transferencia más difícil. Aunque flotar entre las estrellas, con la inmensa mole de Júpiter dominando la vista, no era algo malo. Era meditativo, tranquilo. Especialmente cuando le había ordenado a Puk que se apagara.

Acercarse a Europa significaba conversaciones con el control de vuelo de Eden Prime, junto con un escaneado de la nave. Viola redujo la velocidad del *Gepard* para esperar en la fila detrás de dos cargueros más grandes; cajas redondeadas con motores. Cuando llegó su turno, un enjambre de robots insecto rodeó su nave. Algunos bombardearon la pequeña bodega del *Gepard* con rayos X. Otros se arrastraron por el exterior, conectándose a la línea de combustible, sondeando la esclusa de aire para asegurarse de que no hubiera una bomba oculta u otros elementos no declarados. Necesario para la seguridad, pero el padre de Viola había pasado más de una cena quejándose de cómo los escáneres eran una excusa para encontrar más carga que pudieran gravar.

El aterrizaje en Europa fue la parte más fácil, bastó con introducir el comando de atraque al piloto automático del *Gepard* y dejar que se encargara. La práctica actual no veía con buenos ojos el pilotaje manual, incluso lo prohibía si la nave tenía disponible una opción automática.

En el momento en que Viola tocó tierra y abrió la escotilla, el encargado del muelle exigió monedas por el amarre. Viola pagó una gran parte de lo que tenía y el encargado del muelle apartó el *Gepard* a un lado de la bahía donde no interrumpiría el constante y más importante tráfico.

—¿Cuántos mensajes hasta ahora, Puk? —preguntó Viola mientras caminaban por el silencioso corredor hacia la explanada.

—Solo diez, pero son cada vez más frenéticos —respondió Puk—. Tu padre está mostrando una impresionante gama de emociones. Estamos hablando de ira, tristeza, desesperación. El hombre merece un premio.

—Lo superará —contestó Viola.

El paseo central y curvo de Eden Prime llevó a Viola junto a un hotel y, queriendo dejar su equipaje, Viola se desvió hacia él. Arquitectura griega fusionada con espirales futuristas, con focos que bañaban el hotel en luz púrpura. *Cosmagora* parpadeaba ante Viola en una pancarta rosa de neón. El precio que brillaba debajo en ese mismo neón hizo que el estómago de Viola diera un vuelco.

—Un sitio con clase —dijo Puk.

—No te he oído sugerir ningún otro lugar —respondió Viola.

La humana que atendía el mostrador parecía que venía de, o estaba a punto de ir a, una fiesta que Viola esperaría encontrar en un lugar llamado *Cosmagora*. Llevaba un traje con ángulos afilados y colores brillantes, cambiando de tonalidades cada vez que se movía. Era tan llamativo que a Viola le llevó unos segundos darse cuenta de que la recepcionista ya le estaba hablando.

—¿Una habitación? —dijo la recepcionista, con un tono de aburrimiento condescendiente.

—Si tenéis alguna.

Cuando la recepcionista se inclinó para comprobar su consola, todo el traje cambió a tonos azules, desde profundidades oceánicas hasta turquesa de dibujos animados. Viola contuvo las ganas de preguntar dónde podría conseguir uno igual.

—Ahora mismo, tenemos muchas. Si hubieras venido hace una hora, tendrías que irte —respondió la recepcionista.

—Es como si nos estuvieras suplicando que preguntemos por qué —dijo Puk.

La recepcionista miró al robot, arqueó una ceja, luego volvió a mirar a Viola y esperó.

—¿Por qué? —preguntó Viola tras un momento de silencio incómodo.

—Cambio de guardia. Literalmente —dijo la recepcionista—. Parece que a la gente no le gustan los asesinatos, así que hemos tenido muchas cancelaciones.

—Sorprendente —dijo Puk.

—¿Asesinato? —preguntó Viola.

Con cada detalle revelado, los ojos de Viola se abrían cada vez más. ¿Naves espaciales explotando, recién llegados quemados vivos en una bahía por sus propios guardaespaldas? Quizás Europa no había sido la mejor elección.

El paseo y el viaje en ascensor hasta su habitación fue como hacer un viaje psicoactivo por la mente de un loco. Obras de arte aleatorias, escogidas de montones de chatarra y pintadas con colores diseñados para chocar entre sí lo máximo posible, se aferraban a las paredes. La habitación en sí no era mucho mejor, su cama un desparrame de sábanas entremezcladas, almohadas envolventes y una pantalla en el techo que mostraba un vídeo a cámara rápida del nacimiento del universo en bucle. Viola apagó eso primero. Luego, después de dejar sus cosas, huyeron.

—¿Y ahora qué? —preguntó Puk mientras permanecían de nuevo en el bulevar, con la hora local adentrándose ya en la noche cerrada—. ¿Vamos a robar un montón de cosas? ¿A intentar conocer a granujas?

—¿Granujas? ¿Quién te enseñó esa palabra? —preguntó Viola, caminando por el bulevar, alejándose de las bahías.

La calle no estaba abarrotada, pero tampoco vacía. Grupos errantes de personas se movían dentro y fuera de la mezcla de luz estelar y farolas multicolores. Las conversaciones se escuchaban, pero sus palabras se ahogaban unas a otras, como murmullos en un café. El estallido ocasional de una nave despegando inundaba de luz todo el bulevar durante unos segundos. La mayoría de la gente, Viola incluida, llevaba abrigo, y su aliento se convertía en vaho con cada exhalación.

—Últimamente estoy en una fase de literatura clásica —continuó Puk.

—Pero, ¿no conoces todos los libros jamás escritos?

—Hago una copia de seguridad del libro que quiero leer, luego lo recorro tranquilamente, reinstalándolo en mi memoria activa. Después borro la copia de seguridad.

—¿Cuánto te lleva?

—Solo he terminado cinco hoy, con todas nuestras movidas.

—Me alegra que estés prestando atención.

Delante, al otro lado del bulevar, una agresiva serie de letras de color zafiro formaban *The Bitter Chill* junto con siluetas de copas de cóctel. Su padre nunca la llevó a los bares de trabajadores en Ganímedes, para el personal de Galaxy Forge. Las fiestas ocurrían, claro, pero ¿entrar en uno de estos lugares? ¿Ella sola?

—Un plan terrible —dijo Puk, siguiendo su mirada.

—¿Por qué estoy aquí, Puk? —replicó Viola.

—¿Porque has cometido un error horrible?

—No eres nada divertido.

—Tú me programaste.

—¿Entonces qué vas a hacer ahora? —preguntó Viola, dirigiéndose hacia el bar. Tardó unos pasos, pero luego Viola oyó al pequeño robot, con sus propulsores zumbando detrás de ella.

—Si alguien te mira raro, simplemente empezaré a disparar —dijo Puk.

CAPÍTULO 12

PRIMER OFICIAL, PRIMERA RONDA

Tratar de encontrar un reservado lo suficientemente grande para acomodar a Mox era un ejercicio frustrante. Por eso, meses atrás, Phyla había pedido a los dueños de *El Frío Amargo* que adaptaran uno para los Nines. A cambio, Phyla prometió que pasarían varias veces por noche para proporcionar seguridad. Que los Nines ya no fueran los guardianes de la paz de Eden Prime aún no había llegado a las noticias locales, lo que significaba que los seis podían tener al menos una noche más bebiendo y olvidándose de sus problemas.

—No me puedo creer que no vieras venir lo de los motores —le estaba diciendo Merc, que había intercambiado turnos nocturnos con Trina, a Opal—. Una maniobra clásica para freír a tus oponentes.

—¿Maniobra clásica? —replicó Opal—. Es un movimiento suicida. Esa bahía podría haber explotado. Todos muertos y la base gravemente dañada.

—¡Eso es lo que digo! —dijo Merc—. Esos tipos claramente no tenían nada que perder.

Los ojos entrecerrados de Opal decían que quería coger al piloto de combate y estrangularlo allí mismo. Merc estaba intentando usar esa sonrisa de idiota suya para desarmar los comentarios. Como si poner una sonrisa a un problema lo hiciera desaparecer. Cadge y Mox estaban hablando de algo entre ellos, mientras Davin estaba en la barra pidiendo otra ronda.

—Merc —intervino Phyla—. Deja de ser estúpido.

—Creo que eso es imposible —dijo Opal.

Merc levantó una mano y dio un sorbo a su cerveza.

—Entonces —dijo Cadge, volviendo a la conversación de la mesa—. Ahora que somos una banda libre otra vez, ¿cuál es el próximo trabajo?

—El capitán está en la barra —dijo Mox.

—¿Es el único que puede opinar? —respondió Cadge—. Pensaba que esto era un esfuerzo colectivo. Por lo que ha dicho Davin, tenemos un día para salir del planeta. Solo quiero saber adónde vamos.

Cadge miró a Phyla, y los demás siguieron su mirada. Seguramente la piloto del *Jumper* sabría cuál sería su próximo trabajo. Cuál era el plan de respaldo en caso de que el contrato se viniera abajo. El problema era que no había ningún plan de respaldo. No había razón para tenerlo, con el contrato indefinido de Eden Prime manteniéndose activo mientras quisieran seguir encerrando a borrachos y desterrando a estafadores de la helada frontera.

—Ya lo resolveremos —dijo Phyla, odiando no tener una respuesta.

—Eso es lo que quiero oír. Opciones. Permitidme votar por la más violenta.

—Cadge, ¿qué demonios te pasa? —preguntó Opal—. Dame otro trabajo como este. Donde pueda respirar.

—Solo porque inhalaste arena roja y disparaste a inocentes no significa que el resto tengamos que morirnos de aburrimiento —replicó Cadge.

—No eran inocentes. Tú estabas allí.

—Los equipos de limpieza no hacen los desastres.

—Cadge —dijo Phyla, fulminando con la mirada al hombre, cuyo rostro mostraba una malévola sonrisita que indicaba que sabía que había tocado un punto sensible y estaba dispuesto a hurgar en él.

—Esa es una buena idea —reflexionó Merc—. Marte. Sigue siendo un desastre, ¿no? Necesitarán ayuda.

—No querrás ir allí —dijo Opal.

—Sabemos, gracias a este tipo, que Luna está prohibida —dijo Cadge, dejando pasar lo de Marte—. Lo que significa, ¿qué? ¿Intentamos la Tierra? ¿Vamos a Saturno a ver qué hay allí?

Una bandeja se posó en la mesa, con jarras abarrotadas tintineando entre sí. Davin regresaba, sus ojos mostraban un enrojecimiento errático por un pedido que venía con un par de chupitos extra, chupitos que no llegaron a la mesa. Cadge y Mox se movieron, dando espacio a Davin para que se desplomara sobre el cojín de plástico.

—Equipo —dijo Davin, recorriendo con la mirada a cada uno de ellos—. Como vuestro capitán, os ordeno a todos que bebáis.

—Ya habéis oído al hombre —dijo Merc, riendo.

Phyla dio un trago de su jarra. Fiel al nombre del bar, la cerveza era amarga. Fría. Se abrió camino por su garganta hasta su estómago como si estuviera tragando un cubito de hielo.

—Davin —dijo Phyla—. Se preguntan adónde vamos a ir.

—No creo que haya otro bar en Eden Prime —dijo Davin—. A menos que hayan abierto uno nuevo y me lo hayas estado ocultando.

—Ja —dijo Mox.

Silencio. Las miradas se dirigieron a Davin mientras daba un largo trago.

—Lo que pasa —dijo Davin—. Es que tendré una respuesta para vosotros. Mañana. Hay algunas cosas que estoy resolviendo. Llamadas que he hecho. Veremos qué surge.

Phyla estaba a punto de preguntarle a Davin qué llamadas, pero se contuvo. No había visto a Davin de vuelta en el *Jumper* desde que, hace unas horas, había vuelto para decir que Marl había cancelado su contrato. No había ningún otro lugar desde donde Davin pudiera haber enviado transmisiones fuera del planeta. No sin pagar por ello.

En cuanto a lo que Davin estaba tramando, Phyla ya había oído eso antes. Una táctica favorita de Davin cuando no tenía ni idea de lo que iban a hacer. Pero el resto de la tripulación sorbía sus bebidas, pasando a otras conversaciones. Phyla se encontró con los ojos de Davin, el capitán le dio un ligero asentimiento.

—¿Veis eso? Yo podría usar uno de esos —dijo Merc, mirando al otro lado del bar.

Una mujer había entrado, bastante joven para estar allí. La seguía un pequeño robot flotante, zumbando alrededor de su cabeza como una luna.

—Sé muy amable con Trina y quizás ella te haga uno —dijo Phyla.

—Esa chica no pertenece a este lugar —intervino Opal.

Phyla estuvo de acuerdo. Demasiadas preguntas en el rostro de esa chica mientras miraba alrededor del bar.

—No os preocupéis, chicos —dijo Davin, levantándose—. Me encargo yo.

Phyla observó al capitán ponerse de pie y alejarse, tambaleándose, de la mesa. Escapar de un problema metiéndose directamente en otro. Justo lo que siempre habían hecho.

CAPÍTULO 13
DOS POR UNO

*T*he *Bitter Chill* tenía un feroz conjunto de luces de neón alrededor de una puerta doble que parecía impecable. Colgado junto a la puerta, plastificado y pegado a la pared, había un breve folleto que comenzaba con PIENSA. Debajo, un par de párrafos indicaban que hacer cosas estúpidas en Eden Prime, como pelear, matar o simplemente ser una molestia, podría hacer que te expulsaran de la luna en el próximo carguero. Sin juicio, sin tribunal. Una cláusula al final establecía que esta era la política estándar de Eden para todas sus ubicaciones, sin importar en qué mundo estuvieran.

—Suena justo —dijo Puk—. No hay posibilidad de abuso en absoluto.

—Ganímedes es igual —respondió Viola—. Hay que adorar las Leyes Libres.

Tras la puerta había, de alguna manera, más tonos de neón girando por el interior, proyectando sombras de rosa chicle, morado uva y rojo carmín a lo largo del techo curvo. La barra, situada en el centro, era una cascada de azules. Vibraciones de bajo entrelazadas con instrumentales errantes acompañaban el espectáculo de luces, sirviendo de telón de fondo al constante murmullo que venía de un conjunto de mesas y el largo recorrido de la barra.

Viola buscó un asiento vacío, pero todos estaban ocupados por un variopinto conjunto. Algunos parecían el padre de Viola, tiburones de negocios agitando cócteles, mientras que otros parecían haber salido directamente del mecanizado de piezas para entrar al bar sin nada más en medio.

Una de las únicas aberturas estaba en la barra misma, un solitario taburete de respaldo bajo, junto a un par de hombres con gruesos trajes de trabajo que parecían haber llegado de una limpieza donde el desastre había ganado. Viola no llevaba ni diez segundos sentada cuando un camarero la miró a los ojos y, sin decir palabra, le preguntó qué quería.

—Algo fuerte —dijo Viola, imitando una frase de una película que había visto hace un año.

—Buena jugada —zumbó Puk, flotando a un centímetro de su oreja—. Pedir una copa fuerte cuando estás sola en una luna en la que nunca has estado es una decisión inteligente.

—No sabía qué más decir —susurró Viola—. Nunca he hecho esto.

—Hola, soy Puk. Tengo literalmente un millón de recetas y reseñas de varias bebidas a mi disposición. ¿Cómo puedo servirte?

Viola puso los ojos en blanco y se contentó con mirar a través de la barra sin fijarse en nada en particular. Había llegado hasta aquí, pero ¿qué significaba eso? Claro, era más interesante que quedarse en casa imaginando estar aquí, pero aun así...

—¿Ese es tu bot? —dijo un hombre cuya palma apareció en la barra entre Viola y el trabajador abstraído.

Puk giró hacia el otro lado de la cabeza de Viola mientras ella miraba al hombre. Estaba presionando con fuerza sobre la barra, dependiendo de ella para mantenerse en pie. Se balanceaba de un lado a otro. Pero los ojos brillantes y la sonrisa descuidada parecían genuinos.

—Puk es un amigo —dijo Viola.

—Yo también tengo algunos —respondió el borracho—. Amigos. Son buenos en los momentos difíciles, ¿sabes?

—¿En los momentos difíciles?

—Sí —el borracho hizo una pausa, parpadeó un par de veces, mientras Viola se preguntaba hasta qué punto se había descarrilado su tren de pensamiento—. No me juzgarás, ¿verdad?

—¿Juzgarte? —dijo Viola—. Ni siquiera te conozco.

—Es justo —respondió el borracho. Luego, al trabajador —: ¿Te importa moverte un asiento? O podría caerme encima de ti.

El hombre no discutió, se desplazó un lugar con un asentimiento y le dio al borracho la oportunidad de dejarse caer en el taburete. El camarero deslizó la bebida de Viola frente a ella, un tono marrón pálido llenaba el vaso.

—No confíes en él —zumbó Puk—. Está borracho.

—¿En serio? —respondió Viola.

—Así que, en fin —dijo el borracho, apoyando los codos en la barra—. Este es el asunto. Hoy, perdí mi trabajo.

Viola captó los ojos del hombre moviéndose hacia ella, juzgando su reacción.

—¿Y?

—Era aburridísimo, así que no me importa.

—Vale.

Viola tomó un sorbo. Fresco al principio, pero el líquido quemó su camino hasta su estómago. Viola se encontró sudando. Conteniendo una tos. Cada gramo de concentración fue para mantener la bebida dentro, para no fastidiarla aquí, en este bar lleno de gente que probablemente bebía esta cosa a galones. Puedes hacerlo, Viola. Este es el mundo real.

—Aquí está lo más fuerte, y esta es la razón por la que, como quizás puedas notar, he sido un poco... liberal con las copas esta noche —dijo el borracho, moviendo su dedo en círculo hacia el camarero—. Dos personas murieron hoy bajo mi vigilancia. Quemadas hasta quedar carbonizadas.

¿Qué se suponía que debía decir a eso? Su padre había hablado de accidentes en la planta. Había tenido parientes que habían fallecido. No parecía que eso fuera lo que estaba pasando aquí. La recepcionista del hotel y sus comentarios sobre asesinatos volvieron a flotar por la mente de Viola. ¿Estaría implicado este tipo?

—Y ahora mi tripulación y yo tenemos, oh, unas 22 horas más o menos para largarnos de esta luna —el borracho se inclinó, como compensando la cautela de Viola—. Pero aquí está la cuestión. Estoy bastante seguro de que ella estaba metida en esto. Las dos personas que murieron.

—¿Ella? —preguntó Viola.

—Marl. La mujer que dirige este lugar —dijo el borracho, y luego cayó en silencio.

—¿El bar?

—Eden Prime —dijo el hombre, intentando extender los brazos y casi tirando su vaso—. Marl es una mala pieza. No te acerques a ella, ese es mi consejo.

Después de otro sorbo y estremecimiento, Viola examinó al borracho, notando que no llevaba la misma ropa de trabajo que los otros en este lugar. Tampoco un traje. Más accesorios. Un cinturón con una funda vacía. El comunicador en su muñeca era un modelo de gama alta. ¿Quién era este tipo?

—Entonces, ¿qué vas a hacer? —preguntó Viola.

—Dejarlo —dijo el borracho—. Largarme por la mañana, decirle a Europa que se vaya a la mierda y no volver nunca.

—¿No vas a intentar averiguarlo?

El borracho se sobresaltó, tomó un trago, y luego se volvió hacia Viola con la mano extendida. Viola la tomó, y el borracho le dio un único apretón.

—Davin Masters, capitán de los Wild Nines —dijo el borracho—. Resulta que me gusta vivir, así que no, no voy a intentar averiguarlo.

—Viola Allouette —respondió Viola—. Y eso suena como si fueras un cobarde.

Davin se rió.

—¿Ves allá? —Davin señaló al otro lado del bar hacia una mesa de esquina donde otros cinco estaban bebiendo—. Esa es mi tripulación. Irán donde yo les diga, pero eso significa que tengo responsabilidad. Si mueren, es mi culpa.

Davin se inclinó de nuevo hacia Viola.

—Es por eso —susurró Davin—. No habrá una gran investigación.

Una mano golpeó a Viola en el hombro. Dos caras duras y heladas la miraban, ojos codiciosos burbujando bajo sus miradas ceñudas. Ambos parecían haber salido de una expedición de supervivencia, luciendo visibles redes, porras y pistolas en las caderas.

—¿Tu nombre es Viola Allouette? —preguntó el trampero.

—¿Qué estás haciendo, Whelk? Más importante, ¿qué llevas puesto? Pareces un perrero homicida —interrumpió Davin.

—Y tú por fin te ves como la basura que realmente eres, Davin —dijo Whelk—. Pero no he venido por ti, especialmente ahora que no eres más que otro borracho como el resto de nosotros. He venido por ella, y por la recompensa.

—¿La recompensa? —preguntó Viola.

—Papá quiere que su niñita vuelva a casa. Y vamos a llevarte allí. Ahora.

—¿Cuánta pasta? —preguntó Davin.

—Cien mil —respondió Whelk—. Ni lo intentes, Davin. Ya no tienes ningún derecho.

Davin se deslizó del taburete, miró a Viola y luego le guiñó un ojo. Todos vieron venir el puñetazo. El golpe borracho de Davin voló ampliamente hacia la izquierda, y el compañero de Whelk empujó a Davin de vuelta a su asiento. Whelk, sacudiendo la cabeza, se acercó a Viola y extendió la mano hacia ella.

Puk salió volando de la oreja de Viola y, cerca del brazo de Whelk, disparó su láser. Whelk gritó, justo a tiempo para que Viola le arrojara su bebida. El vaso se rompió, rociando alcohol en la cara de Whelk, haciéndole tambalearse hacia atrás.

Entonces el compañero de Whelk derribó a Viola del taburete y ella golpeó el suelo con fuerza. El aire abandonó los pulmones de Viola de golpe. Su cabeza explotó de dolor al rebotar contra el suelo. Viola luchó por respirar, por apartarse, por dejar de sentir dolor. Las luces del club brillaban sobre ella, un vertiginoso torrente de color. Mientras el amigo de Whelk se inclinaba para agarrarla por los hombros, Viola solo tuvo un pensamiento:

Abandonar el hogar fue un error.

CAPÍTULO 14
EL MUNDO REAL

Todo se veía diferente desde el suelo, un desastre de baldosas de plástico cubiertas con la mugre pegajosa del alcohol derramado. Las luces de neón del techo se desvanecieron cuando el compañero de Whelk se inclinó, extendiéndole los brazos. Un resplandor reflejado desde el suelo mostró un rostro inexpresivo, exasperado. Aquella visión provocó una descarga de adrenalina por las venas de Viola.

Como si este tipo tuviera derecho a estar molesto.

Viola pateó con fuerza el tobillo del hombre, pero su pie rebotó al impactar. El hombre hizo una pausa, rio, y agarró a Viola por los hombros. Ella intentó retorcerse, pero el agarre del hombre se clavó en sus músculos, en sus articulaciones, y cada intento de moverse enviaba oleadas de dolor a través de sus nervios.

—Es una luchadora, Whelk —dijo el compañero.

—Odiaríamos que esto fuera aburrido, ¿verdad, Gat? —respondió Whelk.

—Entonces os voy a encantar —balbuceó Davin, bajándose del taburete y lanzándose en un torpe placaje.

Davin cayó sobre Whelk, empujándolo hacia atrás contra

otra mesa, derramando cerveza por todas partes. Gat levantó a Viola, presionándole la espalda contra su pecho, y la dirigió hacia la salida. Sus muñecas y manos estaban demasiado bajas para que pudiera morderlas. Los tacones de Viola se rompieron contra las espinillas de piedra de Gat. Puk se colocó frente a ellos, intentando encontrar un disparo. Gat se detuvo, mirando fijamente al pequeño robot.

—Pínchame con ese láser y le romperé la pierna. La recompensa no decía nada sobre traerla de vuelta en una pieza —gruñó Gat.

Puk dudó y Viola negó con la cabeza. No valía la pena una pierna rota. Puk retrocedió flotando, y Gat continuó su marcha hacia la salida.

Viola intentó gritar pidiendo ayuda, pero sus pulmones aún tenían dificultades para recuperar el aliento. Mirada tras mirada se apartaban de los ojos de Viola. No había amigos allí. A nadie le importaba lo que le estaba sucediendo. Aparte de Puk y del borracho capitán detrás de ella, Viola estaba sola en la luna.

—El problema conmigo —anunció Davin desde el suelo— es que vengo en un pack, ¿sabes?

—¿Con quién, otros perdedores acabados? —replicó Whelk, poniéndose al lado de Gat.

—Nah, Whelk, mi tripulación.

Viola no vio al hombre grande hasta que Gat la soltó al suelo. Se apoyó en la pared de *El Frío Amargo* y se dio la vuelta para ver al hombre gigante parado sobre Gat, retándolo a pelear. El recién llegado era uno de la tripulación de Davin, uno del grupo que había estado en la mesa un minuto antes.

El hombre gigante tenía ondulaciones y bultos debajo de su ropa, y no en los lugares habituales para los músculos. Mientras ella lo observaba, el hombre la miró a su vez, con el rostro inescrutable en las sombras de la iluminación del bar.

—Ahora podría ser un buen momento para correr —zumbó Puk junto a ella.

—De acuerdo —respondió Viola.

Mientras retrocedía, Viola miró de reojo a Whelk, que estaba completamente inmóvil mientras una mujer de pelo rojo como lava le presionaba un borde de vidrio afilado contra la garganta.

—Phyla —dijo Whelk—. Sabes que esto es solo un negocio.

—Sí, pero ahora es nuestro negocio —respondió la mujer, Phyla.

Whelk levantó las manos y Phyla, tras presionar ligeramente con el vidrio para recordarle al hombre lo cerca que había estado de terminar terriblemente su día, retrocedió. Viola se giró para dirigirse a la salida y se encontró mirando directamente a un tipo sonriente que llevaba un traje de vuelo completo.

—Vaya, señorita, ¿no estarías pensando en escabullirte de tus rescatadores sin siquiera dar las gracias? —preguntó el hombre.

—Eh, ¿gracias? —dijo Viola, tratando de rodearlo.

Solo necesitaba salir de ese lugar. Ahora mismo.

—Merc, déjala en paz —dijo otra mujer, con voz cansada—. Ya está bastante asustada sin que tú le hables.

Viola sintió una mano en su hombro. La cabeza de Davin apareció en su campo de visión, con su mano derecha haciendo un gran gesto.

—Mi tripulación, justo a tiempo —dijo Davin, antes de hacer presentaciones a toda velocidad.

Entre las luces, la adrenalina y la creciente comprensión de que el padre de Viola había puesto una recompensa por su captura, apenas pudo seguir el ritmo de los nombres que le llegaban.

—Por todas las veces que te salvamos el culo, capitán,

sería bonito ver una bonificación —dijo Cadge, con una cerveza en cada mano.

—Mantener vivo a vuestro capitán es solo parte del contrato —dijo Davin, adoptando una entonación sabia y poniendo un brazo sobre los hombros de Cadge—. Para merecer una bonificación, bueno, tendríais que salvarme antes de que empezara la pelea.

—Eso es imposible —dijo Phyla, poniendo los ojos en blanco.

—Davin ha sido lo bastante amable como para presentarnos a ti —dijo Opal, dirigiendo una mirada muy sobria a Viola—. Quizás puedas devolverle el favor y decirnos por qué te perseguían.

—Porque me escapé y mi padre me quiere de vuelta —respondió Viola, añadiendo su nombre y el de Puk. El pequeño robot flotaba sobre su hombro, siguiéndolos a todos con su cámara. Viola no sabía qué podría hacer Puk si se la llevaban, pero el pequeño robot lo estaba intentando.

—¿Poner una recompensa por tu propia hija? Eso es frío —dijo Merc.

—Una forma de conseguir el trabajo —dijo Cadge—. Con suficiente dinero, la recuperará.

—Estoy aquí mismo —replicó Viola.

—Parad. Salid fuera —dijo Mox, señalando hacia el otro lado del bar, donde Gat y Whelk ahora estaban hablando con otra mesa abarrotada—. Más seguro.

Nadie objetó, y el grupo escoltó a Viola fuera del bar. Viola iba en el medio, con Mox y un tambaleante Davin al frente. El bulevar estaba aún más tranquilo ahora, acercándose la hora de la mañana. Exhausta, herida, Viola aún notó a las diez personas de pie en el paso. Porque la estaban mirando directamente a ella.

CAPÍTULO 15
A PUÑETAZOS

Oh, mirad a estos cabrones con sus sucios uniformes rojos y azules. Con uniformes a juego como niños pequeños. Cadge metió las manos en los bolsillos y pasó los dedos por sus guantes aturdidores. Los guantes absorbían la energía cinética del puñetazo y electrocutaban a la víctima, haciendo que sus nervios entraran en espasmo. Cadge había visto a su dueño original dislocar mandíbulas con esos guantes, aterrorizando a todos en el lugar. Hasta que olvidó que Cadge estaba detrás de él. Habría sido una pena dejar estos juguetes.

—¿Tengo el disgusto de verte dos veces en un día, Ferro? —balbuceó Davin al soldado que los lideraba.

—Desafortunadamente, sí —dijo Ferro—. Parece que tus circunstancias han empeorado. Ahora eres un asesino.

El capitán era muchas cosas, pero Cadge sabía que era demasiado moralista como para asesinar a alguien a sangre fría. No era el estilo de Davin. Tampoco el de Cadge. Matar a un hombre estaba bien, ¿pero hacerlo sin pelea? ¿Dónde estaba la diversión en eso?

—Lo de asesino es nuevo —respondió Davin, irguiéndose—. ¿Dónde has oído eso?

Cadge notó que la chica nueva, Viola, se estaba desplazando hacia la parte trasera del grupo, con su pequeño robot flotando junto a ella. Whelk había estado hablando de una recompensa, pero ahí estaba Davin tratándola como a una nueva amiga. Seguro que la recompensa por la chica bastaría para mantenerlos pagados hasta que encontraran un nuevo trabajo. Tendría que hablarlo con Davin, suponiendo que no murieran todos aquí mismo.

—Tú y tu equipo matasteis a dos inspectores. Los que aterrizaron aquí hoy temprano —dijo Ferro.

—Mentira —dijo Mox.

—No deseo comenzar nuestras vidas aquí con violencia —continuó Ferro, mirando al hombre grande—. Venid pacíficamente, y quizás encontremos la redención juntos.

Cadge reprimió una carcajada cuando varios soldados miraron a Mox y retrocedieron. Cobardes.

—Ferro, pareces un buen tipo —dijo Davin, dando un paso adelante—. Así que lamento lo que está a punto de ocurrir.

Cadge sintió la sonrisa cuando Davin lanzó el puñetazo. Tan pronto como el puño de Davin conectó, Cadge se lanzó hacia el soldado más cercano, sus pies apenas rozando el suelo antes de despegarse cuando Cadge se abalanzó por el aire y golpeó al hombre en el pecho. Cayeron al suelo, Cadge trabajando con sus brazos en las costillas del hombre, cada golpe descargando voltios a través de la ropa.

Destellos, blancos, revoloteaban por el aire mientras Cadge movía el cuerpo del soldado para mantenerlo en el camino de los láseres aturdidores. El secreto para sobrevivir en una pelea era mantenerse bajo. Ir a por las rodillas, tobillos, estómagos.

Después de arrojar al primer soldado al suelo, aturdido hasta la inconsciencia, Cadge se lanzó contra un par de enemigos en pánico. A su derecha, vio a otro soldado volar, enviado por Mox en un viaje sin retorno hacia el dolor. El único problema era que ninguno de los Nines tenía sus armas reales. Una pelea era una cosa, pero en cuanto estos soldados se reorganizaran, la situación se pondría fea.

Cadge saltó hacia los dos soldados cuando levantaban sus rifles. Con cada mano agarró un hombro y tiró de ambos al suelo con él. Codazos volando, rodillas golpeando, Cadge empleó cada músculo que tenía en una danza frenética. Cuando sintió que los soldados se quedaban flácidos, que dejaban de intentar golpearlo o huir, Cadge miró hacia la pelea.

Mox llevaba a Phyla en una mano y a Opal en la otra, ambos agarrándose mientras el hombre de metal salía corriendo del enredo de cuerpos. Merc cubría su retirada: el piloto recogió un rifle perdido y roció con ráfagas aturdidoras a los soldados restantes, que se lanzaron a cubierto detrás de bancos y plantas en macetas. Davin esquivó un amplio derechazo de Ferro dejándose caer de espaldas y rodando lejos.

Ferro aprovechó la oportunidad para hablar por su comunicador. Cadge no pudo oír las palabras, pero podía adivinar lo que estaba pidiendo. La chica nueva había desaparecido.

—¡De vuelta al *Jumper*! —gritó Davin, poniéndose en pie con dificultad.

Mox echó a correr mientras Merc retrocedía, todavía disparando. Varios soldados estaban saliendo de su cobertura, apuntando sus disparos. Los Nines iban a ser abatidos uno a uno. Sin embargo, nadie estaba mirando a Cadge.

Un gran error.

—¡Sois todos una panda de cobardes! —gritó Cadge, corriendo hacia los soldados.

Se volvieron como uno solo, pero los arrogantes imbéciles sobrestimaron su altura y sus disparos pasaron por encima de la cabeza de Cadge. O la chamuscaron, pues el olor a pelo quemado le llegó a la nariz.

Cadge golpeó al primer soldado por lo bajo, en el abdomen, rebotando con la carga hacia el siguiente. Ese soldado tenía su rifle apuntando hacia abajo, y Cadge agarró el cañón, empujando el arma directamente contra la cara del soldado. Dos menos.

Cadge mantuvo las piernas bombeando hacia el tercer soldado, y recibió el disparo aturdidor justo en el pecho. Los láseres no tenían fuerza real, así que Cadge siguió avanzando incluso cuando dejó de sentir sus músculos. Como ver una película donde su cabeza era la cámara. El soldado que le había disparado no tuvo tiempo de apartarse, y Cadge se estrelló contra él, derribándolo al suelo.

Sobre Cadge, la gran masa de Júpiter brillaba en el cielo. Una característica fija. Las luces a lo largo del bulevar se estaban encendiendo para simular un ciclo solar real. Habría sido agradable, si Cadge hubiera podido sentir su propio cuerpo. Cascos de soldados, vidriosos y grises, se asomaron a su visión, mirándolo fijamente. Cadge intentó escupir, pero su boca no funcionaba. Sin embargo, si los cabrones lo estaban observando, eso significaba que no perseguían al resto de los Nines.

Misión cumplida.

Los efectos del disparo aturdidor golpeaban rápido, pero también se extendían lentamente a medida que avanzaban por el cuerpo de Cadge. Primero perdías las extremidades divertidas, la consciencia al final. Cadge sintió que su cerebro se derretía cuando Ferro apareció en su campo de visión. El hombre estaba hablando, pero las palabras no llegaban a la mente de Cadge. La vista cambió cuando los soldados lo levantaron. Lo llevaban a alguna parte, tal vez para ser disparado o arrojado por una esclusa de aire. Pero eh, al menos no se aburría.

CAPÍTULO 16

HUIR Y ESCONDERSE

Apenas el puño de Davin golpeó al soldado que iba al frente, Viola echó a correr. Puk la siguió.

—Ni siquiera te están persiguiendo —dijo Puk, zumbando junto a ella—. Lo cual, dado el esfuerzo para rescatarte de esos payasos, me parece un desperdicio.

—Cállate, Puk.

Viola se arriesgó a mirar atrás y sí, Puk tenía razón. Los dos grupos estaban enzarzados en una pelea, con brillantes destellos blancos de aturdimiento volando por todas partes. Mox, ese hombre metálico enorme, estaba lanzando a un soldado contra otro par con la misma facilidad con la que Viola lanzaría una pelota, derribando a los soldados con su propio compañero. ¿Quiénes eran esta gente?

Viola siguió corriendo, pasó por delante del hotel y llegó a las grandes puertas que conducían a las bahías. Atravesó esas puertas y pasó junto a los omnipresentes robots de limpieza y mantenimiento que recorrían el pasillo. Pasó la bahía uno, la bahía dos, y entonces Viola se detuvo en seco. Más adelante en el pasillo, fuera de la bahía cuatro, donde Viola había aparcado el *Gepard*, había otro grupo de esos soldados uniformados. Tres de ellos, con rifles ostentosamente exhibidos. Hacían gestos hacia la bahía a alguien que Viola no podía ver. Si se giraban la verían.

—¿Están registrando mi nave? —dijo Viola, deteniéndose junto a la puerta abierta de la bahía tres.

—No puedo saberlo —respondió Puk—. Aunque, dada tu suerte con la gente hoy, yo me escondería.

Un único y gran carguero dominaba la bahía tres. La nave parecía tener una enfermedad, con módulos que brotaban del armazón original como crecimientos cúbicos. Diferentes pinturas recubrían las piezas, como si la tripulación hubiera montado todo el conjunto a la vez a partir de una colección aleatoria.

La rampa de la nave estaba bajada, tocando el suelo. La puerta de arriba estaba abierta. Si se quedaba aquí y esos soldados pasaban, la atraparían. Viola comenzó a dirigirse hacia el carguero.

—No lo harás —dijo Puk—. Hay cajas justo ahí. Escóndete.

—Me verán si entran aquí. La nave es el mejor escondite —dijo Viola, continuando hacia la rampa.

—¿Y si pertenece a piratas caníbales?

—Esas probabilidades tienen que ser peores que esperar aquí fuera.

Viola aceleró el paso. Un trote rápido por la rampa y entró en la bodega de carga de la nave. Había algunos contenedores metálicos dispersos. Demasiado escasos para una nave en uso activo. Grafitis cubrían las paredes. Dibujos de paisajes abstractos, rostros. Uno parecía la Tierra. Otro, hecho de rojos ondulantes, debía ser Marte.

Puertas circulares conducían a otros módulos, y Viola eligió una de ellas al azar. Se acercó y, al aproximarse, la puerta se abrió en espiral. No estaba cerrada. Quien fuera el dueño de esta cosa realmente confiaba en que nadie se la llevaría.

Un pequeño pasillo, apenas lo suficientemente ancho para

dos personas. Colgados en las paredes había mapas, gráficos, diagramas de rutas de transporte y leyes comerciales para varios asentamientos. Después de estos venía una serie de... ¿trofeos? Uno se parecía a un trozo de piel, marrón y grueso, cortado en un diseño intrincado con versiones onduladas de los anillos de Saturno. Otro era una obra de polvo, hecho de moler y esparcir polvo de Marte en puntos sobre tela adhesiva. Este formaba una obra frágil y texturizada de un paisaje montañoso marciano.

Varias puertas se ramificaban, Viola echó un vistazo dentro de ellas mientras Puk flotaba detrás, atento a cualquier señal de los propietarios.

Camarotes de la tripulación, cada habitación con una pequeña litera. Suficiente para cuatro tripulantes en este nivel, pero, según los requisitos de Galaxy Forge, una nave de este tamaño necesitaría al menos el doble para funcionar bien. La primera habitación tenía un calendario con imágenes de la Tierra, monumentos que Viola reconoció de las clases cuando era más joven. Pirámides, los fiordos de Noruega, la selva amazónica regenerada. Había una tentación de investigar más, pero Viola se contuvo. Quizás conseguiría piedad escondiéndose en los motores, pero no si hurgaba entre sus cosas.

Más adelante en el pasillo, Viola llegó a una bifurcación, un camino conducía al panel del motor, el otro a una pequeña bahía de lanzamiento. Qué camino tomar...

—¿Hay alguien ahí? —llegó la voz de un hombre mayor, áspera y tensa.

—Podrías correr —dijo Puk mientras Viola daba un paso hacia el sonido—. Podríamos salir de aquí. No hay forma de saber qué podría hacer este tipo.

—¿Y adónde ir, Puk? —dijo Viola, y siguió caminando hacia el sonido.

Frente a la gran consola y la escotilla de acceso metálica al motor izquierdo, estaba sentado un hombre mayor, su barba blanca coagulada con sangre que se extendía por el abrigo y los pantalones color crema que llevaba. A pesar de su estado destrozado, los ojos del hombre se fijaron en los de Viola, alerta y ardientes.

—No eres quien esperaba —dijo el anciano.

—Tú tampoco —contestó Viola.

—Justo, supongo.

—¿Qué ha pasado?

—Esos matones uniformados. Dijeron que destruirían la nave si no bajábamos la rampa, y luego casi lo hacen de todas formas —dijo el anciano, y tosió con fuerza—. Por mucho que me gustaría hablar, es bastante doloroso. Si no vas a matarme, ¿te importaría ayudarme a llegar a la enfermería?

Viola dudó un segundo, con la advertencia de Puk resonando en su oído. Si intentaba llevar a este tipo a algún sitio, no podría huir si alguien la encontraba. Pero entonces, ¿qué otra opción había? ¿Dejar al anciano sufriendo?

—Verás que no soy tan pesado como parezco —dijo el anciano mientras Viola se agachaba y le pasaba el brazo por los hombros—. Soy mayormente aire caliente, ¿sabes?

—¿Eso ha sido una broma?

Levantar al hombre le recordó a Viola cuánto tiempo llevaba despierta, sus piernas exhaustas y temblorosas con el peso extra.

—Creo que es en las situaciones más terribles cuando el humor es más necesario —dijo el hombre—. Y supongo que ya que estás intentando salvarme la vida, es momento de presentaciones. Soy Erick.

—Erick está claramente loco —zumbó Puk en el oído de Viola—. Digo que lo dejemos y corramos.

—He oído eso —respondió Erick—. Aunque no puedo culpar mucho a tu pequeño amigo mecánico si, de hecho, viniste a esta nave en circunstancias sospechosas.

Viola logró caminar de regreso al tramo con los camarotes de la tripulación a ambos lados.

—Solo estoy tratando de esconderme.

—¿Oh? ¿Y quién te persigue? Quizás compartimos un enemigo.

—¿Alguien llamado Davin? Tenía una tripulación con él.

Erick se rio, una risa débil y entrecortada por la tos que poco le ayudaba a superar las heridas. Viola no podía dejar de moverse hacia adelante —temía que en cuanto se detuviera, el peso de Erick los aplastaría a ambos contra el suelo—, pero quería preguntar qué era tan gracioso.

—¿Cómo te llamas? —preguntó Erick cuando cesó la risa.

—Viola.

—Viola, parece que has conocido a mi capitán.

—¡Te lo dije! —exclamó Puk, zumbando hacia adelante y mirando hacia la entrada principal de la nave—. ¡Todavía está despejado! ¡Suéltalo y vámonos!

—Dime por qué no debería hacerlo —dijo Viola, acercándose al final del pasillo.

—No te preocupes, Viola, Davin nunca se ha propuesto dañar a mujeres jóvenes. De lo contrario, yo no estaría aquí —dijo Erick—. Estoy seguro de que fue un malentendido.

—No me hizo daño, realmente —dijo Viola, repasando mentalmente la escena del bar.

Ninguno de la tripulación le había hecho nada, excepto ayudar, ahora que Viola lo pensaba. Pero había habido distracciones. Cuando no estaba siendo atacado, Davin podría centrarse en esa recompensa.

—Si tienes dudas, puedo garantizar personalmente tu seguridad —dijo Erick—. Davin te dejará bajar de esta nave si se lo pido.

—Eso es mucha confianza —dijo Puk.

—No voy a dejarlo morir —Viola siguió moviéndose.

—Y tu generosidad será recompensada —respondió Erick.

Llegaron tambaleándose de nuevo a la bahía de entrada de la nave. Estaba vacía, pero Viola podía oír ruido fuera. Erick señaló a la izquierda, una puerta que conducía a la enfermería. Un lugar donde Erick podría curarse. Viola permaneció en silencio, tratando de mantener clara en su mente la ruta de escape más fácil. Eso y sus piernas ardían por mantener a Erick en pie.

—Lo que intento decir, Viola, es que, así como tú me estás ayudando ahora, nosotros podríamos ser capaces de ayudarte a ti —dijo Erick, y luego suspiró—. Especialmente porque parece que esta nave no irá a ninguna parte en un futuro próximo.

CAPÍTULO 17
CÚRATE A TI MISMO

Hogar: una estrecha sala médica de tres metros por tres metros. Ver la camilla, la encimera cubierta de herramientas dispuestas en estricto orden, los armarios etiquetados y la brillante luz quirúrgica alivió el constante y punzante dolor en el estómago de Erick. Todo el equipo reunido poco a poco. Chatarra de aquí y allá reconvertida para mantener a la tripulación con vida. Ahora haría lo mismo por él.

Con suerte.

—Necesito que me pongas en la camilla —dijo Erick.

Viola se acercó tambaleándose al aparato de fino acolchado, con un cobertor de plástico gris enfermizo y barandillas amarillentas como adornos. Viola retorció su cuerpo, permitiendo que Erick se deslizara de su agarre y cayera sobre la camilla. El cojín se sentía fresco, pero claro, Erick tenía la pegajosidad caliente de la sangre cubriendo la mitad inferior de su cuerpo ahora. Tenía sentido.

—¿Estás lista? —preguntó Erick—. Sé que te estoy pidiendo mucho, pero creo que te decepcionaría si me arrastraste hasta aquí solo para que expire sobre esta mesa.

—Supongo que lo averiguaremos —dijo Viola—. Puk, ¿puedes ejecutar los diagnósticos?

Erick observó al pequeño robot flotando sobre la herida en su abdomen. Con cámaras adecuadas, incluso robots pequeños como Puk podían medir el pulso, seguir su respiración y la dilatación de las pupilas, entre otras cosas. Aun así, los robots estaban a merced de sus programadores. Un error y las lecturas podían ser incorrectas, fatalmente incorrectas.

—Parece una pelea brutal —dijo Puk, zumbando alrededor de Erick y escaneándolo con su lente—. Y no la ganaste, doc. Estoy viendo contusiones por todas partes. La sangre de la boca viene de un labio partido, nada grave. Pero el estómago, ay. ¿Recibiste una patada fuerte ahí?

—¿La recibí? Posiblemente —respondió Erick, escuchando el sonido de su propia voz, su debilidad le alarmaba—. Las botas del hombre eran puntiagudas.

—Eso es lo que estoy detectando. Laceración de seis centímetros, profunda. Viola, ahí es donde debemos centrarnos.

Viola se puso de pie, miró alrededor de la habitación.

—Háblame, Erick —dijo Viola—. No sé dónde está nada aquí.

—Lo siento, querida, pero vas a tener que aprender rápido. Las tijeras están en ese cajón superior a la izquierda, junto con los materiales de sutura —dijo Erick—. Pero antes de cerrar la herida, querrás asegurarte de que, um, de que...

Erick intentó mantenerse concentrado, pero el mundo decidió dar vueltas. Oscurecerse e iluminarse al azar. La pérdida de sangre causaba los problemas, pero Erick nunca había visto este aspecto en persona. Experimentar la pérdida mientras sus extremidades, su mente, comenzaban a apagarse.

Era horriblemente fascinante.

—¡Oye, Viola, se está desvaneciendo! ¡Como quieres ayudar a este tipo, tenemos que movernos! —anunció Puk, las palabras resonaban y se desvanecían, llegando a los oídos de Erick desde otro mundo—. ¡Levanta la camisa!

Erick sintió que tiraban de su camisa. Tan pegajosa allí, alrededor de su estómago. Unas tijeras cortaron la tela.

—De todas formas no era una buena camisa —murmuró Erick.

La chica debería saberlo para que no se sintiera mal por arruinarla.

—¿Y ahora qué? —preguntó Viola.

Erick no estaba seguro de a qué se refería.

El dolor disminuyó, la agonía reduciéndose a los más pequeños pinchazos. Una mala señal. Vamos, Erick, no es momento de rendirse todavía. Forzó sus ojos a abrirse, enfocándose en la luz brillante.

—No creo que eso sea de una patada —dijo Puk—. Parece una herida de cuchillo.

Una herida de cuchillo. ¿Estaban hablando de él? Podría ser. De vuelta al presente.

—Al menos parece limpia —dijo Puk—. Relativamente, al menos. Los órganos debajo parecen bien. Solo estamos lidiando con mucha pérdida de sangre.

—¿Solo eso?

—Cuenta tus bendiciones, hermana —respondió Puk—. Ahora, vamos a suturar.

La primera puntada se sintió como un pinchazo. Un segundo pinchazo. La chica se movía rápido. Un tercer pinchazo. Cada pequeña lanzada a través de su piel se sentía como un paso hacia la vida. Un cuarto pinchazo. Entrelazar la piel siempre había sido su parte favorita. Significaba que el trabajo estaba casi terminado, y solo era necesario si el paciente vivía. Un signo de éxito.

El quinto pinchazo fue duro, agudo. Erick se incorporó. Sus ojos bajaron, vio a Viola y Puk inclinados sobre su estómago. Las manos de ella, enguantadas, estaban muy rojas.

—Eso no tiene buen aspecto —dijo Erick.

—Aguanta, Doc. Nos ocupamos de esto —respondió Puk.

Los pinchazos continuaron. Uno tras otro. Erick se recostó, la oscuridad destellando en las esquinas de sus ojos. Pero se aferró a esos pinchazos. Cada uno como otro peldaño en esa escalera que conducía a la cordura. Podría soltarse, caer de nuevo en ese abismo sin fin. Pero, ¿cuándo había elegido él, médico en una nave mercenaria lejos de las comodidades de la Tierra, el camino fácil?

Una eternidad después, los ojos de Erick se abrieron temblorosos. Un tubo intravenoso entraba en su muñeca. Su estómago se sentía tenso, el dolor amortiguado. Viola en la esquina, sentada en una silla con aspecto aturdido. El sonido de botas sobre metal resonó por la nave. O los buenos regresando, o enemigos aquí para terminar el trabajo. Irónico, si fuera lo segundo. Todo esto para salvar a un viejo solo para que lo maten a tiros.

La puerta de la sala de carga se abrió, y apareció el rostro de Davin.

—¿Estás vivo, Erick? —dijo Davin, entrando en la habitación.

El rostro de Viola se crispó. Erick podía ver sus músculos tensarse. Pensando en huir. El pequeño robot estaba fuera de vista, sin duda planeando algún ataque sorpresa para darle tiempo a la chica.

—Gracias a Viola, sí.

Davin miró a Viola, pero continuó hacia Erick, examinando el trabajo de sutura y el gotero.

—No está mal —murmuró Davin—. ¿Cuál es tu cronograma?

—Unas pocas horas. Quizás menos.

—Nos vamos a mover en veinte. Después de que todos se equipen.

—¿Mover?

—Tienen a Trina. Y a Cadge, ahora. Si queremos que el *Jumper* despegue, necesitaremos recuperar a Trina.

Por supuesto que se llevaron a Trina. Por supuesto que no había podido evitarlo.

—Lo siento, Davin.

—No es culpa tuya —dijo el capitán—. Ahora, Viola. ¿Qué vamos a hacer contigo?

CAPÍTULO 18
LO QUE SE NECESITA

Davin acompañó a Viola fuera de la enfermería, le hizo tirar los guantes ensangrentados y apagar esa luz cegadora para que Erick pudiera dormir. La bodega central estaba vacía; los demás habían aprovechado un momento de respiro antes de que comenzara la verdadera diversión.

Mirando las paredes pintadas de su bodega de carga, Davin se dio cuenta de que su visión ya no flotaba. Ya no se balanceaba de un lado a otro. Es increíble lo que recibir un puñetazo y que te disparen puede hacer por la sobriedad.

—¿De qué estás huyendo? —preguntó Davin.

Viola y su robot flotante se apartaron de él, con la espalda contra la pared.

—No estoy huyendo —dijo Viola.

—¿Ah, no? ¿Has venido sola a este páramo helado de luna solo como vacaciones?

Detrás de Viola, pintada en la pared, había una de las obras de Mox. Las torres grises de la superficie lunar, un punto azul en el cielo que representaba la Tierra. Siempre asombraba a Davin cómo el grandullón mantenía la perspectiva.

—Me aburría —dijo Viola—. Suena estúpido, lo sé. Pero eso es lo que pasó.

—Estás hablando con un tío que acaba de buscar pelea con la policía. La estupidez me es muy familiar —Davin le dejó la pared, manteniéndose a un metro de distancia en el centro de la habitación. Cuando pasas suficiente tiempo en una nave espacial, el espacio personal se vuelve muy importante—. Mira, lo que intento averiguar es si eres un problema o una oportunidad. ¿Por qué no me ayudas?

—No intento ser nada —respondió Viola, cruzando los brazos y mirando al suelo.

—Entonces estás abierta a ideas, ¿no?

La chica levantó la mirada hacia él. Maldita sea si Davin no era un blando ante una cara llena de esperanza. Phyla debería estar aquí, lista para echar el jarro de agua fría de la realidad sobre la fantasía espacial que Davin iba a ofrecer.

—No me gustan los cazarrecompensas —continuó Davin—. Esos tipos del bar. Me sentiría bien dejándolos con un palmo de narices. Ponerte fuera de su alcance.

—¿Qué quieres decir?

Viola miraba a Davin directamente ahora. Bien. La chica tenía agallas.

—Quiero decir que tampoco me gustan los gorrones. Ni los niños ricos que no tienen nada que aportar. Si quieres viajar con nosotros, tendrás que hacer que valga la pena.

—¿Quién te ha dicho que quiero ir contigo?

—Si no quieres, te dejaré bajar de esta nave ahora mismo. La rampa está ahí mismo. Prueba suerte con Whelk. Es muy simpático cuando llegas a conocerlo.

El robot zumbó cerca del oído de Viola. Davin no quiso escuchar a escondidas. Si estaba leyendo bien a la chica, si había tenido el valor de volar hasta aquí por su cuenta y entrar en ese bar esta noche...

—¿Ese hombre de atrás? ¿Al que golpeaste? —dijo Viola—. Os llamó asesinos.

Las palabras quedaron suspendidas en el aire, con la pregunta silenciosa atada a ellas.

—¿Tú qué crees? —respondió Davin—. ¿Te parecemos un grupo de asesinos?

—Puk ha buscado tu nombre. Hay una acusación.

—Déjame adivinar, ¿de hoy?

Viola asintió. Un registro universal de Leyes Libres sincronizaba los delitos registrados en una base de datos a través de satélites, disponible para cualquiera. La gente que buscaba dinero podía arriesgarse a entregar a alguien por la recompensa, de lo contrario, las ciudades firmantes de la Ley Libre arrestarían a cualquiera que estuviera en la lista.

—¿Cuánto nos han puesto?

—Trescientos mil —dijo Viola, y Davin no pudo evitar silbar. Una cantidad superior a cinco mil atraía a los cazadores desde las sombras. Con una cifra tan alta, los Nines atraerían a los tipos realmente duros.

—Entonces debemos ser peligrosos. ¿Y antes de eso? ¿Algo?

—Nada como esto —dijo Viola—. Cosas pequeñas.

—¿Ves? Somos inofensivos.

—Ajá.

—Mira —dijo Davin—. Yo estuve donde tú estás ahora. Atrapado en un lugar en el que no quería estar y me ofrecieron una salida. Necesitamos otro miembro.

—No soy una mercenaria —dijo Viola, extendiendo los brazos como para mostrar que no llevaba una docena de armas.

—¿Programaste ese robot? —Davin señaló con la cabeza a Puk.

—Sí. Me pasé un poco con un proyecto de clase.

—Entonces podemos utilizarte —Davin miró su comunicador—. Tengo que coger mi equipo. Si quieres irte, la rampa está justo ahí. Si crees que quieres quedarte, sube a la cabina y habla con Phyla.

Davin se dio la vuelta y se fue antes de que Viola pudiera hacer otra pregunta. La chica parecía que encajaría bien si se quedaba. Además, saldría barata. Y si no funcionaba, siempre quedaba esa recompensa.

El camarote de Davin era el más grande de la nave. Souvenirs desordenados de docenas de puertos espaciales abarrotaban la habitación, desde estatuillas de los primeros marcianos nativos hasta esferas arremolinadas de gas literalmente capturadas de la atmósfera de Júpiter.

Hacia la cabecera de la cama, cerca de su almohada, Davin tenía una lámpara que filtraba la luz a través de una placa azul de hielo de Europa. En el armario del lado derecho estaba su objetivo, colgado de un gancho.

Melody era el mortífero regalo de despedida del último capitán, junto con el propio *Jumper*. El capitán saliente no dijo nada al respecto, y Davin encontró a Melody en su primera inspección de la nave, sin más nota que un suministro completo de paquetes de baterías cargadas como munición. Davin introdujo una carga nueva en Melody en ese momento y se metió un par más en la mochila.

Junto a Melody había la misma serie de arma corta que todos en el *Jumper* llevaban. Hay que adorar los descuentos por cantidad. Las armas no eran gran cosa en una pelea importante, pero dejarían a un hombre inconsciente si Davin le disparaba de cerca.

—Mox, Merc, Opal, ¿estáis listos? —dijo Davin por el comunicador—. Y oye, nos han marcado con trescientos mil. Estad preparados por si hay alguna sorpresa.

Tres clics le respondieron. La afirmación universal. Era hora de organizar un rescate.

CAPÍTULO 19

PRUEBAS EN VÍDEO

Phyla pasó las manos por las tres consolas que componían la cabina del *Jumper*. Un par de sillas acolchadas se acurrucaban en el centro, una de las cuales ocupaba ella. La vista estaba ahora cerrada, los blindajes bloqueaban la luz exterior. Estaba ocupada comprobando si sus visitantes habían dejado alguna sorpresa desagradable. La idea de que alguien hubiera estado pulsando estos botones, ajustando sus configuraciones, le provocaba náuseas a Phyla, se sentía violada.

—¿Hola? —dijo una voz detrás de ella. Phyla se giró bruscamente e intentó poner una expresión neutral. Viola, ¿no era ese su nombre? La chica miraba más allá de Phyla, hacia las actualizaciones cambiantes en las consolas mientras ejecutaban sus comprobaciones de los sistemas del *Jumper*.

—Cambian según lo que esté haciendo la nave —dijo Phyla—. Como estamos en reposo, nos muestra todas las cosas que nos interesarían para una parada de mantenimiento o una carga de mercancía.

Viola asintió y Phyla extendió la mano hacia la consola central, luego hizo un gesto, barriendo las actualizaciones de estado. Apareció una superposición de opciones, palabras debajo de iconos simples. Vuelo, carga, soporte vital. Con un toque, Phyla podía obtener una actualización segundo a segundo de cada parte del *Jumper*.

—¿Todos estos son conjuntos diferentes? —preguntó Viola.

—Lo has pillado —respondió Phyla—. Davin confía en mí para mantener el *Jumper* en funcionamiento, y empiezo por mantener los sistemas lo más avanzados posible. Así sabemos que si intentáramos despegar, incluso si pudiéramos abrir la puerta exterior de la bahía, han bloqueado los sistemas de refrigeración. Estaríamos en el aire unos minutos, luego los motores se sobrecalentarían. Seríamos un fuego artificial.

—¿Es porque creen que habéis matado a alguien?

—Quizás —dijo Phyla, observando cómo las comprobaciones del soporte vital volvían en verde. Un sistema que, al menos, no había sido saboteado—. Creo que nos están tendiendo una trampa.

—¿Para qué?

—Eden está molesto porque perdieron a un par de inspectores, así que Marl nos culpa a nosotros. Por eso cancelaron nuestro contrato. Pero lo que no entiendo es por qué Marl nos dio veinticuatro horas para irnos, y luego nos emboscó fuera de un bar. Después intentó matar a nuestro médico y secuestró a nuestra mecánica.

—¿Cambió de opinión? —preguntó Puk.

—¿Pero por qué? —Phyla se mordió el labio. Eden era un negocio, una entidad que se movía lentamente y evaluaba todas las opciones antes de apuntar a la más rentable. ¿Por qué cambiar un contrato de seguridad tan rápido cuando las pruebas estaban del lado de los Nines?

—Entonces —dijo Viola—. Davin me dijo que hablara contigo si quería quedarme.

—¿Te dijo por qué?

—¿Venir a ti? No.

—Mira esto —dijo Phyla.

Phyla pasó una mano sobre la consola central y la pantalla se desplazó hacia arriba y apareció sobre el parabrisas cerrado. Una pantalla mucho más grande. Al tocar un icono de una cámara, el panel cambió a una pantalla que mostraba varias grabaciones realizadas durante los últimos días. La primera caja mostraba una hora de solo unas horas atrás. Phyla la tocó y el vídeo se reprodujo.

Trina, una pequeña fiera con el pelo azul —su color del mes— recogido en un moño, estaba hurgando en un contenedor de suministros en la bahía principal del Jumper. A los pocos segundos, Trina hizo una pausa en su búsqueda y miró hacia la rampa. El ángulo hacía que la parte posterior de la cabeza de Trina quedara frente a la cámara, con la rampa de embarque visible en el lado derecho del encuadre.

—Esa es Trina —dijo Phyla—. Nuestra mecánica. Desafortunadamente, no hay sonido en estos vídeos, así que no tengo idea de lo que está diciendo hacia la rampa.

Trina se acercó a la rampa de embarque y luego saltó hasta el panel de control en la pared. La mecánica tiró de una pequeña palanca y la rampa de embarque se retrajo. En el borde bajo de la rampa, apareció un brazo, luego una cabeza. Un soldado trepó por la rampa mientras esta se cerraba. Trina también vio al tipo y metió la mano en la caja para sacar una de las herramientas metálicas. Sosteniéndola frente a ella como un garrote, Trina retrocedió.

—Parece que está huyendo, pero Trina conoce cada centímetro de esta nave —dijo Phyla—. Ese panel de ahí, si pones suficiente peso, cederá. Solo un poco, pero lo suficiente.

El soldado dio un paso hacia Trina y tropezó cuando su rodilla cayó más lejos de lo que esperaba. Trina se inclinó hacia adelante, balanceando el garrote metálico. El soldado interpuso su brazo izquierdo, recibiendo el golpe y cayendo hacia la derecha. Con el otro brazo, el soldado sacó un pequeño objeto que destelló. Trina se quedó paralizada, el garrote cayéndosele de las manos. Cayó tras él, quedando tendida en el suelo.

—Solo está aturdida —dijo Viola—. El color, se basa en la composición de la energía activada. El blanco, es más eléctrico, bloquea el sistema nervioso.

Phyla miró a Viola. La chica conocía sus láseres. Era un comienzo.

En el vídeo, el hombre caminó hacia el panel de control e invirtió el curso de la rampa de embarque. Se volvió y gritó algo hacia la apertura. Entonces, un destello anaranjado fuera de la pantalla atravesó la bodega de carga y se incrustó en el costado del soldado.

—¿Erick? —preguntó Viola.

—Mejor tirador de lo que pensarías. Nunca he logrado averiguar dónde aprendió a luchar tan bien.

El soldado trastabilló hacia la rampa, luego cayó de rodillas. Erick entró en el encuadre, hacia el panel de control, pero una ráfaga de disparos desde fuera de la vista lanzó láseres hacia la nave, obligando a Erick a retroceder. El médico optó por llegar hasta Trina y arrastrarla lejos. Dos segundos después aparecieron más soldados en la rampa, subiendo agachados, con las armas listas y apuntando. Erick y Trina ya no estaban en la toma.

—Los siguientes minutos son Erick y Trina jugando al gato y al ratón con ellos —dijo Phyla—. Su boca sigue moviéndose, como si estuviera intentando contactarnos por su comunicador, pero tenían al menos un inhibidor localizado.

—No entiendo por qué harían esto.

—Esa es la pregunta del millón de monedas.

Phyla extendió la mano y deslizó hacia adelante. Ahora Erick y Trina, aún inmóvil, estaban en la sala del motor izquierdo. Erick escondió a Trina en una esquina, luego tomó una posición cubierta junto a la entrada de la sala. Durante un rato no pasó nada, solo Erick mirando fijamente el pasillo.

Entonces algo lo hizo saltar, y Erick miró hacia atrás a Trina, cerró los ojos por un instante, luego se inclinó por la esquina y disparó. Erick siguió disparando, dirigido y constante, hasta que el arma emitió un láser rojo, un indicador de que solo quedaba un disparo.

Erick echó otra mirada a Trina, apuntó el arma hacia ella, luego negó con la cabeza. Volvió a apuntar el arma fuera de la pantalla.

—Pensó que los matarían a ambos, o harían algo peor —dijo Phyla—. Ni siquiera puedo imaginar sentirme tan desesperada.

Erick disparó el último tiro. Una serie de respuestas dispararon contra el médico, que se apartó de los láseres. Luego, varios soldados entraron corriendo en la habitación, agarrando a Erick y lanzándolo contra la carcasa del motor. Cuando Erick intentó dar un puñetazo, uno de los soldados lo pateó en el estómago. Phyla pausó el vídeo allí, luego lo borró de la pantalla de la cabina.

—No necesitas ver el resto —dijo Phyla.

—¿Así que se llevaron a Trina, pero dejaron a Erick?

—Tal vez pensaron que moriría de todos modos. Así que comprometieron nuestra nave. Todo mientras estábamos en el bar, ayudándote.

—Espera, esto no fue...

—Sé que no es culpa tuya —dijo Phyla, mirando hacia otro lado—. Pero deberíamos haber estado aquí ayudándoles.

—¿Qué vais a hacer?

Un altavoz en la consola izquierda crepitó. La voz de Davin llegó, diciéndole a todos que vinieran a la bodega de carga.

Phyla dio unas palmaditas al arma que colgaba en una funda en su silla.

—Vamos a recuperar a nuestros amigos.

CAPÍTULO 20
MISIÓN DE RESCATE

Opal estaba sentada en el banco, sorbiendo café y observando a los trabajadores del turno de mañana dirigiéndose a sus tiendas, oficinas o donde fuera. Al otro lado del bulevar se encontraba el único lugar que Eden Prime había construido para albergar a cualquier infractor que no pudieran desterrar de inmediato. Diez celdas, cerradas con láser y dispuestas en círculo. Mucho esfuerzo para borrachos que necesitaban desintoxicarse. Llegar hasta aquí era demasiado caro como para arriesgarse a hacer algo lo suficientemente estúpido como para ser exiliado. Un agente montaba guardia en la entrada, con su arma enfundada visible, aunque el hombre pasaba la mayor parte del tiempo mirando su comunicador.

—¿Crees que ahí es donde llevaron a Trina y a Cadge? —la voz de Davin sonó a través de su comunicador.

—Voy a buscar un mejor ángulo ahora, a ver si puedo detectar sus firmas térmicas —dijo Opal.

La prisión sobresalía de la pared de Eden Prime, extendiéndose hasta el centro del bulevar que recorría toda la estación. Los muros exteriores parecían tener tres pisos de altura. La seguridad automatizada significaba que no había nada tan anticuado como torres de vigilancia en las murallas.

Sobre la puerta principal había una fila de ventanas que daban al centro de mando de la prisión. Tintadas, las ventanas impedían que cualquiera viera lo que sucedía dentro, pero ofrecían una vista clara hacia fuera. Un problema para la mayoría de los posibles espías. Opal, sin embargo, prefería jugar con los espectros menos visibles.

Con un giro en la lente izquierda de las gafas que llevaba puestas, Opal ajustó la vista para capturar solo rayos infrarrojos. Para ahorrar en costes de calefacción, Eden Prime había construido la ventilación para que se filtrara hacia el bulevar, dirigiéndose hacia los purificadores de aire del techo y el suelo. La prisión filtraba bastante calor directamente hacia Opal, y los dos cuerpos que trabajaban en las consolas del centro de mando de la prisión destacaban en rojo. Los pasillos detrás, donde estaban las celdas, eran más turbios. El calor corporal se mezclaba con otras fuentes creando una imagen nebulosa.

—No puedo asegurarlo —dijo Opal—. Pero si tuviera que apostar, diría que no son lo suficientemente creativos como para ponerla en otro lugar.

—Planear un allanamiento basándonos en una corazonada no es precisamente mi cosa favorita —respondió Davin.

—No hay tiempo para nada más —dijo Opal—. Toma la decisión, capitán.

Opal se preparó para una respuesta brusca. Una reprimenda. Intentar dar órdenes a un capitán en Marte con ese tono le habría supuesto recibir las peores misiones durante una semana. Posiblemente algo peor.

—A veces hay que jugársela. Prepárate en la entrada —comunicó Davin—. Estaremos ahí pronto.

—Entendido, jefe —dijo Opal. Esto no era Marte. Recuérdalo. Ahora colócate en posición.

No es que hubiera grandes opciones para francotiradores

en el bulevar abierto. La tienda cerrada detrás de Opal tenía un segundo piso y algunas ventanas. Perfecto, si tan solo pudiera entrar. La única ventana en la planta baja daba a un interior vacío, todo lo de valor había sido retirado para pagar las deudas del propietario. Aun así, Opal supuso que la ventana estaba conectada a la red de alarmas de la estación. Un golpe y tendría a los agentes rodeándola en cuestión de minutos. La puerta, sin embargo...

Opal se levantó y fue hacia la puerta. La lámina plana de metal tenía una luz roja a la derecha. Acceso con tarjeta, programada para permitir la entrada a los nuevos propietarios y a nadie más. Lo cierto es que los Wild Nines tenían tarjetas que les daban acceso de emergencia a cualquier lugar. Necesario si estaban vigilando toda la estación. Opal todavía tenía la suya. Quizás no la habían desactivado aún.

—¿Puedo ayudarla? —dijo una voz masculina detrás de Opal—. Esta tienda está cerrada, y he notado que lleva aquí un buen rato.

—Lo siento, solía venir aquí. Intentaba averiguar por qué la habían cerrado —dijo Opal.

—Claro. La he escaneado, y parece que tiene un arma bastante potente en su mochila. ¿Quiere hablar de eso?

Opal miró fijamente al agente. —No, creo que no.

—Qué lástima. Porque voy a tener que confiscarla. No están permitidas en Eden Prime.

—Eso es Eden para ti. Siempre cambiando sus reglas —dijo Opal, quitándose la mochila de la espalda—. ¿Puedo recuperarla cuando me vaya?

—La enviaré a depósito. Cuando salga de Europa, puede ir a pedirla en la entrada de las bahías. Si no causa problemas, se la entregarán —dijo el agente, manteniendo una mano sobre su arma.

El agente no la estaba acosando, solo hacía su trabajo. Lo que hacía la siguiente parte más difícil. Pero el azar no conoce la misericordia. Sacando el revoltijo de piezas que formaban su rifle, Opal se lo entregó al agente, que lo cogió.

—Oh, debería tener cuidado con esta parte —dijo Opal, acercándose al guardia y presionando el botón de ensamblaje magnético del rifle. La carga se activó y las piezas se acoplaron, igualando sus fuerzas precisas, y pellizcando los dedos y brazos del guardia entre las piezas.

El agente soltó un grito y sacudió las manos para liberarlas del rifle, que terminó de encajar, justo a tiempo para que la patada de Opal aterrizara en el pecho del agente. El guardia cayó hacia atrás al suelo, gimiendo, y Opal se estiró para coger el rifle. Cuando su mano se acercaba, un rayo salió disparado desde la prisión y rebotó en el suelo frente a ella.

Los gritos resonaron por el bulevar mientras la gente corría buscando refugio. Opal se lanzó, rodando detrás del banco y echando un vistazo a la prisión. El tinte de las ventanas había cambiado de color, un filtro para dejar pasar los láseres. Detrás, al menos otras dos siluetas apuntaban hacia ella.

—Capitán, sobre esa ayuda —dijo Opal por el comunicador, con los ojos fijos en el rifle, que estaba a varios metros de distancia, fuera de su alcance.

—¿Sí? —la voz de Davin.

—La quiero ahora.

CAPÍTULO 21
EN INFERIORIDAD NUMÉRICA

Los guardias no se molestaron en disparar a Opal tras el banco. No es que el metal ofreciera mucha protección, pero los soldados probablemente estaban esperando a que sus compañeros la flanquearan. Opal podía ver al que había pateado levantándose de nuevo, favoreciendo sus manos.

Opal metió la mano en su cintura, a lo largo de la cara interna de su muslo donde, enroscado, tenía un cuchillo de haz. Sus dedos movieron el pequeño pestillo y la banda se enrolló sobre sí misma, convirtiéndose en un pequeño cilindro que encajó con un clic en su mano expectante. El cuchillo emitía un pequeño láser directo unos centímetros por delante. Bueno para sacar un ojo o cortar ataduras.

—Davin —dijo Opal por el comunicador—. ¿Dónde estás?

—En camino.

—Tengo un pequeño cuchillo y un montón de soldados con armas viniendo hacia mí. No tenía planeado morir hoy.

—No lo harás —respondió Davin.

Iba a hacer que cumpliera su palabra. La puerta principal de la prisión se abrió con el audible silbido del aire moviéndose de un lugar a otro. Opal miró a través de los huecos del banco, vio a cuatro soldados corriendo hacia ella y respiró profundamente. Estarían sobre ella en una cuenta de tres. Opal observó las sombras en la tienda cerrada, proyectadas desde las brillantes luces de la prisión.

Uno. Las cabezas de los soldados aparecieron, elevándose por la pared como fantasmas. Sus botas golpeando el suelo de la avenida producían un sonido hueco.

Dos. Bajo el ruido, Opal creyó oír cómo hablaban entre ellos. Las sombras se dividieron, un par hacia los lados del banco. Ya cerca. Opal tensó las piernas, cambió la posición de los pies para conseguir el máximo impulso. Una única oportunidad de sorprenderlos.

Tres.

El primer guardia al que Opal cortó con su cuchillo de haz en las manos gritó y retrocedió. Los otros tres se detuvieron, manteniendo un metro de distancia entre ellos y Opal, que permanecía agachada detrás del banco.

—Es solo un cuchillo —dijo uno de los soldados—. Aturdidla.

Como si hubieran pulsado un interruptor, los soldados parecieron recordar que tenían ese ajuste en sus armas. Opal, observando las sombras, vio al soldado detrás de ella sacar el arma de su funda. En un solo movimiento, Opal se giró y balanceó su brazo derecho, soltando el cuchillo justo cuando su brazo pasaba el ápice del giro. La hoja de haz giró en el aire durante un segundo, antes de rebotar contra la cara del soldado, primero por la empuñadura.

—Mierda —dijo Opal mientras el guardia se frotaba la cara, con expresión confusa.

Los otros dos guardias la agarraron y la tiraron al suelo. Le pusieron las esposas, que se cerraron alrededor de sus muñecas ajustándose a una tensión que impedía el movimiento pero permitía la circulación. Un soldado le presionó la cara con fuerza contra el suelo, el metal helado mordiendo a través de su mejilla y llegando hasta sus dientes. Y entonces la presión desapareció cuando el soldado levantó a Opal, girándola para que le mirara cara a cara.

—Creo que te reconozco —dijo el soldado—. Eres una de los Wild Nines, ¿verdad?

Opal no dijo nada, mirando fijamente su rostro. Respira. Ignora tu corazón acelerado y la adrenalina bombeando. Mantén la calma.

—Espero que hayas llamado a tus amigos —continuó el soldado, con una sonrisa bobalicona arrastrándose por su cara—. Cuanto antes os atrapemos a todos, antes podremos dejar de esforzarnos tanto.

—Estás completamente fuera de tu liga —le dijo Opal al tipo que la empujaba.

—Eso lo dice la que está esposada —replicó el soldado.

El comunicador de Opal vibró, un solo chasquido.

—No por mucho tiempo —murmuró Opal.

CAPÍTULO 22
CARRERA

Merc vio las intensas luces de la prisión inundando la avenida y, mientras corría, sacó de los broches de su cinturón dos pequeños discos con tapones de goma en el centro. Pulsó el botón de cada uno, activándolos, y envió corriente eléctrica descontrolada a través de ellos.

Mientras Merc continuaba por la curva, la escena se hizo visible. Cinco soldados, uno a un metro de la puerta de la prisión con Opal a remolque. Los otros cuatro de pie, observando, con las armas enfundadas, relajados.

Esperaba que les gustasen las sorpresas.

Sin romper su zancada, Merc lanzó los dos discos con un movimiento lateral, soltando los botones al arrojarlos. Los discos rebotaron y se deslizaron por el suelo hacia los cuatro soldados. Un segundo después, justo cuando los soldados los estaban mirando, el caucho de conexión a tierra de los discos se retrajo y cayó un rayo.

Los rayos cargados saltaron hacia los soldados, formando arcos en el aire hasta alcanzar sus armas, sus manos, cualquier posible conductor para intentar llegar al suelo. Los relámpagos golpearon a los cuatro soldados en milisegundos, sobrecargando sus nervios y provocando que se derrumbasen, convulsionando.

El soldado que sujetaba a Opal miró boquiabierto a sus compañeros, y mantuvo la boca abierta cuando Opal le dio un codazo en el estómago, luego se giró, barriendo bajo con la pierna, y le hizo tropezar. Cayó duramente al suelo y ni siquiera intentó levantarse.

Merc alcanzó sus discos, cuyas cargas ya se habían descargado y permanecían inertes en el suelo. Los soldados a su alrededor gemían, con los ojos cerrados y encogidos, sus nervios aún temblando. Si las descargas residuales funcionaban como se anunciaban, estos tipos deberían estar fuera de combate durante los próximos treinta minutos o más.

—¿Soy increíble? —dijo Merc, cogiendo los discos—. Porque creo que soy bastante increíble.

El láser desde la ventana de la prisión alcanzó a Merc en pleno pecho. La sensación ardiente de la descarga se extendió por su cuerpo, fuego propagándose sobre leña. Nervios abrasados. Sus brazos y piernas quedaron entumecidos. Merc cayó de rodillas, intentando recomponerse.

Había cosas que debería estar haciendo. Debería levantarse, liberar a Opal de esas esposas, coger el segundo disco y luego irrumpir en la prisión. Salvar a Trina. Vaya, Opal estaría tan enfadada porque le habían disparado. Siempre diciéndole que no se luciese. Recordándole a cada segundo que los pilotos de combate no sabían cómo funcionaban las cosas en las trincheras. Que el entrenamiento no era nada comparado con la realidad. Parece que tenía razón.

Opal estaba justo a su lado ahora. Merc la miró y se dio cuenta de que estaba tumbado de costado. ¿Cuándo había pasado eso? Intentó preguntarle a Opal lo grave que era. No podía saber si su boca se estaba moviendo. Las cosas dolían ahora, el dolor llegaba desde todos los rincones. Simplemente, por todas partes.

Opal lo arrastró detrás de un banco. Otro láser destelló cerca.

—Lo siento —dijo Merc, o creyó haberlo dicho.

Era difícil saberlo.

CAPÍTULO 23

TÁCTICAS DE ASALTO

Davin no quería héroes en su equipo. Solían acabar recibiendo un disparo y fastidiándolo todo. Si Merc no fuera tan condenadamente bueno en un Viper...

Davin y Mox se movían por el exterior del edificio de la prisión, abriéndose paso hacia la puerta principal. Sobresalía del lateral de Eden Prime como una protuberancia, con la pared curva de pulida roca de Europa. Algunas cámaras salpicaban la parte superior de dos pisos, ojos negros que asomaban. Sin ventanas, salvo la grande de la fachada. Era más barato poner pantallas dentro que perforar agujeros en la estructura. En una mañana normal, las tiendas alrededor de la prisión ya estarían repletas de curiosos. El fuego láser tenía la virtud de mantener todo despejado.

Al otro lado de la avenida, Opal tenía a Merc agachado tras un banco. Los rayos láser salían disparados desde encima de la puerta cada pocos segundos cuando algún soldado creía tener un tiro limpio. Las cámaras mostrarían a Davin y Mox aproximándose por debajo, dando tiempo a los soldados para prepararse contra un asalto frontal. Uno que no iba a producirse.

—Vamos a saludar —dijo Davin.

Mox, prescindiendo de su cañón para tener mejor movilidad, se agachó. Después, haciendo temblar el suelo, saltó los tres metros hasta la gran ventana frontal. En la cima de su salto, balanceó su puño derecho hacia delante y destrozó el cristal. El grandullón llevaba unos gruesos guantes de trabajo, diseñados para soldar cascos de naves espaciales, y buenos para protegerse las manos de los afilados fragmentos que se esparcieron.

Davin se apartó a un lado mientras Mox caía, con cristales rompiéndose a su alrededor. Un movimiento impresionante. Davin debería considerar conseguir uno de esos exoesqueletos. Por ahora, sin embargo, tendría que arreglárselas con el lanzamiento usando sus débiles brazos humanos. Desenganchó una pequeña esfera de su cinturón, presionó un botón con el pulgar y la lanzó en arco a través de la ventana.

—Buen lanzamiento —dijo Mox.

Un segundo después, la esfera explotó en un chispeante destello de luz brillante. Mox saltó de nuevo, esta vez agarrándose al marco de la ventana e impulsándose hacia dentro. Davin esperó escuchar disparos, pero solo se oyeron golpes. Una silla salió volando por la ventana, rebotando por la avenida.

—Despejado —la voz de Mox sonó por el comunicador.

—Opal, recoge a Merc —dijo Davin—. ¿Phyla, Erick?

—Ya lo sabemos —respondió Phyla—. Ya estamos preparando la camilla.

Davin observó cómo Opal sacaba a Merc de detrás del banco. No había forma de que pudiera levantar al piloto. Arrastrarlo de vuelta con vida. Era perder a Merc, o dejar que Mox se encargara de la prisión él solo. Davin miró a los soldados tumbados en el suelo de la avenida, todavía aturdidos por los discos eléctricos de Merc. Si eso era lo mejor que tenían, Mox podría encargarse.

—¡Juntos! —exclamó Davin.

Opal asintió, y entre los dos sujetaron a Merc y comenzaron el largo camino de vuelta a los hangares. La chaqueta de piloto de Merc, una reliquia de sus días de entrenamiento en la Tierra, estaba chamuscada alrededor del pecho, el negro quemado parecía húmedo junto al tinte oscuro del resto de la ropa.

—Mox, estás solo —comunicó Davin—. Trae a Cadge y Trina a casa.

—Cuenta con ello.

CAPÍTULO 24
LISTOS PARA PARTIR

Viola volvió a hacer el equipaje en tiempo récord, mientras Puk aprovechaba cada segundo para cargarse. ¿De verdad iba a marcharse con Davin y su banda de mercenarios? Aunque, ¿qué otra cosa podía hacer? La ropa terminó de caer en su maleta y Viola pulsó el botón de aspiración. La maleta amarillo girasol se comprimió sobre sí misma, expulsando el aire. Algo esencial para las naves espaciales con poco espacio.

—¿Vas a hacerlo, eh? —preguntó Puk al despertarse.

—Sé que, como bot, el concepto de mortalidad no te afecta —Viola levantó la maleta y caminó hacia la puerta—. Pero como persona, tengo la necesidad de sentir que estoy haciendo algo con mi vida antes de morir.

—¿Y la forma de hacerlo es unirte a un grupo de asesinos después de que les acusen de asesinato?

—Que les acusen no significa que sean culpables.

Fueron al vestíbulo del hotel. Los huéspedes estaban levantándose, y la entrada estaba llena de gente somnolienta cogiendo cafés, aguas y comida de desayuno dispersa. Viola atrapó un hojaldre de frambuesa —con relleno de fruta cultivada en laboratorio en los propios invernaderos de Eden Prime— y se lo metió en la boca mientras salía por la puerta.

—Tu padre te enviaría el dinero para volver a casa, ya lo sabes —dijo Puk mientras se abrían paso hasta la salida.

—No quiero...

Viola oyó los gritos al abrir la puerta. A su izquierda, la gente corría de vuelta hacia el hotel, hacia las bahías de atraque. Trabajadores madrugadores, bañados en el beige turbio del amanecer mientras Eden Prime se ajustaba para dejar entrar más luz brillante. El satélite solar, emitiendo su energía, resplandecía sobre Viola.

—¿Crees que es cosa de Davin? —preguntó Viola, señalando hacia la multitud.

—Hagamos una apuesta. Si son ellos, vuelves a casa. Si no son ellos, me callaré.

—Es tentador, pero vamos en dirección contraria —Viola se dirigió hacia las bahías.

Phyla le había dicho que si Viola quería, los Nines tenían un sitio extra. Le permitirían ir con ellos como agradecimiento por ayudar a Erick. Phyla acompañó la invitación con un aviso de tiempo: los Nines no esperarían a Viola. Una vez que estuvieran en el espacio, Viola enviaría un mensaje a su padre, diciéndole dónde podría encontrar el *Gepard*.

—Su nave está averiada, ¿recuerdas? —dijo Puk, deslizándose detrás de ella.

—Soy ingeniera, y tú estás lleno de todo el conocimiento humano —respondió Viola—. No puede ser tan difícil de arreglar.

—Te reproduciré eso cuando nos explote en la cara.

—Si eso ocurre, probablemente no estaré para escucharlo.

Unos minutos de caminata les llevaron a las puertas principales de la bahía, abarrotadas de bots y personas transportando mercancías de un lado a otro. Corrían conversaciones sobre una pelea, pero sus tonos eran curiosos. Menos preocupados que divertidos con sus amigos que se habían quedado en casa por miedo a un láser perdido.

Cuando Viola atravesó las puertas principales, un hombre que llevaba un abrigo alto y grueso y un sombrero de ala ancha chocó contra ella en dirección opuesta. El contacto fue fuerte, sin ceder, y Viola trastabilló hacia un lado.

—Eh, ten cuidado —dijo Puk, zumbando cerca de la cabeza del hombre.

El hombre se detuvo, y Viola notó que, aunque salía de las bahías, no llevaba nada. Ningún equipaje. Al menos, nada fuera de ese abrigo. Su cabeza giró y, en la sombra proyectada por el ala de su sombrero, Viola pudo ver una sonrisa salvaje. Los dientes del hombre brillaban. Resplandecían a la luz.

—Eh, no hagas caso a Puk —dijo Viola—. Estoy bien.

El hombre la miró fijamente durante otro segundo antes de dar un respingo hacia delante y alejarse caminando.

—¿Qué le pasa a ese tipo? —preguntó Puk.

—No lo sé, ni quiero saberlo —respondió Viola—. Ahora vámonos antes de que pase algo más.

CAPÍTULO 25
FUGA DE LA PRISIÓN

Saltando al centro de mando, Mox encontró a los dos soldados que Davin había incapacitado con su granada aturdidora tambaleándose y sujetándose las orejas. Mox se acercó al primero, cogió la pistola del suelo, la cambió a modo aturdidor y le disparó en la cara. El segundo guardia intentó huir, pero tropezó con una silla y cayó, golpeándose la cabeza contra una consola y quedándose inmóvil en el suelo. Mox comprobó: seguía respirando.

—Despejado —comunicó Mox.

—*Déjalos vivos* —*había ordenado Davin al salir del Saltador*—. *Creen que somos asesinos, no demostremos que tienen razón.*

Pero estos soldados ya habían disparado a Merc. Habían capturado a Trina y a Cadge. Saboteado su nave. Mox no estaba seguro de cuándo se cruzaba la línea para matar, pero los soldados ya deberían haberla cruzado.

La puerta del centro de mando se abrió y entró otra soldado.

—¿Qué demonios está ocur...? —dijo la soldado mientras miraba el cristal destrozado.

Mox le disparó con el aturdidor. Con dos zancadas rápidas, Mox atrapó a la mujer mientras se derrumbaba. De su cinturón colgaba una tarjeta roja, una de esas que podían abrir una celda. Mox arrancó la tarjeta, colocó a la mujer en una silla y se fue a buscar prisioneros. El pasillo principal, en la primera planta, rodeaba la prisión como un círculo, con celdas cada cuatro metros. Las tres primeras estaban desocupadas, con sus puertas láser abiertas. Camas de repuesto sin tocar.

Cuando Mox se acercó a la cuarta, tras una curva en el pasillo, pudo oír a un par de guardias hablando. Debatían si huir o luchar. Si mantener al prisionero.

No era su decisión.

Mox no tanto caminó como se lanzó alrededor de la curva, usando el exoesqueleto para correr casi dos metros por zancada, de modo que cuando los soldados se giraron para ver qué venía a destrozarlos, cualquier pelea ya estaba perdida. Mox golpeó al guardia más cercano con su hombro, inclinándose en la carga, y lo derribó contra su compañero, enviando a ambos al suelo. La celda de la izquierda contenía a Trina, tumbada en la cama. Pero solo a ella.

—¿Dónde está el otro? —dijo Mox a los guardias acobardados—. Bajito. Enfadado.

—¡No lo sabemos! —dijo el soldado al que Mox no había golpeado, extendiendo las manos frente a él—. Ella es la única aquí, ¡lo prometo!

—¿Estáis mintiendo? —Mox se cernió sobre ellos.

El pánico en sus rostros reveló más verdad que sus balbuceos de negación.

—Entonces corred —dijo Mox—, y no os romperé.

Ambos, el que Mox había golpeado moviéndose con dificultad, se pusieron de pie y corrieron. Cuando uno intentó conservar su arma, Mox alargó el brazo, agarró el arma y la arrancó de las manos del soldado. Mox golpeó el arma contra la pared hasta que no fue más que plástico roto. El único sonido después de eso fue el de sus botas golpeando el suelo.

Mox presionó la tarjeta contra la puerta de la celda y las

barreras láser se apagaron con un chisporroteo. En la delgada cama de la celda, Trina yacía inconsciente. Todavía aturdida. Todavía respirando. Mox la cogió de la cama, manta incluida, y salió.

CAPÍTULO 26
AÚN NO SE HA IDO

Davin y Opal llevaban a Merc sobre sus hombros mientras corrían hacia la bahía tres.

—Tengo a Trina —comunicó Mox—. Cadge no está aquí.

—Mox —dijo Opal—. ¡No te olvides de mi rifle!

—Lo cogeré —respondió Mox—. Me deberás una.

—¿No puedes conseguir otro? —le preguntó Davin a Opal entre jadeos.

—Si me haces dejarlo, me compras uno nuevo.

—¿Cuánto cuestan?

Opal dijo la cantidad como si fuera una maldición, y Davin respondió de la misma manera.

—¿Davin? —la voz de Phyla sonó por el comunicador—. ¿Cuál es la situación?

—Mox tiene a Trina y vamos de vuelta. Pero no hay rastro de Cadge. ¿Está mejor Erick?

—Se está moviendo, pero no tiene buen aspecto.

—Entonces ponte a leer sobre quemaduras por láser, porque vamos a necesitar un médico.

Las puertas de la bahía uno y el corredor de envíos se alzaban imponentes en el amanecer. Unas luces amarillentas se proyectaban sobre las enormes losas gris oscuro que se abrirían cuando Davin se acercara. Eden había marcado las puertas con los entrelazados verdes que componían su logotipo, evocando a selvas tropicales que Davin nunca había visto. La plaza entera estaba vacía, lo cual no era buena señal para lo que tendría que ser un ajetreado despegue matutino.

¿Una señal aún peor?

Las puertas de la bahía no se abrieron cuando se aproximaron.

—Jo, mierda —dijo Davin.

—Era de esperar —añadió Opal.

—¿Phyla? —comunicó Davin—. Necesito que veas qué está manteniendo cerradas las puertas de las bahías. No podemos entrar.

—Ya no tenemos acceso a la red interna de Eden Prime —dijo Phyla—. Nos cortaron cuando...

—¿Eso te ha detenido alguna vez? ¡Necesitamos que estas puertas se abran ya!

—Vale, me pongo a ello.

Tras dejar a Merc cerca del borde de las puertas, con la espalda contra las grandes paredes de la bahía, Davin le entregó a Opal su pistola enfundada. Ella la cogió con un gesto de asentimiento, y luego se apresuró a ocultarse entre las sombras cerca de unos grandes montones de cajas que esperaban barcos de salida. Conectando los puntos: la puerta cerrada, el bulevar vacío durante una hora punta de la mañana... no era difícil ver que era una trampa.

—¡Davin Masters! —la voz de Ferro surgió de la nada—. Nos volvemos a encontrar, y esta vez no te irá bien.

Davin intentó rastrear el sonido, pero se detuvo cuando Ferro salió al bulevar, manteniendo cierta distancia entre ellos. Debía haber estado esperando en alguna tienda.

Más pruebas de que estaban cayendo en una trampa. Davin odiaba las trampas, especialmente cuando él era quien caía en ellas.

—Genial —dijo Davin—. Me alegra oírlo.

—Aprecio tu actitud —respondió Ferro—. Es más divertido borrar una sonrisa de una cara que un ceño fruncido.

Ferro levantó una mano y Davin sintió que algo caía sobre sus hombros y le derribaba, expulsando el aire de sus pulmones con un fuerte crujido en el pecho. Su cara besó el suelo. ¿Qué demonios había sido eso?

—Oh, lo siento. ¿Ha arruinado eso tu réplica? —dijo Ferro—. Entonces creo que lo que sucederá a continuación te dejará completamente sin palabras.

—No creo que la comedia sea lo tuyo, Ferro —resolló Davin, tratando de reunir suficiente fuerza para quitarse de encima lo que fuera que tenía.

Melody, negra y malvada, estaba a un metro de distancia. Lo suficientemente cerca para rodar hacia ella, agarrarla y apretar el gatillo. Quemar a Ferro hasta dejarlo crujiente sería un buen remate para esta conversación surrealista.

Opal debía no tener un tiro claro. O pensaba que Davin podía encargarse. En cualquier caso, Davin tenía que quitarse esa cosa de la espalda.

—Menos mal que eres público cautivo —dijo Ferro. El hombre no se acercaba más. No estaba sacando un arma. ¿Por qué?

Con las costillas doloridas, Davin juntó las manos y empujó. De su espalda rodó algo en una gruesa bolsa para cadáveres, algo con bultos y bordes romos. Pero Davin no podía detenerse a mirar. Rodó hacia Melody, la agarró y disparó directamente hacia arriba de donde había caído el objeto. Dos soldados observaban desde la pasarela del segundo piso que conducía al control de vuelo. Esperando algo.

Davin no iba a seguir su juego. Melody escupió seis bolas de fuego color hierba que alcanzaron a los soldados y la pared de la bahía, estallando en pequeños incendios al impactar. Los soldados cayeron, rodando por el suelo para apagar las llamas.

Davin oyó un grito de sorpresa desde atrás y supo que Opal había captado la señal. Una mirada confirmó que Ferro había huido, escabulléndose y desapareciendo de la vista.

—¡Se me ha escapado! —susurró Opal por el comunicador.

—Te estás volviendo descuidada, Opal —respondió Davin, retrocediendo hacia las puertas de la bahía y Merc, que yacía con el pecho subiendo y bajando en respiraciones superficiales—. ¿Cómo vamos, Phyla?

—Casi —comunicó Phyla.

De repente Davin recordó lo que le había caído encima. Era una bolsa grande, con algo dentro, algo que se movía. Si tuviera el cuchillo de haz de Opal...

—¿Davin, eres tú? —llamó una voz amortiguada desde dentro de la bolsa—. ¡Sácame de aquí, tío!

—¿Cadge? —dijo Davin—. ¿Estás... en la bolsa?

—Felicidades, has ganado el premio —dijo Cadge—. Pero solo obtendrás la recompensa si me sacas.

—No tengo un cuchillo. Dame un minuto para pensar.

Una puerta se abrió con un silbido arriba. Davin miró hacia la pasarela donde habían estado los soldados ardiendo, y no vio nada. Siguiendo a su comandante hacia la oscuridad. Cobardes.

—¿Qué os pasa? —gritó Davin al espacio vacío—. ¿Quién deja caer a una persona sobre alguien?

—Yo no la he dejado caer —Mox, cargando a Trina y con el rifle de Opal colgado a la espalda, apareció dando pisotones por la curva.

—Qué amable por aparecer —dijo Davin—. ¿Has visto a Ferro, a algún soldado venir hacia ti?

Mox negó con la cabeza.

—Tengo las puertas —comunicó Phyla—. Puede que Marl

nos haya bloqueado, pero la seguridad de Eden Prime sigue siendo igual de penosa.

—Estoy profundamente agradecido por su incompetencia —respondió Davin—. Ábrelas.

Las puertas de la bahía se abrieron con un tirón, revelando el corredor más allá, y a una persona, apoyada contra la pared, con un abrigo grueso y alto que cubría todo su costado. Un cuello que casi tocaba el ala de su sombrero. La persona no se giró, no reaccionó ante la repentina aparición de un piloto herido, un hombre con estructura metálica sosteniendo a una mujer inconsciente, una bolsa que se retorcía, y Davin apuntando con Melody directamente por el corredor.

—¿Y tú quién eres? —preguntó Davin.

La cabeza de la persona se volvió hacia él. A diez metros, Davin no podía ver su rostro. Pero algo brilló en ese espacio oscuro. ¿Dientes, tal vez?

—Mox, saca a Cadge de ahí —dijo Davin, manteniendo el arma apuntando a la persona—. No me está dando buenas vibraciones el Oscuro y Callado de ahí.

—Davin, ¿cuál es el problema? —comunicó Phyla—. He desbloqueado las puertas de nuestra bahía, pero no sé cuánto tiempo durará.

—Hay alguien en el corredor —dijo Davin—. Te mantendré informada.

—Señor Masters —dijo la figura, su voz un susurro serpenteante—. Usted y su banda han sido acusados de un crimen. Uno atroz.

Davin oyó a Mox desgarrar la bolsa de Cadge, con el hombrecillo tosiendo violentamente mientras respiraba aire fresco.

—Nunca nos he considerado una banda. Más bien una empresa. Un escuadrón —respondió Davin, dando un paso hacia el hombre. Poniendo distancia entre él y Trina, Merc.

—Asesinato, señor Masters —continuó la persona, aún

apoyada contra la pared del corredor—. El castigo establecido por las Leyes Libres es la muerte.

—¿Las Leyes Libres? —Davin se rio—. Esas son un montón de mierda.

Un código corporativo para gobernar el espacio exterior. Sin control gubernamental, sin votos de ninguna población. Solo una sala de juntas decidiendo cómo querían castigar a los peones que no les gustaban.

—Los androides no juzgamos —dijo la persona—. Somos meramente un instrumento de justicia.

Los androides eran ejecutores imparciales del castigo de las Leyes Libres, siempre que una empresa pagara por uno. Que Eden hubiera soltado el dinero no era precisamente sorprendente. Que a Davin le sudaran las manos y le latiera con fuerza el corazón, tampoco.

Los androides, podía prescindir de ellos.

—Supongo que lo tomaré como un cumplido. No sabía que valiéramos tanto —dijo Davin, y luego, a Mox y Cadge—: Moveos. Lo distraeré hasta que paséis.

El androide se puso de frente a Davin. Mox y Cadge, el primero cargando a Merc y el segundo sosteniendo a Trina, se alejaron por el borde.

—¿Estás seguro, capitán? —preguntó Cadge—. Este tipo parece un poco complicado.

—Simplemente id hacia la nave cuando venga a por mí —dijo Davin—. No quiero tener que preocuparme por vosotros.

Como si fuera una señal, el androide comenzó a correr directamente hacia Davin. Su abrigo se hinchaba por detrás, y mientras corría, sus brazos se impulsaron hacia adelante y unos cuchillos desagradables aparecieron en sus palmas. Cuerpo a cuerpo, entonces. El tipo de pelea preferido de Davin. El capitán levantó a Melody y, retrocediendo hacia el bulevar, apretó el gatillo.

Los seis proyectiles verdes de Melody convergieron en el androide, quien, justo antes de que los disparos impactaran, saltó del suelo del corredor, se impulsó contra la pared lateral y dio una voltereta por encima de los proyectiles. El androide tocó el suelo y siguió corriendo. Una maniobra impresionante.

Por el rabillo del ojo, Davin vio a Mox y Cadge huir corredor abajo con su preciada carga. Davin tenía que aguantar lo suficiente para que pudieran escapar.

El androide pasó por las puertas de la bahía, saliendo a las luces del bulevar. El rostro del androide tenía una exactitud rígida. Una perfección en la piel, en los huesos. Carecía de los arañazos y marcas de la vida. Una cara de hombre, pero no un hombre. Y estaba a punto de matar a Davin.

El láser salió disparado en ángulo desde las sombras a la derecha de Davin. La puntería fue perfecta, golpeando al androide en el pecho. Apenas se inmutó, manteniendo su zancada, con una marca negra fundida justo debajo del hombro donde Opal le había disparado. Davin vio cómo la mano derecha del androide se deslizaba hacia atrás, con el cuchillo apuntando, y puso a Melody en medio. El brazo del androide bombeó, la hoja golpeó el cañón de Melody con un chirrido metálico y se desvió. Entonces el androide embistió a Davin. Los dos cayeron al suelo, Davin debajo, Melody en el espacio entre ellos. En un segundo, Davin iba a ser apuñalado muy, muy gravemente.

El brazo izquierdo del androide se echó hacia atrás mientras Davin luchaba por quitárselo de encima. El androide no parecía tan grande, pero vaya si pesaba. Con los brazos empujando contra Melody que empujaba contra el robot, Davin no podía conseguir espacio. Al menos hasta que otro disparo llegó desde las sombras, esta vez golpeando al androide en la cabeza.

El robot vaciló, con el lado izquierdo de su cráneo convertido en una masa fundida, y Davin, usando a Melody como apoyo, se deslizó de debajo del robot. El cuchillo apuñaló un momento después, desgarrando la manga del abrigo de

Davin y clavándose en el suelo. Davin sacó a Melody con él y, cuando el androide giró su media cara para mirarlo, Davin disparó.

Esta vez no había espacio para que el androide se moviera, y los disparos destrozaron su pecho. Retrocedió tambaleándose, con columnas de llamas verdes elevándose de su ropa ardiente. Ambos cuchillos cayeron, rebotando en el suelo mientras las manos del robot intentaban apagar el fuego.

—¡Hora de correr! —gritó Davin.

Opal le llevaba ventaja, ya desapareciendo por las puertas de la bahía. Davin fue tras ella. Si cruzaban las puertas de la bahía y las cerraban, tendrían tiempo suficiente para escapar. Un proyectil rojo pasó rozando la cabeza de Davin, marcando el techo del corredor. Solo unas zancadas más hasta que estuviera dentro. Opal, en el corredor, se giró y apuntó más allá de Davin, disparando una y otra vez por encima de los hombros de Davin.

—¡Cierra la puerta ahora! —dijo Davin por el comunicador y, medio segundo después, el sonido de las puertas cerrándose de golpe tras la espalda de Davin le trajo un inmenso alivio. Una ducha fría de esperanza.

Davin miró a Opal mientras caminaban por el corredor y ella le hizo un gesto de asentimiento. Le había salvado la vida. No era la primera vez, y probablemente no sería la última.

—¿Lo habéis conseguido? —comunicó Phyla.

—Estoy dentro. Llegaremos en dos minutos. Quiero que nos vayamos en tres.

CAPÍTULO 27
RECOGIENDO LOS PEDAZOS

Trina se despertó bruscamente, sintiendo gotitas por toda la cara. Parpadeó ante la luz brillante de la enfermería. Erick estaba de pie sobre ella, y Trina notó presión en su muñeca. La sensación llegaba lentamente, sus músculos blandos, ojos y oídos amortiguados, como si despertara de un sueño profundo. Excepto su corazón, que latía como si hubiera corrido un kilómetro a toda velocidad.

—No te preocupes —le dijo Erick—. Tuve que inyectarte adrenalina y luego te rocié con el vaporizador para despertarte. El entumecimiento debería desaparecer en un minuto. Normalmente esperaría a que pasaran los efectos del aturdimiento, pero la nave parece atascada sin tu ayuda.

—¿Davin se iría conmigo inconsciente? —dijo Trina. Un dolor de cabeza palpitaba más allá de los bordes de sus ojos. Notó que Erick tenía una larga serie de vendajes a lo largo del abdomen, que el médico estaba pálido—. Deberías ser tú quien estuviera aquí tumbado.

—No es un lujo que pueda permitirme —dijo Erick—. Si te encuentras mejor, tengo que revisar a mi otro paciente.

—¿Otro paciente?

—Un mercenario recibió un disparo láser en el pecho.

Mox entró en la enfermería, su enorme corpulencia hacía que el espacio se redujera entre la cama y la lámpara médica. Miró a Trina y, al verla despierta, asintió con la cabeza.

—¿Bien?

—Lo suficientemente capaz como para asegurar que los motores funcionen —respondió Trina—. Sin embargo, necesitaré ayuda para llegar hasta ellos, ya que mis piernas parecen estar más allá de mi capacidad de control.

Tanto Mox como Erick ayudaron a Trina a salir de la cama y la pusieron de pie en el suelo. Llevaba la misma ropa, la camisa ligera y los vaqueros de trabajo con los que la habían capturado, solo que ahora Trina sentía como si pesaran mil kilos. Sus piernas eran como los motores que manejaba, Trina sabía que estaban allí y cómo usarlos, pero no podía sentir lo que hacían.

—Tendrás que llevarme —le dijo Trina a Mox—. Te doy permiso.

—Entonces correremos —dijo Mox.

La recogió, acunándola en sus brazos. Trina vio pasar los pasillos a toda velocidad mientras Mox pisaba fuerte. Notó en el suelo una mancha roja que se extendía.

—¿De quién es eso? —dijo Trina.

—De Erick —dijo Mox.

Tomaron la izquierda en la intersección pasados los camarotes de la tripulación, dirigiéndose hacia los motores.

El vendaje en su estómago. El rastro era espeso.

—Te arrastró. Hasta aquí —dijo Mox—. Intentó resistir.

Trina entró en la sala cuadrada donde estaban los motores izquierdos y su panel de control. Había marcas de rozaduras y más sangre en el metal, pero no las marcas de explosión que Trina esperaba.

—¿No intentaron dispararle? —preguntó Trina.

—No querían dañar los motores.

—¿Por qué no?

—Trampa —dijo Mox.

Ah, claro. Porque si las tropas arruinaban los motores, el *Jumper* no despegaría. Y si no despegaban, entonces su trampa no se activaría. Podrían haber simplemente desmantelado la nave, impedirles marcharse, pero Trina tuvo que pensar dónde estaba: Eden Prime. Los nuevos negocios no funcionan bien si son violentos y dejan un montón de cadáveres en sus bahías. Después de los inspectores, Marl no querría más cadáveres apareciendo en las noticias.

—Es más fácil llamarlo un fallo en el despegue —murmuró Trina.

—¿Hmm? —dijo Mox.

—Nada —respondió Trina—. No habrían tenido mucho tiempo para un ajuste complejo.

Trina se acercó al panel del motor y metió la mano en un compartimento de almacenamiento del tamaño de un ladrillo. Una multiherramienta, algunos tornillos, adhesivo y un libro de referencia rápida para todas las diversas alarmas que utilizaban los motores, un libro que servía de ayuda al añadir el tiempo estimado hasta que la nave explotaría.

Mirando el panel principal del motor, había cuatro tornillos que sujetaban la placa frontal. En esa placa había una pantalla que mostraba cifras simples sobre el combustible del motor, si los sensores informaban de tuberías limpias para el empuje, la conexión al ordenador de la nave, etcétera. Una serie de puntos y símbolos. Que fueran verdes significaba que las tropas no habían tocado nada obvio.

Los ojos de Trina recorrieron los tornillos. Ahí estaba. Cada tornillo estaba girado en un ángulo diferente, colocado sin la precisión adecuada. No se podía tener eso en una nave espacial, especialmente no en la carcasa del motor. Si uno se soltaba durante el vuelo, habría una catástrofe.

—Aficionados —dijo Trina—. Mira esto, Mox. No lograron ocultar su trabajo.

—O tú eres demasiado buena —dijo Mox.

—Quizás.

Con unas rápidas pulsaciones de la multiherramienta, Trina quitó el panel del motor para inspeccionar un nido de cables. Una pequeña banda envolvía dos cables que manejaban el enfriamiento del motor. Una tira negra, y Trina sabía lo que había debajo. Dientes metálicos, diseñados para cortar los cables cuando el Jumper atravesara la atmósfera y se calentara. El calor expandiría el metal, interrumpiría el circuito. Los dientes metálicos eran frágiles, sin embargo. Baratos. Mantendrían el circuito unido durante unos minutos antes de desmoronarse. Después, boom.

—Les concedo esto —dijo Trina, cortando la banda y quitándola de los cables—. Tenían la herramienta correcta en el lugar correcto. Estuvieron cerca de matarnos.

—Lo habrías encontrado.

¿Completamente despierta y llena de energía? Lo habría hecho. Ahora, sin embargo, mejor hacerlo sin el estrés del vuelo real.

—Le diré a Davin que cambie la cámara, o que compre otra, para vigilar los paneles.

Mox asintió y dejó a Trina preparando la nave para el despegue. Primero, Trina quitó la banda de sabotaje, luego se desplomó contra la pared, cerrando los ojos. Si esos tornillos hubieran estado bien colocados, Trina no lo habría detectado. Habría asumido que habían arruinado el trabajo. Renunciado al sabotaje y esperado que Davin no se marchara sin intentar rescatar a su tripulación. Todos ellos vaporizados a veinte kilómetros de la atmósfera de Europa, una estrella de corta vida en el cielo de Eden Prime.

CAPÍTULO 28
UN NUEVO COMIENZO

Dicen que estamos autorizados para despegar —se río Phyla—. Qué gracioso, porque yo pensaba que solo intentaban matarnos.

—Sigo pensando que nos han amañado —dijo Davin.

Phyla miró al capitán, sentado en su sillón, sujetándose el costado.

—¿Por qué no has ido a ver a Erick?

—Porque mis costillas no importarán si ese androide nos hace volar por los aires antes de salir de aquí.

—Nadie va a entrar.

Al menos, no hasta que realizaran un importante mantenimiento en el código informático que controlaba las puertas de embarque, lo que sería una tarea de mil demonios. Phyla envió la orden de partida al control de vuelo y la puerta de lanzamiento tres se abrió. El resplandor azul del día irrumpió, opacando las luces artificiales de suelos y techos.

—¿Estamos listos para arrancar? —comunicó Phyla a Trina, en los motores.

—Todo en verde —dijo Trina—. Siempre existe la posibilidad de que hayan cometido un segundo sabotaje, pero las probabilidades están en contra. Aunque debo admitir que no estoy al cien por cien.

—¿Qué opinas, capitán? ¿Confías en tu mecánica?

—¿Ha sido aturdida, tiene una conmoción cerebral y no ha dormido en toda la noche? —dijo Davin—. Completamente. Vámonos.

El *Jumper* descansaba sobre una serie de puntales de aterrizaje, y cuando Phyla pulsó el botón de pre-lanzamiento en la consola, esos puntales se elevaron unos centímetros del suelo. Pequeños propulsores se activaron, disparando contra el suelo de la bahía y empujando el *Jumper* hacia arriba. Desde allí, Phyla usó la palanca de vuelo, una bestia de dos puntas cubierta de botones de acceso rápido vinculados a comandos. Podría hablar con el ordenador de la nave, por supuesto, pero Phyla prefería la velocidad del tacto.

Con unos cuantos toques, los puntales de aterrizaje se retrajeron, los motores se calentaron para el viaje espacial y comenzó una serie final de comprobaciones sobre la presurización del casco, la carga de combustible y más cosas fundamentales para la vida en las estrellas.

—¿Lista para despedirte de este lugar? —preguntó Phyla.

—Nunca quiero volver.

Ese tono. Davin lo adoptaba siempre que hacía una promesa que sabía que no podría cumplir. Antes era sobre si él y Phyla volverían a tiempo para la cena, o si no irían a uno de los niveles superiores de Miner Prime.

—Pero volveremos, ¿verdad?

—Marl intentó matarnos —dijo Davin, mirando fijamente a través de la cabina mientras Phyla hacía girar el *Jumper*—. Tomó a Cadge y a Trina como rehenes. Envió un androide para asesinarme. Joder, probablemente también hizo que mataran a esos inspectores. Es personal.

—¿Pero ahora estamos huyendo?

—Míranos, Phyla —Davin hizo una mueca por su propio costado izquierdo—. Nos atacaron por sorpresa. La mitad de nosotros está herida. Merc es un desastre. Está sentado en la enfermería ahora, probablemente estará allí durante días. No haré que nos maten.

—Estarán preparados para nosotros la próxima vez.

—No habrá próxima vez. Si las cosas salen como espero...

—Cosa que nunca ocurre.

Phyla deslizó el acelerador hacia delante y el *Jumper* salió de la bahía, sus motores emitiendo el suave zumbido que indicaba que todo iba bien y que estaban listos para volar hacia otro mundo. Las comprobaciones previas al vuelo dieron positivo. Verde y luz para avanzar.

—Nunca me cansaré de esto —dijo Davin.

Europa quedó abajo, desapareciendo mientras Phyla orientaba la nave hacia el espacio, hacia Júpiter. Ninguna persecución se registraba en la consola. Seguían esperando a que su trampa se activara.

—¿Cansarte de qué?

—De esto. Despegar. Es un nuevo comienzo, cada vez.

—Qué curioso, porque esta vez, siento que no vamos a tener eso en absoluto.

—La primera vez que me fui, ¿recuerdas por qué? —Davin seguía mirando a través del parabrisas.

—Nunca lo dijiste. Después de tanto hablar de escapar, un día simplemente desapareciste. Lina y yo pensamos que habías muerto.

—¿Que yo había muerto? ¿Quería encontrar una nave e irme y pensasteis que había muerto?

—Tardaste días en enviar un mensaje. Tus padres estaban histéricos. Íbamos a celebrar un funeral.

—Estaba emocionado —Davin se encogió de hombros—. Absorto en todo ello.

—Me alegro de que alguien se lo estuviera pasando bien.

—El caso es que tenemos una oportunidad. Cumplí mi promesa.

La atmósfera se disipó mientras el *Whiskey Jumper* se

alejaba de Europa. Sin explosión, sin problemas. El soporte vital reciclando el aire. La gravedad artificial manteniéndolos pegados al suelo. Sin alarmas de brecha en el casco. La ruta de vuelo enviada por el control de vuelo de Eden Prime los mantenía alejados de las naves entrantes, así que se adentraron en el espacio vacío. Un gran lugar para que explotara una bomba sin daños colaterales, pero no ocurrió.

Delante, Júpiter giraba en su sitio. Su arremolinada majestuosidad beige llenó la cabina con remolinos y caos. Lo contemplaron durante un minuto, porque ¿qué más se podía hacer ante semejante esplendor sino quedarse mirando?

—Volviste —dijo Phyla—. Supongo que puedo confiar en ti una vez más.

—Prácticamente tienes que hacerlo —Davin se recostó y se estiró—. Soy el capitán, y esta es mi nave.

—¿Estás listo entonces, capitán?

—Más que listo.

—¿Entonces adónde vamos? —dijo Phyla.

—A casa —dijo Davin.

—A casa. ¿Crees que Lina puede ayudar, o solo quieres verla?

—¿Puedo decir que sí a ambas?

Phyla introdujo la ruta y una línea amarilla salió disparada desde el frente del *Jumper*, una proyección en el parabrisas de la cabina. La ruta que el piloto automático recomendaba para llevarlos a la estación espacial más grande del sistema solar, Miner Prime.

—Sí —dijo Phyla, empujando el acelerador a velocidad máxima de vuelo.

Siete días para llegar a Miner Prime. Siete días para prepararse para volver a casa.

CAPÍTULO 29
AUTOPSIA

D años cosméticos. Ninguna función crítica afectada por el disparo de la mujer —Fournine comprobó su memoria, los datos de la misión— Opal a su cabeza. Por la resistencia de Davin Masters. El suministro de piel sintética que el androide había traído consigo a Europa debería ser suficiente para reparar los daños cosméticos.

Así finalizó Fournine el informe de la misión, enviándolo a través de su comunicador integrado hacia las estrellas. El androide miró al cielo. Uno de esos puntos negros contra el brillante manto de Júpiter probablemente sería el *Whiskey Jumper*. ¿Adónde se dirigirían ahora los Wild Nines?

—Has fallado —dijo un hombre. Fournine se volvió hacia él, sus ojos recorriendo al hombre y escaneando su rostro, su ropa, sus olores. No había mucho más que un nombre —Ferro— y un hogar: Marte. Obviamente, un dato desactualizado.

—Sus habilidades de combate superaron las expectativas —dijo Fournine—. Como estoy seguro que usted estaría de acuerdo.

Los medios locales de Eden Prime, los pocos que había, ya habían informado sobre el número de soldados heridos y los daños en la prisión del puesto. El análisis de Fournine sobre el lenguaje utilizado dejaba claro que los reporteros no ocultaban su condescendencia.

—Cierto. No estábamos preparados para ellos —dijo Ferro.

El bulevar recobró vida mientras la gente volvía a la normalidad. Los láseres ya no destellaban. Las explosiones y los gritos habían desaparecido. La sociedad retomaba su funcionamiento. Fournine detectó varias miradas en su dirección, incluso mientras recogía y se ponía el sombrero, y se subía el cuello. Cualquiera que miraba, que se percataba, caminaba un poco más rápido. La reputación de los androides se mantenía, incluso aquí.

—¿Está planeando una persecución? —preguntó Fournine.

—Marl dice que usted se encargará de eso. Nosotros debemos asegurar la ciudad.

—Me sorprende. Un análisis de las capacidades de su equipo hasta ahora indica que Marl no debería confiarles esa tarea.

—No le vi ayudar.

—Actué según el plan. Si falló, fue debido a la incapacidad de su equipo para neutralizar, o retener, a los prometidos —Fournine lanzó una mirada a Ferro—. De hecho, si realizara un análisis más exhaustivo, podría encontrar suficientes indicios para concluir que se desplegó intencionadamente una fuerza débil en la prisión.

—Jamás.

—Y si lo determinara así, podría interpretarse como ayuda a un fugitivo. Bajo las Leyes Libres, eso le impone el mismo castigo —el androide movió una mano hacia uno de sus cuchillos.

—No lo determinará así.

—¿Por qué?

—Porque le ayudaremos —dijo Ferro. Miró hacia el cielo

—. Desarmaron nuestra trampa. Pero no han encontrado nuestro rastro.

Fournine marcó su archivo sobre Ferro. Actualizado para incluir maniobras potencialmente inteligentes, incluso engañosas. Repasó mentalmente la conversación actual, analizando las respuestas de Ferro y buscando dobles sentidos, indicios, cualquier cosa que pudiera delatar un relato poco sincero.

—Así que sabe adónde se dirigen —dijo Fournine.

—Un trato —dijo Ferro—. Le daremos el destino, ayudaremos a repararle y equipar su nave, usted no le contará a Marl nada... negativo.

—He presentado el informe. Pero aún no a Marl. Acepto su propuesta.

Una hora después, Fournine estaba sentado en la cabina de la nave estelar unipersonal fabricada específicamente para androides. Sin soporte vital. Sin comodidades aparte del único asiento para acceder a los controles de pilotaje. Un motor capaz de atravesar el sistema solar más rápido que cualquier otra nave, incluido el *Whiskey Jumper*.

—Esperará hasta que aterricen y se separen —dijo la voz al otro lado de la transmisión—. No quiero una pelea destructiva en mi estación.

—Como ordene —respondió Fournine—. Tenga cuidado, ya que no son tan simples como parecen.

—Como demostró su fracaso —dijo la voz—. Esperemos que no vuelva a ocurrir.

Los Wild Nines iban a Miner Prime. Y Fournine les seguiría.

CAPÍTULO 30
CHÁCHARA

Tendrías que haber visto lo que hice —dijo Cadge, sentado a la mesa circular que servía como pieza central del comedor del *Jumper*, la superficie manchada de color crema combinando con las ollas abolladas y platos de plástico rayados de una manera tan absurda que Cadge siempre encontraba relajante. No era perfecta, pero funcionaba de maravilla. Un poco como el mismo Cadge—. Tres tíos, intentando atacarme y yo lanzando puñetazos más rápido que un tornado.

—Ya, claro —dijo Mox. El grandullón desbordaba su silla, desparramándose sobre los reposabrazos y destacándose sobre la superficie de la mesa. Pero Cadge vio la arruga en la comisura de la boca de Mox. El mastodonte se quedaría allí escuchando las historias de Cadge durante todo el viaje.

—Entonces me aturdieron, los cobardes. Me dispararon por la espalda.

La comida que cubría la mesa era principalmente material seco que formaba parte de las provisiones de la nave. Paquetes llenos de lo que Erick llamaba "calorías con sabor". Rocíalas con agua reciclada y se endurecerían formando una pasta tan apetecible como sonaba. Cadge prefería la de tarta de fresa, y tenía dos paquetes vertidos en un cuenco frente a él ahora, llenándose la boca con cucharadas entre historia e historia.

—Me desperté unos minutos después, porque no hay aturdidor que me mantenga inconsciente mucho tiempo, y había un tipo de pie sobre mí. Como si me estuviera estudiando. Como si fuera una de esas ratas.

Mox tomaba lo de siempre: un batido lleno de proteínas en polvo y pastillas de vitaminas. El hombre parecía vivir de sustancias en polvo. Claro, de vez en cuando Cadge también se drogaba. Había que mantener la fuerza aquí fuera. ¿Pero en cada comida? No, gracias.

—Y estoy pensando, ¿qué pasa, este tío va a abrirme en canal o algo? ¿Meterme algún dispositivo de rastreo? Así que empiezo a hablar, lanzándole palabras a la cara como nunca has oído antes. Incluso tú te habrías avergonzado. Tenía que descolocarle, ¿entiendes?

La puerta de la cápsula se abrió y Cadge levantó la mirada para ver entrar a la misma recompensa, Viola, mirando alrededor como si nunca hubiera visto la cocina de una nave.

—En fin, me dio una patada, me dejó inconsciente y después me desperté en la bolsa —dijo Cadge. Mox gruñó, inclinando la cabeza hacia un lado. Lo siento mucho, grandullón, pero acaba de entrar en la habitación una conversación más interesante—. Viola. ¿Puedo llamarte Vi?

—¿Vi? —dijo Viola.

—Más corto —respondió Mox.

—Exactamente —dijo Cadge—. Mira, quizás no te parezca gran cosa, pero espera a que tengas un montón de matones disparándote. Grito Vi, tarda un segundo y ya te estás moviendo. Grito Viola y estás muerta para cuando termine.

Vi miró a Cadge con la boca abierta. Como si la chica estuviera perdida o algo así.

—¿Tienes hambre? —le preguntó Mox.

—Un poco —respondió Vi, como un programa que vuelve a funcionar de repente.

—Esto es todo lo que tenemos, Vi, así que yo que tú me iría acostumbrando —dijo Cadge—. Puedes encontrar todos los sabores en esos armarios. Límite de dos por comida, para que no nos matemos comiendo.

Mox soltó una risa grave y profunda, Vi parecía confundida. Lo cual era genial. Vale una fortuna y ni siquiera sabe mantener una conversación informal. Por qué Davin no los llevaría a Ganímedes un momento para cobrar la pasta no tenía ningún sentido. Cadge incluso la llevaría él mismo, si Davin no quería. Un androide persiguiéndolos y estaban rechazando dinero gratis.

—Dime una cosa —le dijo Cadge a la espalda de Vi mientras ella rebuscaba en los armarios—. Tu padre, ¿realmente tiene tanto dinero?

—Dirige Galaxy Forge —respondió Viola, como si eso contestara a la pregunta.

Y lo hacía. Galaxy Forge, esa era una de las grandes. Fabricando naves, robots, estaciones espaciales completas y esparciéndolas por todo el sistema solar. Cadge había oído que estaban construyendo una nave milenaria, diseñada para viajar años y años hasta llegar a otra estrella. Conseguir esa recompensa, Cadge probablemente podría permitirse un billete. Tal vez incluso un poco más, una vez que informara al padre de Vi de los problemas que la hija del hombre había traído consigo: peleas en bares, Davin recibiendo un puñetazo en el club, Cadge siendo aturdido.

Montones de historias diferentes que podría contar.

—Entonces, déjame ver si lo entiendo, tu papá es mega rico, y sin embargo estás aquí con unos cuantos pilotos espaciales a punto de comerte... —Cadge miró los paquetes que Vi había seleccionado—. Pavo en polvo y tomate con albahaca. ¿Crees que es una buena decisión? ¿Que has tomado la elección correcta?

—Ni idea —dijo Vi, dirigiéndole a Cadge una mirada directa—. Te diré una cosa, la conversación aquí es mucho más interesante.

¡Vaya! Vi podía hablar después de todo. Pero sentarse a la mesa no significaba que pudiera jugar la partida.

—Mox, ¿qué palabra dirías que describe mejor lo que hacemos? —dijo Cadge.

—Peligroso.

—Peligroso. Una chica como tú, fácil hacerse daño aquí fuera —dijo Cadge. Sube la temperatura, a ver si se viene abajo. Una carrera voluntaria a Ganímedes, dinero en el bolsillo.

—¿Y qué hay de Phyla, o Trina? —preguntó Vi.

—Están acostumbradas. Crecieron con esto. Tú, tú tienes el billete dorado —respondió Cadge—. Todavía podríamos cambiar el rumbo, dejarte en Ganímedes.

—No puedo volver todavía. Aún queda mucho por ver. En Ganímedes, me aburriría.

Por primera vez, Cadge sintió que se le escapaba la sonrisa. Eso no era lo que se suponía que debía decir.

—Aburrimiento —dijo Mox—. Peor que el peligro.

Vi asintió. Eso era todo entonces. No habría partido, juego y victoria aquí.

—Sí, bueno, si te quedas, nada de lloriqueos —dijo Cadge—. Si quieres jugar en el espacio, tienes que ganarte el derecho a estar aquí. Empezando ahora.

Cadge terminó el comentario metiendo en su boca la última cucharada de pasta de tarta de fresa, mirando fijamente a Vi mientras masticaba. Que no fueran a Ganímedes ahora no significaba que no pudiera llevarla allí eventualmente. El dinero estaría esperando. Podría llevar algo de tiempo, pero llevaba años navegando por las estrellas y los bares. Podía esperar un poco más.

CAPÍTULO 31
CON VIDA

En la Tierra, durante los repetidos entrenamientos necesarios para convertirse en piloto de caza, Merc había vivido su buena ración de momentos difíciles. Expulsado una vez. Se le había parado la nave más de unas cuantas veces, dejándole varado y contemplando la canica azul hasta que llegaba la ayuda. Cada una de esas experiencias dolía, física y emocionalmente. Significaba que tenía que hacerlo mejor la próxima vez.

Esto, tío, esto era diferente. Abrir los ojos requería demasiado esfuerzo. Volver a la realidad significaba enfrentarse a las garras ardientes que desgarraban su pecho. Erick mencionó que estaba intentando mitigar esos desgarros lacerantes. Pero el sueño era la única escapatoria real.

—¿Merc? —la voz de Opal se sumergió en su psique. Le mantuvo fuera de la oscuridad.

Merc abrió los ojos y vio un mundo nebuloso demasiado difícil de interpretar. Mirándole, un borrón marrón y negro que, tras unos parpadeos, se transformó en Opal.

—Hola —dijo Opal.

—Hola —su voz rasposa, engranajes oxidados poniéndose en marcha.

—Gracias por venir. Por salvarme.

—No hay de qué —respondió Merc—. No es que lo necesitaras.

—Solo estaba esposada y desarmada —la boca de Opal esbozó una sonrisa—. Seguía siendo bastante peligrosa.

—Pensé que podría ayudar. Nunca tengo la oportunidad de usar esos discos, ¿sabes?

Opal bajó la mirada. Merc no pudo seguirla, tenía la cabeza demasiado pesada para levantarla. Aunque sabía lo que estaba mirando.

—Vi —dijo Opal— a muchos amigos recibir disparos en Marte. Algunos se recuperaron. Otros recibieron impactos de rifles, de cosas más grandes y nunca volvieron. Lo que pasa es que eso era una guerra. Cuando cosas así tenían sentido. Así que lo aguanté durante un tiempo.

—¿Durante un tiempo?

—No desaparecen. Los que no vuelven —Opal subió las sábanas de Merc, posó sus manos sobre ellas—. Empecé a ver sus caras por la noche, y luego durante el día. Estaría mirando a través de la mira y oiría a uno de ellos a mi lado, hablándome. Me sentaría en el comedor y uno de ellos estaría allí, junto a mí. Así que me fui.

—¿Fue entonces cuando Davin te encontró?

—El alcohol es barato en Vagrant's Hollow. No hacía que las voces desaparecieran, pero eran más fáciles de manejar —dijo Opal—. Luego él me dio algo que hacer. Un propósito que no era tan violento.

—Siento haberlo estropeado. No era mi intención —dijo Merc.

—Está bien, porque has vuelto. Erick hace milagros.

—Hablando de eso, ¿cómo llegué hasta aquí?

El rostro de Opal se iluminó. Merc había visto la misma expresión en algunos de sus amigos en la Tierra. Algunos que habían estado en Marte, que habían estado en otros combates. Aléjalos de sus almas por un segundo y dales la oportunidad, y te contarán una buena historia. Opal se lanzó de inmediato, relatando cómo llevó a Merc de vuelta a las puertas de la bahía, la pelea con el androide, cómo Mox irrumpió en la prisión. Cadge en la bolsa para cadáveres.

—... y Mox te llevó a la nave. Tendrías que haber visto a Erick —dijo Opal—. El doctor está medio muerto, pero te tiene en la cama actuando como si estuviera listo para una operación de doce horas.

—Ese hombre es un santo.

—¿Sabes qué me dijo, después de que te desmayaras la primera vez?

—¿La primera vez?

Opal presionó su mano contra la frente de Merc, con suavidad. Como si estuviera comprobando si tenía fiebre. — No has estado realmente consciente durante un tiempo, ¿verdad?

—Nada desde que recibí el impacto. ¿Qué te dijo?

—Que los pilotos de caza nunca permanecen caídos mucho tiempo, porque nunca les gusta creer que les han dado.

—No me dieron. ¿Aquí en tierra? Eso no cuenta.

Merc intentó mantener los ojos abiertos, pero no pudo evitar que se cerraran. Su mente quería mantenerse despierta, pero su cuerpo no podía soportar la idea.

—Lo que tú digas, Merc. Debería dejarte dormir. Erick no estaría contento si mantengo a su paciente despierto.

—Está bien —dijo Merc. Aquellas garras ardientes se desvanecían mientras Merc se sumergía más profundamente en el mundo de los sueños. No podía evitarlo, no quería evitarlo. Sintió cómo las manos de Opal envolvían las suyas, cálidos guantes. Eran agradables.

—Buenas noches, piloto —susurró Opal.

CAPÍTULO 32
BUSCADOS

¿Cuál es el cargo? —preguntó Davin. Él y Phyla estaban sentados en la cabina, con el Sol como un punto distante muy lejos frente a ellos. Júpiter colgaba detrás del *Jumper* mientras la nave aceleraba hacia el interior del sistema solar. Un par de días ganando velocidad, luego otros pocos frenando y llegarían a Miner Prime.

Phyla se desplazaba por las noticias en la consola del piloto. Cada vez que tocaba la pantalla se producía un retraso, a veces de solo unos segundos, a veces de minutos. Los satélites, funcionando con energía solar, encadenaban las rutas desde la Tierra hasta Saturno. Pronto llegarían a Urano y Neptuno. Cada uno almacenaba datos en caché, acumulando paquetes de texto de empresas, agencias de noticias y otras fuentes.

Las historias más comunes se almacenaban localmente y se enviaban rápido. Las búsquedas más profundas requerían horas mientras los satélites rebotaban la consulta hacia y desde las bases de datos completas en la Tierra y Marte.

Las imágenes y vídeos eran inexistentes: demasiados datos.

—Estoy revisando la base de datos de hoy —dijo Phyla—. Hay más cargos de lo habitual.

—Están aprendiendo que pueden abusar de este sistema.

Las Leyes Libres. Sin un cuerpo soberano en el espacio, así que aquí hay este conjunto flexible de reglas para mantener a la gente a raya. Incluyendo una encantadora sección donde cualquier parte interesada podía pagar para incluir a una persona buscada, y una recompensa. Los que tenían verdadera motivación pagaban para enviar un androide tras de ti, para capturarte o matarte. Conseguir que un bot asesinara a un objetivo requería la aprobación de un consejo de jueces, pero todos eran títeres corporativos. Si querías vivir en el espacio, debías mantenerte amigo de las grandes empresas.

—Esperaron hasta que la gente invirtiera aquí fuera. Ahora están apretando las tuercas —dijo Phyla—. Hay un par de casos por no pagar a tiempo. ¿En serio? ¿Van a enviar un androide tras alguien que se ha retrasado en una factura?

—Es su patio de recreo, pueden hacer las reglas. ¿Algo sobre nosotros?

—Aquí —dijo Phyla. Deslizó el dedo sobre el artículo, mostrándolo en el cristal de la cabina. Con el Sol brillando a través, la pantalla ajustó el color del texto, cambiando de negro a blanco mientras se deslizaba entre el amarillo y el fondo negro del espacio.

—Asesinato premeditado —murmuró Davin, leyendo—. Los Wild Nines, un grupo mercenario anteriormente empleado por Eden Prime, son acusados por esta misma de planear eliminar a dos inspectores.

—Dice que hay pruebas en vídeo, pero no podemos acceder a ellas desde aquí.

—¿Qué grabaron?

—Más bien, ¿qué fabricó Marl?

El resto del artículo era un comentario sobre cómo los Wild Nines eran peligrosos, impredecibles, bla bla bla. Se podía decir lo mismo de cualquier grupo mercenario. La verdadera pregunta era por qué Marl quería que se hiciera todo esto para empezar. ¿Por qué no simplemente cancelar su contrato si quería deshacerse de ellos?

—Tengo una idea —dijo Phyla.

—Que quería que los inspectores murieran —respondió Davin.

—¿Me estás robando los pensamientos otra vez?

—Solo cuando hay algo útil en ellos —respondió Davin—. No ocurre muy a menudo.

—Cuidado, capitán. Todavía puedo dar la vuelta a esta nave.

Davin levantó la vista de las noticias, mirando por la ventana. Tomó otra bocanada profunda de ese aire reciclado. Algunas personas que había conocido, de la Tierra, decían que tenía un regusto, un sabor que permanecía en la garganta. La forma en que el cuerpo te dice que no es natural. Davin nunca había sentido eso. Claro, tampoco había respirado aire real y puro nunca.

—Nuestros padres vinieron de la Tierra —dijo Davin—. Fueron a Miner Prime. Formaron familias. Sabían que podrían haber vuelto a casa si alguna vez hubieran tenido el dinero.

—No lo tuvieron.

—Pero podrían haberlo tenido, Phyla. Mira esto —Davin volvió a mirar la consola, la acusación de asesinato—. Nunca podremos aterrizar. Nos dispararían a la vista.

—¿Por eso estás molesto? ¿Porque no puedes llegar a la Tierra ahora mismo?

—¿Supongo que piensas que es una razón estúpida?

—No si tienes algo más detrás de eso. Como no ser asesinado por androides. O morir de hambre porque nadie va a contratarnos.

—Phyla, por eso eres la piloto —dijo Davin. Se recostó en

el asiento del copiloto, el asiento del capitán—. Me permite ser el soñador.

—Siempre lo has sido —dijo Phyla.

Davin cerró los ojos. Unos días más hasta que llegaran a Miner Prime. El regreso a casa de un asesino.

CAPÍTULO 33
TRABAJO ESPACIAL

Algunas semanas en el espacio parecían interminables. Viola se mantenía ocupada, o más bien, Trina, Davin y Erick no dejaban de darle cosas que hacer. El médico, impresionado con las habilidades de sutura de Viola, la agarraba cada vez que la veía y le explicaba cómo funcionaba algo. El favorito de Erick, y una aparente necesidad para cualquier viajero espacial habitual, era la máquina de Restauración de ADN, o D-NAR.

Las altas dosis de radiación que entraban desde el exterior requerían la extracción ocasional, reparación y posterior inyección de pequeños nano-robots que atacaban las células dañadas y las reconstruían. Luego, una baliza en el sistema de desechos recogía los robots. Erick los devolvía al D-NAR para resetearlos para la siguiente persona.

Trina le asignaba a Viola tareas más acordes con su experiencia. Mantener los motores cebados, monitorizar los sistemas si Trina estaba dormida. Limpiar el Viper de cualquier porquería atmosférica que Merc hubiera acumulado durante su vuelo en Europa. Trina dijo que normalmente el piloto haría esto él mismo, pero viendo que Merc apenas estaba despierto estos días, eso no iba a suceder.

Davin era el peor, sin embargo. El capitán encontraba las tareas más insignificantes. Expulsar la basura al vacío. Hacer inventario de los suministros de alimentos para que Phyla pudiera reabastecerse en Miner Prime. Aun así, el trabajo era mejor que interminables libros de texto y artículos. Era real. Apretar los tornillos de una rejilla de ventilación suelta era algo que Viola estaba haciendo de verdad. ¡En el espacio! ¡A miles de kilómetros por hora! Incluso la monotonía, en el espacio, tenía un toque de maravilla. Y cuando Phyla anunció por el intercomunicador que se estaban aproximando a Miner Prime, Viola tomó un largo respiro. Las vacaciones estaban terminando.

—Puede que estés triste —dijo Puk—. Pero yo podría usar un nuevo entorno. Este lugar es claustrofóbico.

—Eso es literalmente algo que tú no puedes sentir —dijo Viola.

—Según tú.

—Entonces, cuéntame sobre dónde vamos a aterrizar.

—Miner Prime. Un lugar fantástico. Como si cogieras una lata, metieras a un montón de gente dentro, y luego dijeras a las corporaciones que podían comprar tubos para acoplarlos y crear oficinas. Pones todo el conjunto a girar para conseguir gravedad, lo colocas cerca de algunos asteroides llenos de metales preciosos, y ya tienes el hogar más rico y grande del espacio.

—Suena como algo que debería ver —dijo Viola, dirigiéndose hacia la cabina.

Naves más grandes y más pequeñas que el *Jumper* zumbaban alrededor de la estación. Algunas eran cajas flotantes con brazos mecánicos que les permitían transportar mineral desde los asteroides para su procesamiento. Unos cuantos óvalos grandes flotaban separados de Miner Prime, con pequeñas lanzaderas transportando pasajeros de un lado a otro. Las calcomanías que cubrían los laterales afirmaban que eran cruceros, que llevaban a sus pasajeros desde la

Tierra en un bucle por el sistema solar en un viaje que duraría más de un año.

Viola incluso vio una nave de la empresa de su padre acoplada en uno de los extensiones delgadas de la estación, delatada por el logotipo naranja y rojo.

—Bastante guay, ¿verdad? —le dijo Davin a Viola mientras estaban en la cabina.

—Creo que es muy feo —dijo Phyla—. Excepto que funciona, así que a nadie le importa.

—Es enorme —fue todo lo que Viola pudo decir.

—Cuando aterricemos, tendrás la oportunidad de ver lo grande que es —dijo Davin—. Tengo que reunirme con un amigo allí abajo, conseguir un poco más de información.

—¿Y yo voy contigo? —preguntó Viola.

Una pausa incómoda, Phyla tenía una expresión divertida, como si desafiara a Davin a decir más.

—Creo que Mox te mostrará el lugar —dijo finalmente Davin—. Cuanto menos te involucres con nosotros, mejor.

—¿Qué quieres decir?

—Estoy diciendo que las cosas se van a poner complicadas. Podrás encontrar una nave que te lleve de vuelta a Ganímedes allí abajo. Probablemente un viaje mejor que el que acabas de tener. Aunque yo no les diría quién eres.

—¿Por qué no?

—Dile a tu padre cuando lo veas que poner una gran recompensa por el regreso de su hija es una buena manera de atraer el tipo equivocado de atención.

—Entonces, ¿no voy con vosotros?

Viola captó la mirada rápida de Davin hacia Phyla. Oyó su suspiro.

—Nos han etiquetado como asesinos, Viola. Seremos perseguidos. No quieres eso —dijo el capitán—. Mox te llevará a una nave que pueda transportarte. No voy a permitir que una cría reciba un disparo intentando jugar a ser mercenaria en mi tripulación.

Por primera vez, Viola escuchó la voz de Davin y pensó en su padre. El mismo tono, como si las propias decisiones de Viola fueran responsabilidad suya. Pero mira a Merc. Mira cómo casi murió. Lo mal que estaba Erick. Viola miró sus manos, recordó la sensación pegajosa de la sangre de Erick en ellas mientras suturaba la herida. ¿Por qué iba a querer más de eso?

—¿Él me mostrará el lugar primero? —dijo Viola—. Solo una visita rápida. Luego tomaré la próxima lanzadera de vuelta.

Davin asintió, como si se le hubieran quitado mil kilos de encima. Veinte años y Viola todavía hacía que la gente se preocupara tanto por ella.

CAPÍTULO 34
LA HONDONADA DE LOS VAGABUNDOS

Las destartaladas casas de chatarra de la Hondonada de los Vagabundos no parecían muy diferentes de cuando Davin las había visto por última vez, a través de las paredes de cristal de un ascensor como este. Las viviendas se extendían en una cuadrícula descuidada, llenando el nivel circular en el centro de un kilómetro de ancho de Miner Prime. Desplazándose por las calles, suelos metálicos que una vez fueron limpios y ahora estaban cubiertos de tierra y mugre, estaba la gente de Davin, el tipo de personas que mantienen sus secretos ocultos tras sus ojos.

La Hondonada de los Vagabundos tenía veinte pisos de altura, su techo una pantalla cambiante que simulaba el cielo de la Tierra. Aquí y allá destacaban placas averiadas, puntos negros que perforaban agujeros en la ilusión.

—¿No ha cambiado mucho, verdad? —preguntó Davin a Phyla, que estaba a su lado en el ascensor.

—No sé si ha cambiado, pero se siente más triste, de alguna manera —respondió Phyla.

—Porque antes veíamos todo esto y nos preguntábamos de dónde venía. Qué era. Ahora, es solo un montón de basura.

Una casa cerca de donde aterrizaba el ascensor era un ejemplo perfecto. Fuera cual fuese su armazón original, el lugar estaba hecho de una nave entera, rota en pedazos y apoyados unos contra otros. El estilo no era importante aquí. Lo que importaba era tener un hogar.

—Supongo —dijo Phyla.

Miraron por las ventanas hacia la estación del ascensor que se acercaba rápidamente. La trinchera que servía como avenida principal de la Hondonada de los Vagabundos se extendía más allá de las escaleras de salida. Como el bulevar de Eden Prime, pero sin ninguno de los estériles intentos de clase. Mesas y tiendas llenas de ropa, comida, chatarra y robots a la venta se alineaban a los lados del serpenteante camino. Casas destartaladas erigidas una encima de otra y unidas entre sí se inclinaban sobre el mismo, gente pregonando mercancías o haciendo algo de la nada bajo los desiguales aleros.

Aunque el ascensor filtraba el olor, la nariz de Davin husmeó en su memoria y captó el picor a ozono de la electricidad quemada, un toque a carbón de comida cocinándose.

—¿Sabe ella que vienes? —preguntó Phyla.

—¿Tú qué crees?

—Que probablemente lo supiera antes que tú.

Davin solo pudo asentir. Y cuando las puertas del ascensor se abrieron, ambos se abrieron paso junto con una variopinta mezcla de humanos, bajando las escaleras hasta el manchado y oxidado metal que servía como suelo de la trinchera.

Esperándoles, una pequeña plataforma flotante con una barandilla alrededor del borde y un único palo usado para dirigir. El hombre al timón miraba fijamente a Davin a través de unas gruesas gafas protectoras, sin duda destinadas a protegerse de las ocasionales nieblas tóxicas que brotaban al azar de los constantes experimentos fallidos en la Hondonada de los Vagabundos.

Phyla se detuvo cuando Davin subió a la plataforma, el

flujo de cuerpos abriéndose inconscientemente a su alrededor. ¿Estaba nerviosa? ¿Por qué? Davin esbozó una sonrisa, extendió la mano para ayudarla a subir, pero Phyla ignoró su mano y usó sus propias piernas para subir.

—¿Te digo algo? Nunca quise volver aquí —dijo Phyla—. Cuando nos fuimos, pensé que había una posibilidad de no regresar. Nunca. Se sentía bien.

—No dijiste nada al respecto cuando nos marchamos —dijo Davin mientras la plataforma se sacudía hacia adelante—. No será mucho tiempo. Lina nos dirá con quién tenemos que hablar, aclaramos el cargo, y luego podemos irnos.

—Supongo que no sabía que aún lo odiaba tanto.

Phyla se inclinó sobre el borde de la plataforma, mirando las masas metálicas inclinadas de las casas amontonadas. Davin siguió su mirada, deslizando sus ojos sobre los soñadores que deambulaban abajo. Miner Prime era tanto una idea como un lugar. Una manifestación literal de esperanza para los grupos atrapados en la Tierra que querían aventura. Una oportunidad de subirse a una nave minera, o a una expedición hacia la oscuridad del universo. Davin hizo cálculos. Casi cincuenta años llevaba este lugar funcionando como asentamiento permanente.

Una mujer mayor, sirviendo sopa a una familia, los miró mientras pasaban flotando en la plataforma y luego apartó la mirada. Davin se preguntó por qué hasta que miró a Phyla y se dio cuenta de que ninguno de los dos parecía pertenecer aquí ya. Ambos armados, con equipo que gritaba que probablemente trabajaban para la policía de Miner Prime, o que buscaban criminales.

—A veces me pregunto por qué fuimos nosotros los que logramos salir —dijo Phyla, asintiendo hacia la mujer.

—Suerte —respondió Davin.

¿Qué otra cosa explicaría cómo el *Whiskey Jumper* había caído en su regazo?

—Aquí —dijo el conductor, y bajaron.

Frente a ellos había un establecimiento. Davin notó utensilios de cocina, chatarra, algunos libros usados y más en los estantes visibles a través de la entrada. El único cartel que nombraba el lugar colgaba sobre la entrada, hecho de trozos de diferentes metales, faltando una A, por lo que el nombre parecía ser "El lmacén". Davin fue el primero en entrar, dando un paso dentro e inmediatamente sintiendo ojos sobre él.

—¿Por qué solo te veo cuando estás en problemas? —llegó la voz revestida de plomo de una tal Lina Monte.

Lina estaba de pie detrás del mostrador, mirando a Davin y a la vez a través de él. Una mirada que estaba envuelta tanto en el pasado como en el presente, y Davin encontró esos ojos y cayó en ese pozo con ella. Varias décadas de sueños cambiantes, promesas mantenidas y rotas, el amor retorcido que al destino no le gusta dejar en paz.

—Podría decir lo mismo de ti —dijo Davin.

Se acercaron el uno al otro, Lina rodeando el mostrador, como si fueran a abrazarse. Phyla entró detrás de Davin, sin embargo, y Lina se detuvo, poniendo una sonrisa enmascarada en su rostro. Él no era el único jugando con el pasado. El asunto era que estaban viviendo en el presente. Con Lina gruñendo de sorpresa, Davin la atrajo hacia un fuerte abrazo.

—Puedes soltarme —dijo Lina, con la cara aplastada contra el hombro de Davin.

—Sentí que era necesario —dijo Davin, aflojando el agarre—. ¿Recuerdas a Phyla?

—Los amigos nunca olvidan —dijo Lina.

—También me alegro de verte, Lina —añadió Phyla.

—Uno de estos días los tres vamos a ir a tomar un montón de copas, enfrentar nuestros problemas y superarlo —dijo Davin—. Pero ahora mismo hay algo pendiendo sobre mi cabeza. Concretamente, que hay un androide intentando matarnos. Y, ya sabes, eso tiene prioridad.

Phyla fue la primera en parpadear, en desviar la mirada y

asentir. Lina aceptó el gesto, volvió detrás del mostrador y se sentó en un taburete hecho de diferentes piezas apiladas.

—Tienes que tratar con Bosser —dijo Lina.

—¿Quién?

CAPÍTULO 35
MAESTRO DE MARIONETAS

El problema del espacio era que había demasiado. Bosser murmuraba esto con tanta frecuencia que consideraba imprimirlo en un cuadro y colgarlo en su pared. La inmensidad significaba que no podía estar en todas partes, que no podía tomar todos los problemas en sus manos y reducirlos a polvo personalmente. Bosser lo intentó a través del entrecortado enlace de vídeo con el nuevo jefe de policía de Marl, Ferro, en Europa. Resultó que asfixiar a un hombre en otro mundo no era fácil.

—Por mucho que me gustaría escuchar otra vez cómo fracasó tan miserablemente, tengo otros asuntos que atender —dijo Bosser, y cortó la comunicación.

Ferro se quedaría sentado allí otros quince minutos antes de que la respuesta de Bosser rebotara por el sistema solar hasta Europa, y ese pensamiento le proporcionó a Bosser un pequeño bocado de satisfacción. La vida, después de todo, trataba sobre el tiempo, y si Bosser podía exigir unos minutos de este a otra persona, ¿no era eso poder? Aunque el poder no servía de mucho si dejaba a Bosser varado en una estación como Miner Prime. Aquel desperdicio de espacio giratorio solo se volvía menos atractivo a medida que se acercaba la fecha de partida de Bosser.

Y acercando ese día estaba la mujer a la que Bosser llamó a continuación, Marl Rose. Marcar. Era una palabra que aún no había desaparecido del lenguaje. Bosser no estaba pulsando botones. Bastaba con decir el nombre del objetivo. El monitor presentaría algunas opciones, resaltaría las más probables, y él diría uno, dos o tres. Bosser miró hacia la mesita de noche y, sobre ella, un reloj de madera haciendo tictac. Lo daba cuerda cada mañana. Un constante rechinar de engranajes.

—¿Va a hablar, o es solo una forma de despertarme? —dijo Marl por el comunicador, mirando desde el monitor con un atuendo frenético y ojos cansados.

—Su nuevo jefe de seguridad parece inútil —dijo Bosser—. No pude encontrar mucho sobre él. Sin antecedentes, a Eden no le gustará la elección.

—No tuve mucho tiempo, ni opciones.

—Se lo recordaré —dijo Bosser—. Aunque no les entusiasmará oír que no logró capturar a Davin Masters.

Pasaron otros treinta minutos mientras Marl escuchaba su respuesta y componía la suya. En cierto modo, el retraso era una ventaja. Bosser podía mantener varias conversaciones a la vez, rara vez sintiéndose estresado. Leyendo, revisando otros trabajos, o simplemente dando cuerda al reloj y observando las estrellas por la ventana del apartamento. Entre otras cosas, ayudaba a su temperamento. Era difícil mantener un verdadero enfado con alguien cuando tardaba tanto en ver su respuesta.

—Davin huyó. Junto con su equipo. No son un problema —dijo Marl—. ¿Eden va a enviar otro grupo de inspectores?

—Su actitud despreocupada hacia los asesinos podría levantar sospechas —dijo Bosser—. Debería intentar mostrar algo de simpatía.

—Cuando hable con Eden, lo haré —respondió Marl.

—Un consejo gratuito, eso es todo —dijo Bosser—. La respuesta a su pregunta es: aún no.

—¿Entonces por qué me llamó?

—Activé el androide basándome en sus pruebas —dijo Bosser—. Sus endebles pruebas. Pronto recibirá un mensaje con los datos de la cuenta. Por favor, deposite la cantidad indicada, o Eden comprenderá lo fácil que es manipular una transmisión de vídeo.

Marl no se molestó en responder. Después de quince minutos, le lanzó a Bosser una mirada tan gélida como la superficie de Europa y cortó la señal. No importaba, pagaría.

Bosser salió de su habitación y fue a la pequeña cafetería que daba servicio al edificio policial donde vivía y trabajaba. Miner Prime, incluso ahora, requería economía de espacio. Comer era más barato aquí.

Todo el comedor era de metal plateado pulido, o plástico disfrazado para parecerlo. Fácil de lavar y resistente a los arañazos. Todo una concesión a la durabilidad, la seguridad. Excepto las transmisiones. A lo largo de una pared, frente a los mostradores de servicio, una vasta pantalla dividida en una serie de vídeos en tiempo real. La mayoría eran de Miner Prime. El paseo principal en el Nivel Cinco, el centro de la estación que servía como principal zona comercial. La Hondonada del Vagabundo y su sucio caos. Varias bahías de atraque con naves entrando y saliendo como la marea del océano. Había una en la esquina superior izquierda que continuaba mostrando una vista ampliada de la Tierra, enrutada y retrasada desde los satélites, pero aún un recordatorio omnipresente del hermoso hogar de la humanidad.

En algún momento entre su segundo sorbo del café negro y el primer bocado tentativo del bollo de la mañana, un panecillo astringente de arándanos, la puerta principal de la cafetería se abrió y un oficial de comunicaciones entró tambaleándose. Una cara sonrojada y ojos desorbitados miraron a Bosser, esperaron mientras tomaba un lento trago.

Entonces Bosser le hizo una señal al hombre para que hablara.

—Están aquí, señor. El *Whiskey Jumper* acaba de atracar hace unos minutos —dijo el oficial de comunicaciones.

—¿Me recuerda qué es eso? —preguntó Bosser.

—La, eh, nave que me pidió que vigilara.

—Ah. Hay tantas. Gracias.

El oficial de comunicaciones permaneció allí unos segundos más. Observó a Bosser tomar otro sorbo. Esperando órdenes. La gente decía estar perturbada por los androides, cómo parecían humanos pero no lo eran. Este oficial, sin embargo, estaba más quieto de lo que cualquier robot jamás estaría y carecía de utilidad. El oficial hizo un ligero ruido de tos.

—Puede irse —dijo Bosser, y el oficial salió corriendo.

El androide, Fournine era su designación, ya sabía adónde habían ido Davin y su equipo. Su posición actual situaba al robot solo a unas horas de distancia de los mercenarios. Esperando la señal de Bosser.

Una de las transmisiones en el extremo más alejado cambió a una emisión de los videos nuevos más vistos, mostrando rápidamente el metraje popular. El segundo, silenciado y borroso, con efectos añadidos, mostraba a un trío conduciendo a un par de empleados vestidos de Eden a una bahía de atraque vacía. Luego disparándoles por la espalda. El vídeo pasó a una imagen de un tal Davin Masters, afirmando que el hombre era buscado por el asesinato. Él y todo su equipo.

Wild Nines, y solo ocho miembros. Curioso. Ocho combatientes curtidos podrían ser demasiado para un androide. Podrían causar muchos daños a la estación si caían disparando. Sin embargo, si los separaba... Bosser cogió su comunicador y comenzó a hacer algunas llamadas.

Davin Masters había vuelto a casa, y descubriría que era un lugar muy poco acogedor.

CAPÍTULO 36

DE COMPRAS

Viola podía notar que Mox se estaba cansando de sus preguntas. El grandullón había pasado de responder con tres palabras a una sola. A veces, simplemente con un gruñido. No es que Viola pudiera evitarlo. Todo el Nivel Cinco estaba repleto de cosas que jamás había visto. Las películas en Ganímedes apenas trataban los milagros que se exhibían aquí: los vestidos relucientes salpicados con platino de asteroides, perfumes mezclados con productos químicos extraídos de las rocas de Marte, e incluso una tienda de mascotas que vendía animales adaptados a entornos de baja gravedad.

—Si no estuvieras sin blanca —dijo Puk, flotando junto a la cabeza de Viola—. Imagina todas las cosas chulas que podrías comprar.

—Gracias por recordármelo —respondió Viola.

—Para eso estoy.

Mox flotaba detrás de ellos, lanzando miradas al azar. Las compras no parecían lo suyo; en la mayoría de las tiendas que Viola visitaba, Mox se quedaba fuera apoyado contra una pared. No hacía falta ser un genio para darse cuenta de que Mox estaba allí como guardaespaldas, para evitar que Viola hiciera alguna tontería. Lo cual, dada su suerte hasta ahora, no era mala idea.

Tras pasar por un par de restaurantes que promocionaban cocina japonesa y africana, la suave curva del nivel reveló un círculo con una enorme proyección cuadrada en el centro. Patrocinada por una organización de noticias que Viola no conocía, la imagen holográfica ofrecía una representación en 3D de la emisión actual. Imágenes de Marte, asentamientos en ruinas y destellos de láseres. Mejor estar aquí que allá.

Bajo la proyección, que se elevaba diez metros en el aire, la gente se mezclaba y socializaba en bancos y mesas, todos anclados al suelo.

—Cadge —dijo Mox, señalando con la cabeza hacia el lado izquierdo de la proyección.

Viola observó que el mercenario achaparrado estaba hablando con otras personas vestidas con gruesas chaquetas y pantalones de trabajo. Las capuchas de sus chaquetas mantenían sus rostros ocultos, y el grupo estaba demasiado lejos para escucharlos. Durante el viaje a Miner Prime, Viola no había podido quitarse la impresión de que aquel hombre la evaluaba constantemente como si fuera un trozo de carne. No de forma sexual, no, sino más bien como si estuviera calculando su valor. Era una sensación extraña y, después de los primeros días, Viola había intentado evitar a Cadge siempre que podía.

—¿Con quién está hablando? —preguntó Viola. Mox negó con la cabeza—. Puk, ¿quieres escuchar?

—Voy a ello —dijo el pequeño robot, elevándose rápidamente.

Como un oído humano, el robot podía concentrarse en conversaciones a distancia. Desde puntos de observación donde Cadge no pensaría en mirar, como justo encima de él.

—¿Por qué? —preguntó Mox.

—No lo sé —respondió Viola—. Cómo me mira, me hace

sentir incómoda. Y ha mencionado antes la recompensa por mi padre.

—Bromea —dijo Mox—. Sin filtro.

—Lo entiendo —dijo Viola—. Es tu amigo. Pero no el mío.

Viola llevó a Mox a una pequeña cafetería donde dejó que el hombre metálico le señalara cuál de las bebidas exclusivas debería probar. El café tostado en gravedad cero, cultivado en suelo de asteroide enriquecido, tenía un sabor único. Después de subsistir durante semanas con las raciones polvorientas del *Jumper*, cualquier cosa con un sabor nuevo sería bienvenida.

El oscuro líquido espumoso, en el que Viola vertió una pequeña gota de nata, desprendía vapor frente a su cara. Mox la observaba desde el otro lado de su diminuta mesa para dos, con una ligera sonrisa escondida entre su barba mientras Viola levantaba la taza y soplaba. Unos segundos después, el primer sorbo tentativo. Estaba caliente, sí, pero también chispeaba en su boca. Pequeñas explosiones de calor y... ¿macadamia? Seguidas por una corriente subterránea de tierra profunda y fértil que masajeaba su camino garganta abajo hasta su estómago.

Viola dejó la taza sobre la mesa y se quedó mirándola. Si este café superaba a todo lo que había bebido antes, ¿qué más le esperaba ahí fuera?

—Increíble —dijo Viola cuando Mox le preguntó cómo sabía—. No entiendo cómo puede tener tanto sabor. Quiero decir, científicamente, entiendo los componentes que lo forman, cómo la molecular...

—¡Viola! —zumbó Puk, volviendo a toda velocidad a la cafetería y atrayendo algunas miradas de los otros clientes—. ¡Tenemos que irnos! Cadge te está vendiendo a esos tipos ahora mismo.

—¿Qué? —preguntó Mox.

—La recompensa —dijo Puk—. Cadge va a dividirla con ellos. Tienen una nave.

Viola miró al otro lado del patio, pero Cadge y quienquiera que estuviese hablando con él ya no estaban allí. Habían desaparecido.

—¿Viste adónde fueron? —preguntó Viola a Puk.

—Lo siento, estaba demasiado ocupado viniendo a avisarte —respondió Puk.

Mox se levantó y tocó con su muñeca la pequeña parte de la mesa destinada a un lector. El comunicador de Mox se conectó a su saldo de cuenta y al pasarlo por uno de estos sensores pagaba cualquier deuda pendiente de la mesa. Viola recordaba cuando esta tecnología llegó por primera vez a Ganímedes, al mismo tiempo que se puso en marcha una red estelar completa. Requería conexión y verificación instantánea del saldo de una cuenta, pero era mucho más eficiente que llevar fichas físicas cargadas de monedas.

—Volvemos —dijo Mox, y Viola no iba a decir que no—. Esperaremos a Cadge en el *Jumper*.

Al salir de la cafetería y regresar al paseo, Mox, en lugar de quedarse atrás, ahora caminaba justo al lado de Viola, escaneando el entorno. ¿Era así estar en este negocio? ¿Tener que vigilar siempre su espalda, sospechar que cualquiera podía tener motivos ocultos?

Los abarrotados percheros de ropa en las tiendas con sus modelos proyectados, los puestos que anunciaban lujos esenciales, perdieron su sentido de maravilla y se convirtieron en lugares donde alguien podría esconderse. Cualquiera que mirara a Viola podría ser un informante, transmitiendo su ubicación, que iba desarmada, o lo que llevaba puesto a alguien que quería encontrarla.

—Ya no me estoy divirtiendo —dijo Viola.

—Acostúmbrate —respondió Mox.

Mientras se abrían paso entre un pequeño grupo de personas, todas con camisetas de neón brillantes y guiadas por un guía turístico, Viola deseaba estar de vuelta en los pequeños y confortables confines del *Jumper*. Al otro lado del grupo de turistas había un breve descanso en la multitud, un espacio a través del cual el suelo liso del Nivel Cinco reflejaba las luces del atardecer de las tiendas mientras la tarde del ciclo artificial de Miner Prime avanzaba. Tres hombres, los mismos con los que Cadge había estado hablando, estaban en ese espacio, y la miraban directamente.

CAPÍTULO 37
AMIGOS DEL PASADO

La mirada de Phyla vagaba por el pequeño espacio de la tienda de Lina. Un zoológico de equipamiento relacionado con la seguridad. Había una diminuta pistola que disparaba una bola pegajosa capaz de grabar y transmitir vídeo y audio a su alrededor durante diez minutos. Esa sería una forma de vigilar la conversación entre Davin y Lina, un diálogo que iba disminuyendo de volumen hasta que Phyla ya no podía escucharlo. Se sentía como una niña dejada a su aire mientras los padres hablaban.

Colgadas en las paredes, sobre las estanterías que contenían cámaras y equipos de comunicación, había una serie de fotografías de estilo antiguo. Fotos impresas reales, que en estos días eran una rareza retro. Lo curioso es que Phyla las recordaba todas.

Aquella con Davin y Lina de pie fuera de su pequeña escuela, con Phyla sosteniendo la cámara, aquí mismo en Vagrant's Hollow, cuando completaron el último curso y la sociedad los expulsó, a los quince años, hacia cualquier vida que el destino les tuviera preparada. Phyla pensó que las sonrisas nerviosas en sus rostros debían de reflejar la suya propia.

Otra foto, a la derecha de aquella, tomada por la madre de Davin, que hacía tiempo que se había marchado, mostraba a los tres junto con algunos de sus otros amigos jugando a hockey de suelo. El suelo metálico proporcionaba una superficie perfecta para deslizar cualquier trozo de chatarra que quisieran usar como disco.

Había encontrado la cámara con un descuento especial. No, no era eso. El hombre estaba perdiendo todo, liquidaba sus posesiones para conseguir un billete que lo sacara de la estación. Phyla tenía monedas de un cumpleaños reciente y la compró. La cámara era tan antigua que imprimía las fotos inmediatamente después de tomarlas. El hombre que se la vendió parecía muy triste al entregársela, pero cuando Phyla se dio la vuelta, le pidió que esperara. Un momento después, el hombre volvió con una pila de pequeños papeles gruesos, necesarios para que la cámara imprimiera. Phyla le preguntó dónde conseguir más y el hombre simplemente negó con la cabeza.

Mirando estas fotos, nunca se podía apreciar lo desesperadamente que querían marcharse. Davin, especialmente, hablaba sin parar de explorar las estrellas. De romper los límites de Miner Prime y forjar su propia vida. Lina le seguía el juego, animando a Davin hasta que se marchó. Les dijo que se iba y desapareció. Durante cinco años.

Phyla recordaba el día en que Davin regresó, lo recordaba corriendo de vuelta por su calle, afirmando que tenía una nave, que podían irse con él. Rompiendo sus aburridas vidas.

—¿Phyla? —dijo Lina, tocando el hombro de Phyla—. ¿Las quieres?

—¿Las fotos?

—Deberían ser tuyas, en realidad. Tú las tomaste.

—Solo se perderían en la nave. Demasiado movimiento —dijo Phyla, aunque sus ojos no se apartaban de los recuerdos.

—Si tú lo dices —dijo Lina—. Davin volverá pronto. Te pedirá que vayas a preparar la nave.

—¿Por qué? Si acabamos de llegar.

—Esta estación es peligrosa para vosotros. Cada hora aquí aumenta vuestras posibilidades de quedar atrapados.

—¿Y Davin no vendrá conmigo?

—Quiere encontrar la fuente, la persona que puede desactivar al androide que os persigue. Yo puedo guiarle hasta ella, pero necesitaréis una vía de escape preparada.

Phyla observó el rostro tenso de Lina, buscó en sus ojos algún indicio de mentira, algún plan oculto tras las arrugas y las canas dispersas que tocaban las sienes de Lina. Phyla sintió el impulso de tocarse su propio rostro, de trazar sus propias arrugas y comparar si la vida espacial era realmente mejor.

—¿Por qué nos separamos, Lina? —preguntó Phyla—. ¿Los tres?

—Vosotros dos queríais ver las estrellas, yo tenía gente de la que ocuparme —respondió Lina.

Padres, y Lina tenía un hermano menor. Davin y Phyla perdieron sus responsabilidades antes de que el *Jumper* se convirtiera en una realidad. No es que Phyla tuviera remordimientos: no había nada en Vagrant's Hollow entonces y no había nada ahora. Mejor huir de un agujero negro que ser aplastado por su gravedad desesperanzadora.

—¿Cómo están? —Phyla dejó que la pregunta flotara en el aire.

Lina no se molestó en responder, volvió a mirar las fotos. Muertos o desaparecidos. En Vagrant's Hollow, esos eran los resultados más probables. El pasado no era un lugar agradable para visitar aquí. Lo único que hacía era mostrar cuánto habías perdido ya. Phyla respiró hondo. Quizás ahora era el momento de arreglar parte de ello.

—Esa última pelea que tuvimos, fui tan estúpida —dijo Phyla—. Simplemente no podía, después de todas las veces que hablamos de escapar de este lugar, entender por qué no querías venir.

—Lo sé —respondió Lina.

—Ha sido difícil sin ti —continuó Phyla, todavía mirando la foto—. Ir a todas partes sin mi mejor amiga.

—¿Aún no has hecho una nueva?

—Todavía te estoy esperando a ti.

Lina envolvió a Phyla en un fuerte abrazo, de la misma manera en que solían darse las buenas noches cuando eran más jóvenes.

—Ya no queda nadie aquí —dijo Lina—. Si estáis dispuestos, iré con vosotros esta vez. Estoy lista para despedirme.

Había espacio. Un camarote extra. Por primera vez desde que llegaron a la estación, Phyla sintió que una sonrisa auténtica llegaba hasta sus ojos. Lina le correspondió.

—¿Habéis tenido una buena charla? ¿Volvéis a ser amigas? —dijo Davin, acercándose a ellas—. Phyla, ¿Lina te ha contado los detalles?

—Sí, que nos abandonas para ir a alguna misión en solitario —respondió Phyla.

—No en solitario. Lina me cubrirá las espaldas.

—Eso significa que tú también cubrirás las suyas.

De camino de vuelta al *Jumper* sola, Phyla recordó cuando dejaron a Lina la primera vez. Esas promesas la noche anterior, los tres preparándose para conocer a la tripulación de Davin en su nueva nave. Phyla emocionada por pilotar algo que no fuera minar un asteroide, Lina leyendo en voz alta sobre las cosas increíbles que iban a ver, Davin contando historias sobre Luna, Marte, e incluso ver la Tierra desde la órbita.

Y a la mañana siguiente, en la cabina del *Jumper*. Lina comunicándoles solo un "lo siento". Davin retrasándose, suplicando, y finalmente Phyla encendiendo los propulsores y llevando el *Jumper* hacia las estrellas. Había sido difícil ver con lágrimas en los ojos, pero no tardaron mucho en secarse. En endurecerse hasta convertirse en la misma determinación que la sostenía ahora. Había más personas que solo ellos tres de las que cuidar.

que la sostenía ahora. Había más personas que solo ellos tres de las que cuidar.

VIEJA LLAMA, NUEVO ARDOR

El diminuto apartamento de Lina se aferraba desesperadamente a la parte superior de la tienda. Un conjunto de chatarra atornillada, cuerdas y una estrecha escalera llevaron a Davin hasta el segundo nivel. Entre la placa calefactora y la ducha individual, había un sofá cama y la basura acumulada de años.

—No sé qué crees que es la vida en el *Jumper*, pero es mejor que esto —dijo Davin.

Esperaba una respuesta ardiente, algo así como que Davin no tenía derecho a criticar su vida, no después de haberse marchado hace una década. En cambio, Lina asintió y se sentó en el sofá, metiendo la mano entre los cojines hasta que encontró algo. Davin permaneció de pie, observó cómo la muñeca de Lina se flexionaba mientras su mano se movía bajo el cojín, y luego escuchó el sonido de metal deslizándose.

Los paneles engrasados del apartamento se desplazaron hacia los lados, sobresaliendo y deslizándose unos sobre otros para revelar un elegante conjunto de pantallas y pequeños compartimentos llenos de artilugios. Davin sonrió más ampliamente a medida que cada nueva pieza se mostraba. Esto era mucho más lo que había esperado de Lina, coincidía con la forma en que solía vencer, no, aniquilar a Davin y Phyla en los juegos infantiles, esperando hasta el último momento para mostrar un secreto que le entregaba la victoria a Lina. Una espada falsa, quizá, o una regla oscura sacada a relucir con efecto devastador. Ahora Lina tenía un arsenal oculto.

—¿Has construido esto solo para mí? —preguntó Davin.

—Solo para ti —respondió Lina—. Lo que pasa es que tú descubres los secretos de todos y luego guardas más de los tuyos.

—La mayoría de los secretos no implican alijos de equipos de espionaje.

—Solo los mejores.

Davin se acercó al terminal y pulsó el pequeño botón de encendido. Las pantallas se llenaron con varias transmisiones de vídeo de los alrededores del Hueco del Vagabundo y otros niveles de Miner Prime. En blanco y negro pero nítidas, con palabras desplazándose por la parte inferior mientras el terminal intentaba transcribir cualquier audio que se produjera.

—¿Puedes ver todos los rincones de la estación? —preguntó Davin.

—Casi —la cara de Lina se torció en una mueca—. Algunos lugares son demasiado difíciles de alcanzar. No he podido poner micrófonos en el despacho de Bosser, por ejemplo.

—Te refieres al lugar que nos sería más útil.

—No realmente. Bosser charla mucho con socios fuera de la estación. Llevo tiempo interceptando esas transmisiones.

—¿Con quién habla?

—Con tu amiga Marl, para empezar.

—Sí, si consigo más amigos como Marl, no voy a durar mucho más.

—Ella es solo una parte de la cadena —dijo Lina, tomando la mano de Davin y tirando de él hacia el sofá.

La mano de Lina estaba cálida. Siempre lo estaba, sus dedos deslizándose entre los suyos. El encaje era natural. La memoria muscular dividida por años aún resistía.

—¿Y cuál es el resto?

Una familiar emoción recorrió sus venas mientras los dedos de Lina masajeaban sus palmas. Ese mismo baile, esas mismas uñas redondeadas y la forma en que Lina las deslizaba sobre los extremos de sus nervios.

—Marl y Bosser tienen un acuerdo, pero ambos trabajan para otras personas —dijo Lina—. No sé quién maneja los hilos de Marl. Fuera de Bosser, no escucho nada de lo que dice. Bosser, creo, trabaja con Eden. Quizá otras corporaciones. Es difícil ubicarlo con precisión.

Davin se hundió en el sofá, permitió que un brazo se deslizara por el costado de Lina y alrededor de su espalda, acercándola más.

—¿Quieres decir que no lo sabes todo sobre él? —dijo Davin—. Eso no suena como tú.

—Bosser no juega en público —respondió Lina, moviéndose por el sofá hasta que sus caderas tocaron las de Davin—. No es un político. Por lo que he podido averiguar, no ha sido elegido para nada. No hay nada sobre él en los registros públicos. Eso significa que está dirigiendo algo que las Leyes Libres no tocan. Que Miner Prime está manteniéndolo en la sombra.

—Nunca te ha detenido antes.

Lina se apartó, miró a Davin directamente a la cara.

—No vengas aquí y actúes como si supieras cómo son las cosas —dijo Lina—. Ha habido un cambio. Nadie quiere luchar más, porque quieren ahorrar, comprar un pasaje a uno de los nuevos puestos avanzados. Como tu Europa.

—¿Y están dispuestos a vivir en la miseria hasta entonces?

—Mejor que morir por ello. O pudrirse en prisión. Están viendo lo que está pasando en Marte.

Davin miró de nuevo a los monitores. Las transmisiones

de toda la estación seguían funcionando. Hacía mucho tiempo que sus padres habían liderado las marchas, organizado las reuniones para mejorar las condiciones en el Hueco del Vagabundo.

—No es tu trabajo hacer realidad sus sueños —dijo Davin.

—Pensé que lo era, durante mucho tiempo. Construí esto, recopilé material de chantaje, estaba lista para iniciar una revolución hasta que me di cuenta de que nadie la quería.

—Encontramos a Bosser, limpiamos los cargos y luego podemos irnos.

—Ahí estás, Davin. Siendo el héroe.

—Esa es la mejor parte de este trabajo. —Davin se estremeció cuando los dedos de Lina subieron por su pecho. Su boca se acercó.

—¿De verdad? —Su voz baja, sus labios exuberantes.

—Me retracto.

CAPÍTULO 39
EMBOSCADOS

Opal dejó la mira sobre el mostrador de Mace. Bajo la superficie de cristal había un exceso de cuchillos de haz, y detrás del mostrador una variedad de armamento letal cuyo precio reflejaba el elevado impuesto que las Leyes Libres aplicaban a los arsenales. Una versión actualizada de la que ella tenía, esta mira contenía un chip que analizaba los movimientos de las personas observadas, comparándolos con una base de datos de formas de andar y correr humanas. Le indicaría si un objetivo estaba nervioso, tranquilo o a punto de huir un momento antes de que la persona lo hiciera. En ese segundo, Opal podría apretar el gatillo y salvar la situación.

—¿Tienes suficientes créditos para esta, Opal? —le dijo Mace, el desaliñado dueño tatuado—. La última vez que te vi, tu cuenta no andaba muy bien.

—Hemos conseguido algunos trabajos, viejo. Se liquidará —dijo Opal.

Mace hizo un gesto para que Opal deslizara su comunicador por el lector. Opal lo hizo, y el dispositivo emitió un pitido afirmativo un segundo después.

—Vaya, menuda sorpresa —dijo Mace—. Ya te daba por arruinada.

—¿Alguna vez te he decepcionado, Mace?

El tendero se rio, sabiendo ambos que Opal había sustraído algunos artículos de esta tienda. Mace sentía cierto respeto por cualquiera con agallas suficientes para robarle y salirse con la suya, y más aún hacerlo varias veces. Así que la última vez que Opal vino, Mace la acorraló y le hizo una oferta. No robar nada más, y podría quedarse con lo que había conseguido ilícitamente. Opal, al ver el cuchillo de haz en la mano de Mace, no discutió.

Merc, apoyado en la entrada de la tienda, tenía los ojos fijos en ellos. El piloto seguía de pie, pero Opal notó su mueca de dolor y sus brazos colgando inertes. Después de esto, volverían a la nave. Opal le hizo un gesto afirmativo a Mace, luego empezó a caminar hacia la entrada. Mientras lo hacía, el terminal de Mace, a sus espaldas, emitió un ruido estridente, como el de un claxon aplastado a media nota.

—Eh —dijo Mace, ahora más bajo.

Opal miró hacia atrás al tendero.

—Los guardianes de la paz me están diciendo que te retenga aquí. Acaba de aparecer ahora.

Hubo un tiempo en que Opal habría preguntado por qué. Se habría enfadado, sorprendida de que la policía estuviera tratando de encontrarla. Ahora, sin embargo, todo lo que hizo fue asentir. El tendero inclinó la cabeza en respuesta. Luego los ojos y la mente de Opal se volvieron hacia Merc.

—Es hora de irse —le dijo Opal a Merc mientras le tendía un brazo.

Juntos cojearon hacia los ascensores que los llevarían de vuelta a la nave. El sol artificial de Miner Prime descansaba en el horizonte, los diodos que iluminaban el techo del Nivel Cinco cambiaban a tonos de púrpuras y naranjas. Hermoso, siempre que fingiera que era real. Opal hizo un inventario mental. Tenía un arma lateral y también el cuchillo de haz. Merc no tenía nada más que un frasco de pastillas.

Por eso, cuando a solo veinte pasos de las puertas del ascensor, una docena de guardianes de la paz con uniformes verdes salieron y les exigieron que se rindieran, Opal soltó su arma sin oponer resistencia. Primero separaron a Opal de Merc, luego le colocaron esposas aturdidoras alrededor de las muñecas.

—Buena elección —le dijo el guardián de la paz mientras caminaban hacia el ascensor—. No merece la pena añadir más cargos, ¿verdad?

—Lo hice por él —dijo Opal, deslizando la mirada hacia Merc, a quien un par de guardianes ayudaban a avanzar.

—No voy a discutir eso —dijo el guardián de la paz—. Todo lo que busco es llegar a casa al final del día.

—Yo también —respondió Opal.

CAPÍTULO 40
EL HOMBRE DE METAL

Vi parpadeó con ojos desorbitados mirando de uno a otro de los tres hombres. Mox podía oler el miedo que emanaba de ella, ese regusto a pánico que normalmente era dirigido hacia él. El exoesqueleto lo detectó, informando a Mox del estado casi frenético de Vi mientras observaba al trío de oponentes. El hombre del centro parecía ser el líder, con las manos sobre un par de pistolas en su cinturón. Lo delataban sus secuaces, que no dejaban de mirarlo, esperando alguna señal. Una estrategia bastante pobre.

—Apartaos —dijo Mox.

—¿No eres un mercenario, grandullón? —preguntó el líder—. ¿No sabes cuánto vale ella?

—Apartaos. No lo pediré otra vez.

—Parece que todo ese metal te está afectando al cerebro. Nos llevaremos a la chica.

Mox avanzó. Vi pronunció su nombre, pero Mox la ignoró. Dudar ahora les daría la oportunidad de disparar, y Mox no llevaba ningún arma consigo. Ninguna salvo sus puños, claro. El exoesqueleto registró el movimiento, captó el aumento de energía cuando Mox echó a correr, y lo amplificó con fuerza mecánica.

En su segundo paso, mientras el líder del trío tiraba de las pistolas en su funda, Mox saltó tres metros. Recorrió más de la mitad del espacio entre los dos grupos. El líder levantó el arma y, cuando Mox iba por su tercer paso, su puño colisionó contra la barbilla del líder, que disparó.

El disparo rebotó en el suelo y luego en una pared. Mox hizo lo mismo con el líder, estrellándolo contra el suelo, con el impulso arrastrando al hombre hasta un banco. Mox registró el impacto auditivamente, mientras giraba a la izquierda, siguiendo el movimiento de su brazo, y golpeó al segundo secuaz en el estómago. Doblándose sobre sí mismo, desplomándose en el suelo, el lacayo número dos ya no representaba ningún problema.

Mox lanzó su brazo derecho hacia atrás en un golpe salvaje, destinado no tanto a golpear al tercero como a retrasarlo, hacer que se agachara y darle a Mox un segundo para darse la vuelta.

El swing, como era previsible, solo golpeó el aire. Sin embargo, Mox utilizó la inercia para girar y encarar al tercer atacante. El pequeño matón parecía paralizado. El golpe de Mox había fallado no porque se hubiera agachado, sino porque el cobarde ni siquiera había intentado acercarse. Patético.

Mox dio un paso, mirando fijamente a la cara del matón, que se transformó en una mueca de miedo, con la mandíbula floja. Este ni siquiera merecía el esfuerzo. En su lugar, Mox le sacó la pistola del bolsillo y la partió con las manos. Vi gritó algo de nuevo, pero Mox no pudo entenderlo por encima de la adrenalina que le bombeaba en los oídos. Tanto tiempo con el cañón le había hecho olvidar la sensación de usar sus propias manos. Y lo divertidas que eran.

El tercer matón recuperó la compostura y corrió hacia los ascensores. Mox podría alcanzarlo, podría lanzarlo como si fuera un muñeco, pero Vi era la prioridad. Mox se volvió hacia su protegida, hacia donde había estado, y no vio a nadie. La pelea no había durado más de unos segundos. ¿Dónde se había metido la chica?

Mox miró alrededor, pero la pasarela estaba llena de gente huyendo del conflicto, ninguno con la ropa de Vi. ¡Pero allí! Puk, el pequeño robot de Vi, flotaba cerca de la entrada de un club de aspecto oscuro. Mox corrió en esa dirección mientras Puk entraba zumbando. El nombre del local, *Cosmic Dust*, no inspiraba confianza.

Mox se agachó para pasar por la puerta, una corredera que no hizo ruido al abrirse. Bien mantenida. La entrada era corta, de un azul profundo con motas blancas. Evocaba la sensación de abandonar la Tierra hacia las estrellas. Algo que Mox había hecho hacía muchos, muchos años. Pero los recuerdos no eran lo importante ahora. Más adentro incluso el azul profundo desaparecía, reemplazado por estrellas y galaxias giratorias. Una multitud vibrante llenaba el lugar.

De repente, un cometa brillante cruzó el techo, moviéndose en un extraño patrón y, de vez en cuando, parecía soltar motas de luz sobre la gente que bailaba. La música, por llamarla de algún modo, consistía en un ritmo lento y rebotante con ecos sintetizados.

—¿Necesitas instrucciones? —dijo una chica que apareció de la nada junto a Mox.

Su etiqueta decía que era astronauta. Una mentira, ya que parecía, incluso en la oscuridad, tener la edad de Viola. Los únicos astronautas que quedaban eran reliquias de una época anterior, de cuando los gobiernos financiaban los viajes espaciales y se necesitaba algo más que dinero para ver las estrellas. Quizás, entonces, la chica era una asistente.

—Busco a alguien —dijo Mox.

—Mucha gente encuentra cosas aquí —dijo la chica—. Usa tu comunicador. Se conectará automáticamente, y entonces puedes pedir desde ahí.

—Una chica —respondió Mox—. Con un robot.

—Ajá. Elige el polvo que quieras y te lo lanzarán. Entonces, ya sabes, disfrutas —dijo la chica, dedicándole una sonrisa a Mox antes de desvanecerse en la oscuridad.

Mox no podía ver nada, pero Vi tenía que estar en algún lugar. Peinaría todo el local lleno de observadores de estrellas drogados. La encontraría.

CAPÍTULO 41

ENCENDED LOS MOTORES

Otros treinta minutos antes de que terminen de cargar los suministros. Phyla escuchó a Trina decir esas palabras y se preguntó cuánto tiempo había pasado desde que las oyó. ¿Un minuto, quizás? Había hecho algunas llamadas por el comunicador a Opal, Merc y Mox, y no había obtenido nada. Silencio total. Davin seguía en el búnker de Lina. Lo que significaba que Phyla era la capitana en funciones, y quizás tendría que hacer algo con esa responsabilidad.

—¿Erick? —llamó Phyla por el comunicador.

—¿Sí? —respondió Erick desde su cama, donde había decidido pasar el día continuando con su recuperación.

—¿Cuánto tiempo le dijiste a Merc que podía estar fuera?

—Déjame comprobarlo.

Phyla miraba fijamente desde la cabina la ajetreada bahía que Miner Prime les había asignado. Robots y personas se movían entre las otras naves en el mismo espacio, y algunos de ellos seguían subiendo por la rampa de carga del *Whiskey Jumper*, trayendo comida y cualquier pieza que Trina hubiera solicitado. El procedimiento de Davin era abastecerse al máximo en cada puerto, incluso si no sabían hacia dónde se dirigiría su próximo vuelo. También era la razón por la que el capitán insistía en alimentos que no se estropearían rápidamente. Resultaba en comidas aburridas, pero significaba que la nave podía navegar durante meses con toda la tripulación a bordo. Phyla se preguntaba cuánto enloquecería si eso llegara a suceder alguna vez.

—Se ha pasado de la hora —dijo Erick, y Phyla dio un respingo ante el sonido repentino.

—¿Se ha pasado de la hora?

—Sí, le autoricé un viaje corto para tomar aire fresco. El esfuerzo sigue siendo un riesgo en esta fase de su recuperación.

—No puedo contactar con ellos por el comunicador —dijo Phyla.

—Eso es preocupante. Seguramente necesitará otra dosis para controlar el dolor.

—Sí. Tampoco es propio de Opal saltarse un horario —Phyla intentó mandarles señales de nuevo a sus comunicadores, nada. Siempre existía la posibilidad de que los dos estuvieran en un punto muerto de la estación, rodeados de placas gruesas que bloqueaban los mensajes. Algunos lugares invertían para mantener sus tiendas, salones de masajes y clubes inmunes a la conexión constante que creaban los comunicadores.

—Mox tampoco contesta, ni Cadge.

—Preocupante, ¿no crees?

—Seguiré buscando. Estoy segura de que solo están en los ascensores o algo así —dijo Phyla, con los ojos fijos en las consolas. La acusación de asesinato aparecía constantemente, circulando en las noticias. La gente moría todo el tiempo en el espacio, pero no los empleados de la compañía. Especialmente no los funcionarios que visitaban un puesto avanzado que se promocionaba como el próximo paraíso.

Erick le dijo que le avisara, y luego se desconectó. Phyla cambió el panel a la transmisión de vídeo de la habitación de

Erick durante una fracción de segundo, confirmando que el médico dormitaba acurrucado bajo una manta. La luz se apagó un segundo después. Era inquietante mirar a Erick así, pero la tripulación entendía por qué estaban allí las cámaras. Una nave pequeña tenía que poder ver lo que ocurría en cualquier parte en caso de una fuga de atmósfera, un incendio o algo peor.

—¿Holaaa, nave? ¿Hay alguien escuchando? —llegó una voz desconocida por el comunicador.

—Phyla al habla, en el *Whiskey Jumper*. ¿Quién es?

—Puk, el robot de Viola, y tengo noticias para ti.

—¿Dónde estás? ¿Estás con Mox?

—Ya no. Viola ha sido agarrada por tu colega Cadge. Acabamos de salir por la puerta de servicio de una fiesta genial llamada *Cosmic Dust*. Estoy siendo sigiloso y tu amigo aún no me ha notado. No sé cuánto tiempo más durará eso.

—¿Dónde está Mox? ¿Y en qué nivel está eso?

—¿Qué crees? Nivel Cinco. Mox fue atacado por unos matones, a los que hizo trizas. Quiero decir, ni siquiera fue una pelea. Como que ni hubo tiempo para apostar. Ese tío es un asesino.

—Puk, concéntrate. ¿Adónde se lleva Cadge a Viola?

—¿Crees que leo la mente? Lo que sí sé es que quiere ese dinero de la recompensa.

—Ve a buscar a Mox. Dile adónde se lleva Cadge a Viola.

—¿Así que no vas a ayudar?

—Mantenme informada y quizás lo haga.

El robot emitió un afirmativo. Luego Trina apareció rápidamente para decir que los suministros estaban a bordo. El *Jumper* repostado y listo para despegar. Una cosa buena en un día de desgracias. Phyla respiró hondo y luego intentó comunicarse con Davin de nuevo. Nada. ¿Por qué todo se estaba desmoronando cuando ella estaba en el puesto de capitana?

CAPÍTULO 42
TÚNELES

Lina mantenía la tienda donde estaba en Vagrant's Hollow por una razón. Era porque, como habían descubierto cuando eran niños, debajo pasaba uno de los conductos de aire reciclado. Un gran tubo por el que circulaba aire caliente o frío, dependiendo del día y de qué lado de Miner Prime estuviera orientado hacia el sol. Rodeaba Vagrant's Hollow y se conectaba con el enjambre de conductos que mantenían el oxígeno fluyendo por la estación.

De pie tras el mostrador principal de la tienda de Lina, Davin, con el pelo aún húmedo por la ducha rápida, observaba cómo Lina retiraba una gruesa alfombra gris. Debajo había una placa metálica con un asa.

—Sé un caballero, ¿quieres? —pidió Lina.

Davin captó la indirecta y tiró de la placa, luego presionó con las piernas para mover el pesado objeto. El chirrido de la placa contra el suelo reveló un agujero que Davin recordaba mucho más grande cuando era joven.

—Eso va a ser, eh, estrecho —comentó Davin.

—Iré primero. Lánzame tus cosas. Después entrarás tú —dijo Lina.

—¿Estás segura de eso?

—Estoy bastante familiarizada con tu tamaño, Davin. Cabrás —Lina le dedicó una sonrisa torcida.

Lina descendió por la escalera y aterrizó dos metros más abajo con un golpe sordo.

—Te alegrará saber —gritó Lina— que hoy están circulando aire frío.

—Aleluya —dijo Davin, desabrochándose la funda de la pistola y lanzándosela a Lina.

Si los conductos estuvieran impulsando calor, sería demasiado incómodo. Literalmente un horno. De vez en cuando, explorando de niños, se habían quedado atrapados allí cuando las oleadas de calor solar pasaban a través y salían como bolas viscosas de sudor, jadeando por aire. Davin logró deslizarse con esfuerzo en el tubo, poniéndose de pie al llegar al suelo y golpeándose la cabeza contra el techo.

—Ah, sí, tendrás que agacharte —dijo Lina—. Parece que has crecido un poco desde que eras niño.

—¿Así es como funciona?

El túnel en sí era una extensión de acero inoxidable. Cada metro había tornillos incrustados que unían las secciones. La afirmación de Lina sobre la brisa era correcta: un viento constante soplaba en el túnel, suficiente para mover el pelo de Davin aunque no para empujarlo más rápido.

—Si mal no recuerdo, ¿no nos adentrábamos mucho en estos conductos cuando éramos más jóvenes? —preguntó Davin, mirando a ambos lados.

—No podemos simplemente entrar directamente en la oficina de Bosser. Está en los barracones de los guardianes de la paz, a varios niveles de distancia —dijo Lina—. Estarán vigilando los ascensores. No estarán vigilando los túneles.

—¿Por qué Bosser estaría vigilando los ascensores? No aterrizamos con nuestro propio nombre.

Lina caminaba por el conducto, las paredes lisas interrumpidas aquí y allá por tuberías y conductos más pequeños que enviaban o desviaban el flujo de aire. Más allá de sus pasos resonantes, el constante zumbido de la maquinaria trabajando retumbaba a su alrededor. Aunque estaban solo a unos metros por debajo del bullicio de Vagrant's Hollow, ni un solo sonido se filtraba hasta ellos.

—Hubo mucho movimiento hace unas horas —continuó Lina—. Las órdenes de vigilancia salieron por los canales comunes. Tu nombre incluido.

—¿Entonces los demás podrían estar en problemas?

—La única manera de ayudar a tu tripulación es hacer lo que estamos haciendo ahora —respondió Lina—. Elimina los cargos y no habrá razón para arrestar a nadie.

Sí, excepto que Bosser probablemente no estaba preocupado por los arrestos. Davin debería volver corriendo por esa escalera, a los ascensores y a su nave. O a buscar a Opal, que había ido de compras. O... quizás Lina tenía razón. Nada de lo que Davin hiciera solo iba a cambiar una pelea con los guardianes de la paz. Nada, excepto conseguir que Bosser parara.

—¿Cuánto tardaremos en llegar hasta él?

—Depende de si tenemos suerte —dijo Lina.

—Estás conmigo, así que eso no es probable.

El túnel de ventilación se curvaba delante de ellos, arqueándose hacia el centro de la estación. Donde se ubicaban los conductos principales, que iban hacia arriba y hacia abajo. Siguieron caminando, las tenues luces de mantenimiento mantenían a los dos iluminados en silueta. Finalmente, llegaron al final del túnel, señalado por un anillo de diodos rojos.

—Si quieres mejorar las probabilidades, mantente en silencio —dijo Lina, mirando a Davin y llevándose un dedo a los labios. Davin asintió. Las probabilidades necesitarían toda la ayuda posible.

CAPÍTULO 43
SECUESTRADA

Viola ya no intentaba forcejear. No porque no hubiera huecos en la apresurada carrera de Cadge por los pasillos de servicio, sino porque Viola seguía escuchando la amenaza murmurada por Cadge en su mente.

—Intenta huir y te mato. No quiero hacerlo. Pórtate bien conmigo, y volverás a casa con papá y mamá.

Era difícil de asimilar, con el arma de dos cañones de Cadge justo debajo de su nariz. Con un simple movimiento de su dedo, Cadge borraría todo lo que Viola era. Un miedo paralizante y abrumador que Viola nunca había sentido. Veinte años de vida desaparecidos en un instante. No existía una respuesta racional a eso. Ninguna salvo hacer todo lo posible para mantenerse viva. Puk, normalmente el contrapeso a los descensos de Viola a su propia mente, no estaba por ninguna parte. Estaba al borde de un precipicio y si no decía algo pronto, se precipitaría al pánico.

—¿Por qué quieres tanto la recompensa? —preguntó Viola a Cadge.

—Tengo mis razones. La mayoría tienen que ver con arriesgar mi maldita vida por muy poco cada día —dijo Cadge.

Cadge no la miraba. Viola podría escabullirse hacia alguna de las puertas traseras para escapar. Pero, ¿cuántas se abrirían cuando tirara de ellas? Y si no lo hacían, ¿le daría Cadge una advertencia o simplemente la haría pedazos?

—¿Así que me estás secuestrando? ¿Esa es la solución?

—¿Tienes una mejor? —replicó Cadge.

—¿Qué tal no hacerlo?

—Eso me deja desangrado, Vi.

Más allá de otro par de tiendas había una puerta oxidada de color azul claro, lo suficientemente grande para carros. Cadge se detuvo frente a una serie de tres botones, uno rojo, uno verde y otro con el símbolo de una alarma. La puerta no estaba cerrada desde este lado.

—No lo entiendo —dijo Viola mientras Cadge pulsaba el botón verde—. Davin os proporciona todo, así que ¿por qué no podrías ahorrar?

Esta vez Cadge se dio la vuelta, dedicándole a Viola una sonrisa enfermiza.

—¿Crees que un hombre como yo es capaz de ser estable? En esta carrera, vives el momento.

Cadge hizo un gesto a Viola para que pasara por la puerta. De vuelta en la pasarela pública, los ascensores estaban a unos minutos a pie. Ya al aire libre, Cadge tomó una bocanada larga, sus pasos se ralentizaron a un caminar natural en lugar de los pasos tensos del callejón. Viola se dio cuenta del porqué unos segundos después. El mismo grupo contra el que había luchado Mox, aquel trío, se movía junto a ellos. Rodeando a Viola. Ya no había posibilidad de escapar, ni rastro de Mox.

Sin embargo, hablar con Cadge le dio a Viola tiempo para adaptarse. El pánico disminuyó. Analiza la situación. Solo otro problema de lógica. Cuatro contra uno no eran probabilidades que pudiera superar, pero quizás, manteniendo los ojos abiertos, habría una oportunidad. Los cinco entraron en un ascensor y se alejaron disparados hacia el octavo nivel. Un breve transbordo a un ascensor transversal, que en lugar de subir y bajar se desplazaba horizontalmente. Ese ascensor los llevaría a una sección reservada para naves entrantes, más pequeñas que la *Whiskey Jumper*.

—¿Dónde está la pasta, Cadge? —dijo el líder del trío, con el abrigo rasgado y la cara luciendo un surtido de coloridos moratones, su voz tensa—. Hicimos lo que pediste, y pagamos más de lo que dijiste que haríamos.

—Tengo los créditos aquí, en mi bolsillo. Os los daré cuando estemos a salvo —respondió Cadge—. No quería que Mox os matara y que yo perdiera buen dinero por nada.

—Es tan agradable ser secuestrada por caballeros tan honrados como vosotros —dijo Viola, porque cada palabra ayudaba a combatir los escalofríos que recorrían sus venas—. De verdad, si alguien tuviera que cogerme, meterme en una nave y enviarme de vuelta a casa con mis padres, os elegiría a todos vosotros.

—Bocazas —dijo el líder.

—Aunque guapa —dijo uno de los otros matones.

—Ya está. Era lo único que faltaba —dijo Viola.

—Cierra el pico —espetó Cadge—. Vi, antes de que pienses en hacer ruido, entiende que tengo todo el derecho de estar haciendo lo que estoy haciendo.

—Bueno, ahora has cambiado mi opinión —dijo Viola.

Eso provocó una risita del líder, pero las puertas del ascensor al abrirse cortaron la reacción de Cadge. Viola no captó el número de la bahía porque estaba mirando el enjambre de naves que entraban y salían del espacio. Davin había colocado la *Jumper* en una bahía más grande destinada a carga, pero esta era para naves pequeñas. Todos los buscadores de placeres y empresarios que paraban en la estación para reuniones, fiestas, turismo. En el tiempo que pasó entre que se abrieron las puertas del ascensor y Viola pisó el suelo de la bahía, al menos cinco naves en su campo de visión encendieron sus motores y flotaron libres.

El líder ya tenía las manos extendidas, esperando a que Cadge le entregara el dinero. Cadge dejó caer las tres tarjetas negras y azules en la mano del líder, una por una.

—¿Ya están cargadas? —preguntó el líder.

—Compruébalas si quieres —dijo Cadge—. Puedo esperar un minuto.

—¡Cadge Vasseter! —gritó alguien en el suelo de la bahía, bajando de su nave.

Viola no pudo distinguir quién era, con la cabeza cubierta por un sombrero ancho, un largo abrigo gris que le llegaba desde el cuello hasta los tobillos. Cadge, sin embargo, pareció reconocer algo, porque se apartó bruscamente del trío y se lanzó de nuevo hacia el ascensor. Viola observó cómo las puertas se cerraban antes de que Cadge pudiera entrar, haciendo que el hombre pequeño rebotara contra ellas y cayera al suelo, las manos buscando desesperadamente su arma.

—¿Quién es ese? —preguntó el líder.

—No quieres saberlo —gruñó Cadge—. Hay diez extra para cada uno si me ayudáis a matarle.

—Un asesinato te va a costar cincuenta.

—¡No es asesinato si el maldito objetivo es un bot!

El trío miró a Cadge como si le hubieran brotado flores de la cara. Viola imaginó que tenía una expresión similar. ¿Bot? ¿Qué enemigos tenía Cadge que poseían un bot capaz de matar? En cualquier caso, nadie la estaba vigilando, así que Viola dio pequeños pasos alejándose del grupo, hacia un extremo de la bahía. El trío seguía discutiendo con Cadge, aumentando el precio y comprobando sus armas.

Viola se deslizó detrás de una pila de equipaje de salida, una torre de maletas lo suficientemente alta para mantenerla oculta. Al menos, eso es lo que pensó hasta que una mano pesada se posó en su hombro.

—Quédate aquí —dijo una voz de acero—. Tú no eres el objetivo. Y no gano puntos extra por daños colaterales.

CAPÍTULO 44
ARRIESGARLO TODO

ué? —preguntó Viola, mirando tras ella.

La cosa que Cadge llamaba robot se agachó a su lado, con el abrigo gris arrugándose a su alrededor. En cada mano sostenía una pistola larga y estrecha, con finas líneas rojas dentadas subiendo por un cañón, y azules por el otro.

—¿Quién eres? —preguntó Viola.

—Me llamo Fournine —respondió—. Discúlpeme mientras elimino a mi objetivo.

Esa era una forma de decir hola. Viola se echó hacia atrás mientras Fournine caminaba hacia Cadge y el trío. Cadge era el único que miraba en dirección a Fournine, y fue el primero en gritar, señalando con el dedo al androide. Si estaba cazando a Cadge, probablemente era el mismo de Eden Prime. Lo que significaba que después de Cadge, Davin y los demás serían los siguientes.

—¡Amigos! —anunció Fournine—. Estoy legalmente autorizado para eliminar a Cadge, aquí presente. El resto tenéis una opción. Marchaos y vivid, o quedaos y sufrid el destino de un cómplice.

El líder intercambió miradas rápidas con sus compañeros, quienes retrocedieron hacia el ascensor. Cadge, con la voz cada vez más aguda, volvió a prometer cincuenta... qué denominación Viola no lo sabía. ¿Miles? ¿Cientos? El precio actual por el asesinato de un robot no era algo que ella conociera.

El trío no escuchó. Tan pronto como se abrieron las puertas del ascensor, salieron disparados. Cadge también se dirigió hacia allí, pero antes de que hubiera dado dos pasos, Fournine disparó con su pistola azul. El rayo serpenteó, más lento que un láser normal, pero arqueándose hacia Cadge incluso cuando el mercenario, esperando el disparo, se dejó caer hacia la izquierda.

El rayo azul golpeó como un gato abalanzándose, girando hacia Cadge. Chispas de relámpagos surgieron alrededor del mercenario, arrastrándolo al suelo, con la boca y los ojos abiertos. No era algo que Viola quisiera ver, pero no pudo apartar la mirada.

Fournine caminó con cautela hacia Cadge, con ambas pistolas fuera y apuntando al mercenario. Viola se apartó de su cobertura para tener una mejor vista. Cadge se estremeció mientras el androide se alzaba sobre él.

—Un trato, objetivo —dijo Fournine—. Información sobre tus compañeros. Dónde están, adónde van, y me aseguraré de que paguen por abandonarte aquí.

Cadge miró al androide, negando con la cabeza, con los ojos y la boca apretados.

—¿Crees que los voy a delatar? —dijo Cadge, salpicando saliva de sus labios—. ¿Piensas que me han abandonado? Diablos, yo los abandoné a ellos. Por esa chica de ahí.

Cadge señaló a Viola con la cabeza. Fournine no giró la cabeza. Probablemente sabía exactamente de quién hablaba Cadge.

—No he hecho nada que merezca la muerte —continuó Cadge—. Pero supongo que vosotros no veis tonos grises, solo rojos.

—Más listo de lo que pareces —dijo Fournine, levantando la pistola roja.

Mientras Fournine levantaba el arma, Cadge activó algo con su mano izquierda. Se oyó un estallido rugiente, el ruido que Viola escuchaba siempre que llegaba el día de la colonización de Ganímedes y Galaxy Forge lanzaba fuegos artificiales en la ligera atmósfera. Fournine salió volando de encima de Cadge y se estrelló contra la pared junto al ascensor. El propio Cadge no se movió, con los ojos cerrados. Inconsciente o muerto.

Alrededor de la bahía, otros estaban notando la pelea, reuniéndose para ver qué ocurría en la pasarela. Otro ascensor con un puñado de pasajeros llegó, solo para notar los cuerpos y enviar el ascensor a otro, cualquier otro, destino. Las cámaras de la estación tuvieron que darse cuenta. Quizás ahora estuviera saliendo en las noticias. Si Mox y los demás lo veían, sabrían que tenían que huir.

Fournine fue el primero en moverse, impulsándose desde el suelo y poniéndose derecho. Miró fijamente al frente, sin parpadear durante unos segundos. Reiniciándose. Justo como hacía Puk cada vez que necesitaba actualizar el robot. Un borrado de código desordenado, una reorientación de prioridades. Cuando Fournine agarró sus pistolas y se volvió hacia Cadge, su rostro inexpresivo mantenía la misma frialdad inflexible de antes.

—Cómo odio las sorpresas —dijo Fournine, esta vez manteniéndose a un metro de distancia de la figura inmóvil de Cadge—. Y sea lo que sea que estés planeando ahora, debes saber que puedo oír tu latido desde aquí. Una última oportunidad, Cadge Vasseter. Mi misericordia no va más allá.

Con un suspiro ahogado, Cadge se incorporó, lo suficiente para que su cabeza se asomara hacia el androide.

—¿Cuántas veces tengo que decírtelo? Vete al infierno, maldito pedazo de metal —gruñó Cadge.

Fournine asintió, luego levantó la pistola roja y disparó a

Cadge en el pecho. El mercenario cayó de nuevo al suelo. Fournine enfundó sus armas, sin dejar de mirar a Cadge todo el tiempo.

—Estás grabándolo, ¿verdad? —preguntó Viola, saliendo a la pasarela.

—Parte de los requisitos. Tengo que conseguir pruebas —respondió Fournine, sin apartar la mirada del cuerpo de Cadge—. Uno menos. Quedan muchos.

Fournine se enderezó, miró a Viola. Así de cerca, con el sombrero en el suelo, Fournine la miró fijamente. Líneas dentadas recorrían el lado izquierdo de su rostro. Una reparación apresurada de plaskin. El resto de su piel parecía demasiado perfecta. Sin arrugas. Sin protuberancias naturales, cabellos o pestañas fuera de lugar.

—¿Qué estás mirando? —preguntó Fournine—. Es de mala educación estudiar así a alguien. Tengo entendido que un humano se sonrojaría ante tal escrutinio.

—Tú, eh, no puedes hacer eso. ¿Verdad?

—No le importa a usted. Ni a mí. —Fournine se movió hacia los ascensores y pulsó el botón de llamada.

El androide parecía olvidar que Viola seguía allí de pie, observándolo. Quizás al androide realmente no le importaba ella. Viola podría alejarse, volver al *Jumper*. O...

—¿A quién vas a ir a por él después? —dijo Viola.

—No me importa —respondió Fournine, mirando al frente hacia las puertas cerradas del ascensor—. Esta es una lista que puede leerse en cualquier orden. Cadge Vasseter resultó tener la peor suerte de sus amigos.

—Supongo que estoy agradecida.

Fournine se volvió ahora y Viola sintió que aquellos ojos inanimados la examinaban. Cada parte de ella probada, clasificada y medida.

—Me cuesta entender por qué sigues hablando —dijo Fournine—. Según mi lógica, interactuar conmigo solo aumenta tus posibilidades de muerte.

—Puedo ayudarte. A encontrar al resto de ellos, quiero decir.

—¿Por qué harías eso?

—Acabas de ver a uno de ellos intentar secuestrarme. Se merecen lo que les espera.

Viola no tenía idea de si Fournine tomaría su palabra, pero si el robot le dejaba ir con él, realmente no importaba. Viola se acercó al cuerpo de Cadge, que olía a carne quemada; el agujero carbonizado en el pecho del mercenario le revolvió el estómago. Concéntrate, chica, concéntrate. En la muñeca izquierda de Cadge estaba su comunicador. Un botón en la parte inferior desenganchó el dispositivo, y Viola se lo quitó y se lo colocó en su propio antebrazo. Fournine observaba con la impasibilidad sin vida de un robot.

—¿Con quién vas a hablar? —preguntó Fournine.

—Podré encontrar su ubicación —dijo Viola—. Llevarte directamente a ellos.

Fournine asintió y Viola levantó el comunicador.

—¿Phyla? —preguntó Viola al dispositivo.

—¿Viola? —respondió Phyla—. ¿Tienes un comunicador? ¿La firma dice que es de Cadge?

—Larga historia —dijo Viola—. Necesito saber adónde va Davin.

—Está tratando de encontrar al tipo que puede quitarnos a ese androide de encima. Está en algún lugar de esta estación. Pero ¿qué está pasando? ¿Dónde está Cadge?

Viola cruzó la mirada con Fournine, y el androide hizo un gesto rápido con la mano en forma de corte. Corta la llamada.

—Gracias, Phyla. Me pondré en contacto.

—Oye...

Viola cortó la transmisión. Fournine estaba ocupado introduciendo una solicitud en el panel del ascensor. El tiempo se agotaba. Si Viola no encontraba la manera de detener a Fournine antes de que encontrara a Davin, la muerte del capitán recaería sobre ella.

No por primera vez, Viola deseó haberse quedado en casa en Ganímedes.

CAPÍTULO 45
SALVAR LA NAVE

Nadie respondió a las llamadas, y entonces Viola intervino de la nada con el comunicador de Cadge. Phyla lanzó otra ronda a la tripulación. Silencio radiofónico por parte de Mox, Opal, Merc y Davin. ¿Qué demonios estaba pasando ahí fuera?

Fuera de la ventana de la cabina, la actividad en la bahía iba disminuyendo a medida que avanzaban las horas. Hora de cenar. Un pellizco en su propio estómago donde algo de comida hubiera sido bien recibido. Allí estaban, en una estación donde Phyla podría conseguir una buena comida, y seguía atrapada en la nave. No era justo. Aunque siempre había sido su destino. Sentarse en la nave haciendo de operadora de comunicaciones mientras Davin corría de un lado a otro o Merc dominaba los cielos.

Las puertas del ascensor principal sacaron a Phyla de sus reflexiones. Un escuadrón, al menos diez personas vistiendo el verde forestal de los guardias de Miner Prime. Solo que estos parecían armados, listos para el combate, no para patrullar. Demasiado terrible para ser una coincidencia.

Phyla golpeó un botón en el lado derecho de la consola, grande y rojo, etiquetado como Alarma. El único propósito del botón era hacer mucho ruido mientras subía la rampa de carga y sellaba las puertas. Con suerte, ni Trina ni Erick habrían decidido dar un paseo vespertino.

Fuera, las fuerzas de seguridad se detuvieron, agrupándose en montones y pareciendo blancos fáciles. Phyla giró un pequeño dial que hizo emerger una torreta desde la parte superior de la nave. En tierra, con la torreta desplegada, la palanca de vuelo de Phyla se reconfiguró para controlar hacia dónde apuntaba el arma, y la dirigió hacia el grupo más cercano.

—No estáis aquí por nosotros, ¿verdad? —habló Phyla a través del sistema de intercomunicación de la nave.

Uno de los miembros de seguridad, con un cuello más grueso que los demás y un brazalete azul alrededor de su bíceps, levantó una mano y se acercó hacia la nave.

—Ni un paso más. Habla bien alto y te oiré perfectamente —dijo Phyla—. Si tu bota avanza otro centímetro, lo tomaré como un asalto con fuerza letal y responderé en consecuencia.

Mientras el oficial de seguridad se aclaraba la garganta, Phyla cambió el comunicador para transmitir internamente.

—Trina, prepara nuestros motores. Ganaré todo el tiempo que pueda, pero no podemos quedarnos aquí.

—Ya estoy en ello —respondió Trina un instante después.

—Por eso eres la mejor —replicó Phyla, y entonces se dio cuenta de que el oficial de fuera estaba hablando.

— ... y, además de los delitos mencionados, se sospecha que vuestra nave lleva una serie de modificaciones ilegales no aprobadas para su clase. Como, eh, esa torreta de ahí.

—No es mi nave —dijo Phyla—. Solo soy la piloto. No tengo nada que decir sobre lo que el capitán hace con ella.

La consola mostraba que los motores estaban al veinticinco por ciento. Phyla sabía que la nave podía despegar con el setenta y cinco si era necesario, simplemente no sería el lanzamiento más suave. Pero entonces, nada con esta maldita nave era suave. Solo que sin el *Jumper* nunca habría abandonado Miner Prime. Quizás estaría ahí abajo con uno de esos trajes verdes en lugar de aquí arriba, manejando un arma de muerte y esperando a que alguien hiciera un movimiento en falso.

—Entonces no te importará que subamos a bordo a buscarlo, ¿verdad? —respondió el oficial.

El hombre estaba ganando tiempo igual que ella. Las otras fuerzas de seguridad se movían alrededor, dispersándose. Las puertas del ascensor principal se abrieron de nuevo. Más guardias, pero estos llevaban armas más grandes. Torretas de supresión de multitudes y potentes lanzadores de PEM. No podían permitirse explosiones en una estación espacial, pero estropear circuitos era aceptable.

—Él está de camino a hablar con tu jefe ahora mismo —dijo Phyla—. Deberíais comprobar, tal vez ya han aclarado este asunto.

Era peligroso insinuar lo que Davin estaba haciendo, pero Phyla no veía que tuviera opción. Los motores aún no habían alcanzado el cincuenta por ciento. Los arranques en frío eran difíciles, y si recibían fuego demasiado pronto, el *Jumper* no iría a ninguna parte. Sin embargo, el oficial se lo tragó, levantando una mano y hablando por su comunicador. Phyla rotó la torreta para apuntar al grupo de seguridad que estaba instalando los PEM. En otros treinta segundos dispararía de todos modos. Redujo la potencia de la torreta; quemaría, dolería, pero no debería matar. Lo último que necesitaban era tener asesinatos reales en su historial.

—¿Cómo vamos? —comunicó Phyla a Trina.

Los motores estaban al sesenta por ciento. Cerca. Si el *Jumper* no iba a despegar pronto, Phyla tenía que saberlo.

—Están forzados, Phyla. Cuando digas ya, nos sacarán de aquí —dijo Trina—. Pero si puedes aguantar hasta el noventa, tendremos mejores posibilidades de no explotar.

—Entendido.

—¿Phyla? —la voz de Mox llegó por el comunicador—. He perdido a Viola.

Tantas preguntas, sin tiempo para hacer ninguna.

—Está bien —respondió Phyla—. No hay noticias de Opal y Merc. Ve a buscarlos, por favor. Luego escóndete y espera más instrucciones.

El oficial de seguridad bajó el brazo, con una mueca iluminando su rostro. Eso significaba que Davin no había resuelto las cosas. Lo que significaba que su tiempo de dilación había terminado. Phyla presionó el gatillo de la palanca de vuelo y la torreta disparó, rociando la bahía con láseres amarillos. No hubo retroceso, ni siquiera mucho ruido dentro de la nave, pero Phyla se estremeció ante la luz brillante.

Los disparos dieron en el blanco, friendo circuitos y dispersando a las fuerzas de seguridad por toda la bahía. Trozos de tela ardiendo y mecánica chispeante enviaron humo arremolinándose desde las explosiones. Manteniendo el gatillo apretado, Phyla barrió la torreta de izquierda a derecha a través de la formación de guardias.

Los primeros disparos de respuesta llegaron, pequeños láseres de armas secundarias. Resbalaron en un blindaje diseñado para soportar las inclemencias del espacio, desde rocas hasta explosiones de armamento anti-nave mucho más potente. Parte de las constantes mejoras que Davin hacía en la nave siempre que tenía monedas de sobra. Ahora, sin embargo, Phyla lo agradecía. Rezaba para que aguantara otro minuto hasta que los motores estuvieran listos. Que el signo de exclamación de su vida no fuera escrito en esta bahía de atraque.

CAPÍTULO 46
SUBIDA A LA FUERZA

La intersección del tubo parecía tan básica, lisa y perfecta como un juguete infantil. Un gran conducto central con aberturas ventiladas por todas partes. Como el interior de una flauta retorcida. Davin y Lina estaban al final de su tubo, examinando los lados completamente lisos del conducto. Davin no creía que fuera mal escalador, pero la total ausencia de asideros lo hacía difícil.

—Utilizan un vehículo flotante para subir y bajar por el conducto durante el mantenimiento —dijo Lina, susurrando—. Lo he captado varias veces con la cámara.

—Bueno saberlo. Lo tendré en cuenta cuando tenga mi propia estación espacial —respondió Davin.

—Pero si hay un problema —continuó Lina, ignorando la broma de Davin—, enviarán primero un robot de reconocimiento para localizar el daño.

—¿Debería tomar apuntes? ¿Habrá un examen?

—Deja de hacerte el tonto. Provocaremos una revisión de mantenimiento. Vendrá el robot de reconocimiento, lo engañaremos para que vea un problema y luego secuestraremos la nave de mantenimiento.

—Mira, estás usando mucho la palabra "nosotros", pero no

entiendo cómo haremos nada de esto. Al menos las dos primeras partes. Lo del secuestro sí lo pillo.

Lina se acercó al lateral del tubo y sacó su arma, una pistola láser estándar que probablemente había encontrado en el próspero mercado negro de Miner Prime. Abrió el arma mediante una corredera situada bajo el cañón. Facilitaba la limpieza y reparación del láser, solo que ahora Lina la estaba usando para extraer la batería. Lina dejó la batería en el suelo del tubo y retrocedió. Davin la siguió.

—¿Supongo que ahora quieres que le dispare? —preguntó Davin.

—Sabía que lo entenderías —respondió Lina.

Hacer explotar una batería provocaba que la energía almacenada se sobrecalentara. Con el tamaño reducido del arma de Lina, no sería mucho, pero quizás dañaría lo suficiente el tubo. Davin no pudo evitar sonreír. Eran las mismas cosas que Lina hacía cuando eran niños, aumentando el riesgo de una travesura a otra hasta que algo salía mal.

—Lina, antes de disparar a esa cosa y posiblemente desatar el mismísimo infierno sobre nosotros, tengo una pregunta.

—Y quizás yo tenga una respuesta —replicó Lina.

—¿Cuánto tiempo llevas planeando esto?

—Desde que vi tu nombre en la lista de buscados. Siempre que estás en problemas, vuelves aquí.

—¿Y sabías que iríamos por los tubos?

—Solo hay una forma de llegar a ese nivel para las personas sin autorización, y es esta. Ahora, ¿vas a disparar a esa cosa o tengo que hacerlo yo?

Sin decir otra palabra, Davin desenfundó y disparó en un solo movimiento, el láser impactó en la batería y la hizo explotar en un brillante destello de plasma fundido. La masa supercalentada se quemó en el lateral del tubo, creando agujeros y chamuscando la superficie.

—Si eso no provoca una investigación, no sé qué lo hará —dijo Davin.

—Siempre supe que podías acertar a un objetivo estacionario.

—Tengo mis habilidades.

Solo unos segundos después, el suave zumbido de motores de baja potencia resonó por el tubo. Davin y Lina retrocedieron, rodeando una ligera curva y alejándose de la vista del conducto central. Si el robot encontraba algo que necesitara reparación, el equipo de mantenimiento vendría después. No había necesidad de arriesgarse a que los pillaran. El zumbido se hizo más fuerte, luego se mantuvo estable durante diez segundos, antes de elevarse y alejarse del tubo.

—Una idea —dijo Davin—. Ese robot, cuando mire el daño, sabrá que una explosión no es un problema típico aquí abajo.

—Incluso si lo sabe, eso solo significa que tendrás que demostrar esos talentos mortales de los que tanto hablas.

Lina, siempre con sus pullas. Davin no se daba tanto bombo, ¿verdad?

—Buen punto. Qué emoción —dijo Davin.

No muchos minutos después, otro ruido retumbante se abrió paso por el conducto y sacudió el tubo. Mucho más grande que el robot de inspección. Lo suficientemente grande como para que Davin mirara de reojo a Lina. Cuando Lina lo miró, Davin se señaló a sí mismo, luego a ella, levantó dos dedos e inclinó la cabeza hacia el fuerte ruido del motor. ¿Una nave tan grande contra ellos dos? No parecían buenas probabilidades.

—Sorpresa —susurró Lina, apenas audible por encima del ruido del motor.

Entonces, antes de que Davin pudiera moverse, Lina se deslizó por el tubo hacia la nave. Davin rodeó la curva tras ella y vio la plataforma flotante suspendida justo debajo de la salida del tubo. En ella, Davin contó cuatro personas, tres con uniformes grises de personal mecánico y uno con el verde de seguridad de Miner Prime. Todos estaban mirando a Lina, quien permanecía de pie saludando. En un segundo, se darían cuenta de que ella no estaba sola.

En ese segundo, Davin sacó su arma y, en el mismo movimiento, deslizó el dedo por el regulador de potencia. Las armas más sofisticadas como la suya permitían elegir entre disparos más numerosos y de menor potencia. Teniendo en cuenta que intentaban librarse de una acusación criminal, no parecía buena idea matar a alguien. Al menos, no si podían evitarlo.

El primer disparo de Davin pasó por debajo del brazo levantado de Lina y alcanzó al guardia de seguridad en el pecho. El guardia trastabilló hacia atrás hasta el borde de la plataforma, a punto de caerse, cuando chocó contra la barrera de seguridad. La plataforma destelló en azul neón alrededor del lugar donde el guardia estaba cayendo y, en lugar de precipitarse al vacío, la plataforma lo empujó de vuelta. Lina se lanzó a un lado, dando a Davin una clara segunda oportunidad de disparo.

Este pasó lejos, justo por encima de la cabeza agachada del mecánico más cercano al tubo dañado. Un fallo intencionado. Tenía que hacerles entender que Davin podía eliminarlos cuando quisiera. El disparo tuvo el efecto deseado, pues los mecánicos retrocedieron, con las manos en alto, y se apoyaron contra las barreras de la plataforma.

—¿Cuál de vosotros sabe pilotar esta cosa? —dijo Davin, subiendo a la nave y apartando de una patada el arma del guardia herido.

Al principio ninguno dijo nada. Entonces Lina recogió el arma del guardia, un aparato pesado diseñado para rociar electricidad aturdidora, y les apuntó con ella. Eso provocó que uno de los mecánicos tosiera. Davin le hizo un gesto afirmativo.

—Bueno, eh, todos podemos —dijo el mecánico—. Es parte de nuestro entrenamiento.

—Bien. Entonces uno de vosotros, llevadnos arriba —dijo Davin, señalando con el arma.

—Nivel Nueve —dijo Lina.

El mecánico que había hablado se dirigió a la consola. Justo antes de que la nave se moviera, Davin bajó al guardia y a los otros dos mecánicos, dejándolos en el tubo. Su compañero podría volver a buscarlos más tarde. Davin nunca antes había tomado un rehén, y uno parecía más seguro que cuatro.

El mecánico piloto empujó una palanca y la nave se elevó. Un paso más cerca.

CAPÍTULO 47
DESPEGUE

La consola emitió un pitido cuando los motores alcanzaron el noventa por ciento, igual que había hecho con cada incremento del diez por ciento anterior, pero cuando Phyla escuchó esa maravillosa señal, soltó la palanca de vuelo y activó la secuencia de lanzamiento en la consola. El primer paso fue activar los cohetes de aterrizaje, elevando la nave unos centímetros del suelo, luego retraer el tren de aterrizaje y, finalmente, poner la torreta en modo de disparo automático. Esta última acción era peligrosa, ya que la torreta analizaba cualquier fuego entrante y disparaba en esa dirección. Siempre significaba que la torreta disparaba en segundo lugar, pero Phyla necesitaba la palanca para volar.

Las fuerzas de seguridad no habían previsto las defensas del *Whiskey Jumper*. Después de que Phyla neutralizara los PEM, la mayoría de los atacantes se parapetaron tras los muros, se escondieron detrás de la carga apilada o se lanzaron al elevador y huyeron. Llegarían refuerzos, pero por ahora había una notable ausencia de disparos láser impactando contra la cabina de Phyla. Mientras la nave se elevaba del suelo y rotaba, Phyla vio luces naranjas brillantes destellar en la bahía. Estaban cerrando la puerta, intentando mantener al *Jumper* sellado en la estación. Solo que eran demasiado lentos.

Phyla aceleró los motores incluso antes de tener la salida completamente a la vista, arqueando el *Jumper* hacia fuera antes de que la puerta de la bahía hubiera cerrado siquiera una cuarta parte. El infinito negro del espacio se extendía ante ella, aunque el radar del *Jumper* mostraba un montón de otras naves dispersas alrededor de la estación. La cuestión era si Miner Prime se molestaría en combatirlos aquí fuera. La estación arriesgaría dinero y carga si intentaban tener un tiroteo cerca de estas naves comerciales.

Así que Phyla dirigió el *Jumper* hacia el grupo más cercano, esperando esconderse entre sus valiosas estructuras. Luego encontraría la manera de recuperar al resto de sus amigos. Hablando de eso...

—Mox, ¿estás ahí?

—Aquí —dijo Mox un segundo después, con la transmisión débil y salpicada de estática, resultado de la creciente distancia entre ambos—. ¿Te has ido?

—Hemos despegado.

—Bien. Los he encontrado.

—¿Cómo?

—Mace. Traficante de armas. Se los han llevado.

—¿Llevado? ¿Quién?

—Estate preparada. Nivel Once. Llamaré.

—Gracias por no responder a mi pregunta.

Mox no respondió, cortando la comunicación. Phyla, mientras movía el *Jumper* hacia abajo para pasar por debajo de una larga cadena de contenedores remolcados por lo que básicamente era un gran motor con poco más, consultó el directorio de Miner Prime. Once. Dos palabras en la descripción. Prisión y Contención.

CAPÍTULO 48
ENCARCELADO

Los ascensores llevaron a Mox directamente hacia arriba y lo depositaron en un vestíbulo austero. Había sillas, algunas plantas de adorno y un par de escritorios detrás de un cristal con agentes de seguridad mirando fijamente hacia la sala de espera. Varias personas deambulaban, algunas sentadas mirando a la nada, otras con sus comunicadores, mientras que más gente hacía cola esperando a esos agentes. Mox calculó unas veinte. Demasiado daño colateral.

Había una puerta a la derecha de los agentes, la única otra salida del vestíbulo. Mox supuso que esa sería la entrada a la prisión propiamente dicha. La posibilidad de atravesar la puerta, con el traje, era alta. La posibilidad de sobrevivir más allá de ella, baja. Mox necesitaba una distracción.

Mox se acercó a la última persona de la cola. Un hombre desaliñado. Viejo, cansado.

—¿Por qué estás aquí? —preguntó Mox, obligándose a usar más palabras.

—Mi amigo lleva encerrado ahí varios días —respondió el hombre—. Tenía intención de pagar la cuenta, ¿sabes?, pero no tenía el dinero. Ahora lo tengo yo. Espero que lo dejen salir.

—¿Optimista?

El hombre se rió. Era una risa débil, jadeante. No suponía una amenaza.

—¿Miras a tu alrededor y ves alguna razón para tener esperanza?

Mox negó con la cabeza. Tenía que entrar en la prisión. No había forma de forzar la entrada, pero si lo dejaban entrar... Mox se alejó de la cola, hacia unas sillas vacías. Cogió una. La gente en las colas se dispersó mientras los agentes detrás de los escritorios señalaban y gritaban. Bien. Mox lanzó la primera silla contra la puerta de la prisión donde rebotó. Plástico. No servía. Mox cogió una segunda silla, la arrojó hacia el escritorio del agente. Apuntó alto, para que rebotara en la pared.

La puerta de la prisión se abrió y cinco agentes de seguridad salieron corriendo, apuntando a Mox con pistolas de tono azulado. Aturdidores. Mox no cogió la tercera silla, simplemente miró fijamente a los agentes de seguridad.

—¿Se ha vuelto loco, tío? —preguntó uno de ellos mientras los cinco se desplegaban en círculo alrededor de Mox.

—Amigos dentro. Quiero ver.

—Perfecto, porque ahí es donde vas a ir —dijo el agente, haciendo un gesto para que otro se moviera detrás de Mox con un par de esposas paralizantes—. No intentes nada o te dejaremos inconsciente tanto tiempo que no despertarás en días.

Mox se limitó a asentir. El resto de la multitud lo miraba fijamente, algunos usando sus dispositivos para grabar vídeos. Mox sería famoso. Gracioso. Las esposas paralizantes se cerraron alrededor de las muñecas de Mox y sintió que sus brazos se quedaban entumecidos. No importaba. Estaba consiguiendo entrar.

CAPÍTULO 49
RECONEXIÓN

Puk, en las zonas donde podía sentir algo, se sentía cansado. Su nivel de energía estaba bajo mínimos. Había estado recorriendo a toda velocidad el Nivel Cinco, y después en los ascensores alrededor de otros cuantos niveles buscando señales de Viola sin encontrar nada. Había vuelto a la bahía del *Whiskey Jumper* para encontrarla vacía, con un montón de oficiales de seguridad recuperándose por los alrededores. De ahí, de nuevo al Nivel Cinco y seguía sin haber nadie. Como si los Wild Nines hubieran desaparecido.

El distrito comercial de Miner Prime estaba cambiando al modo nocturno, el cielo artificial oscureciéndose en una aproximación de un espectacular crepúsculo. Las luces se encendían fuera de los restaurantes, la mayoría de neón, con un par de locales temáticos luciendo los amarillos más suaves de siglos anteriores. La multitud cambiaba de aspecto, de compradores de productos a consumidores de experiencias. Robots como Puk revoloteaban por el aire, a veces deteniéndose para proyectar anuncios.

—¿Puk? —llegó un mensaje por el comunicador de Puk.

El mensaje venía del comunicador de Cadge, pero el registro vocal era consistente con el de Viola. Extraño. Los comunicadores no eran cosas que la gente soliera compartir. Y sus habilidades relativas generaban una probabilidad improbable de que Viola pudiera haberle quitado el comunicador por la fuerza. Había margen para el azar, sin embargo, y Viola era capaz de cualquier cosa.

—¿Dónde estás? —respondió Puk, reduciendo la energía de sus sistemas de inflexión y acento para conservar batería, lo que hizo que el comentario sonara inexpresivo, metálico.

—Debes de tener poca energía. ¿Sigues en el Nivel Cinco?

—Sí —respondió Puk.

Poca era quedarse corto. Puk había apagado la mayoría de sus sistemas. Como un humano que se queda dormido, Puk solo tenía su cámara y el comunicador en funcionamiento ahora. Y los propulsores. El movimiento seguía siendo necesario.

—Ve cerca de los ascensores. Te encontraré —dijo Viola.

Puk lo hizo, descendiendo hasta el suelo. A pocos metros de los ascensores, Puk se dio un impulso y luego apagó su pequeño motor, golpeando el suelo con un estrépito y rodando hacia delante. Había personas alrededor que lo notaron, pero a nadie le importó lo suficiente como para investigar. ¿Por qué involucrarse en el problema de otro? Así que Puk rodó hasta detenerse cerca de los ascensores y esperó. Su cámara se apagó. Solo el comunicador seguía activo.

—¿Es este? —dijo una voz después de unos minutos, una que Puk no reconoció.

—Es Puk.

—El robot no es un objetivo.

—Nunca dije que lo fuera —la voz de Viola.

—El capitán no está aquí.

—Aparentemente. Davin podría estar ya arriba.

—Entonces le seguimos.

—Vale.

Mientras Puk oía cerrarse las puertas del ascensor, su batería se agotó y el pequeño robot se apagó por completo.

CAPÍTULO 50
EL JUEGO DE LA CELDA

Pusieron a Opal y a Merc juntos en la misma celda grande, debido a cuestiones sobre cuánto tiempo estarían allí. El espacio estaba ocupado por un par de planchas metálicas que sobresalían de la pared, cubiertas con las más finas de las colchonetas. Una única sábana descansaba sobre cada una. La parte trasera de la celda servía como baño, con una pequeña cortina convenientemente colocada. Una pantalla integrada en una de las paredes alternaba entre transmisiones de la Tierra y de otros niveles de Miner Prime. Como si les estuvieran provocando con lo que se estaban perdiendo.

Por el tono de voz del oficial, Opal supuso que serían expulsados al espacio antes de mucho tiempo. Merc podría no llegar ni siquiera a ese momento. Yacía en su plancha, inconsciente y respirando suavemente. El hombre no debería haber salido del *Jumper*, pero Merc había insistido. Afirmó que perdería la cabeza si no veía algo más que las paredes de la nave.

—Tráelo de vuelta aquí en cuatro horas —había dicho Erick.

—Te lo traeré en tres —había respondido Opal.

Y ahora estaban aquí.

Los compañeros heridos formaban parte del día a día cuando luchaba con la Tierra, con las corporaciones para acabar con la Voz Roja en Marte. Surcando a toda velocidad el regolito marciano, cubierta de su polvo rojo, recibiendo y devolviendo fuego contra objetivos en movimiento. Si recibía un disparo allí, probablemente acabaría en una habitación no mucho mejor que esta, con un robot apresurado cuidándola. La diferencia era que entonces, cuando Opal estaba lista, la dejaban marchar.

Merc se movió y su sábana se deslizó hacia abajo. No hacía frío en la celda, pero el piloto temblaba. Opal arrancó la sábana de su plancha, se acercó a Merc y lo cubrió con ella. Tenía la boca tensa, los ojos cerrados. Todavía le dolía, aunque estuviese dormido. Eso no era bueno.

¿Cuándo había empezado a preocuparse tanto por Merc? Solo habían estado trabajando juntos en los Nines durante el último año, pero algo entre ellos había conectado. El enfoque más ligero de la vida del piloto apartaba a Opal del pasado. Días pasados retocando el Viper, jugando juegos de guerra en el par de simuladores del Jumper. Ese había sido el comienzo. Ahora, mirando al piloto durmiendo allí en la plancha, era algo más.

Iba a sacar a Merc de aquí. Se lo debía.

La puerta del bloque de celdas se abrió detrás de ella, con un fuerte ruido de succión. Había estado ocurriendo durante las pocas horas que llevaban allí. Miner Prime transportaba a gente dentro y fuera de esta prisión tan rápidamente, tantos por delitos menores que se aclaraban con unas cuantas monedas cambiando de manos. Las pisadas en el pasillo eran fuertes esta vez. Un grupo grande y al menos uno de ellos era importante.

Opal se acercó a la puerta de rayos láser, teniendo cuidado de mantenerse alejada de los brillantes rayos azules. Un solo toque adormecía el brazo o la pierna. Mantenerlo ahí paralizaría su sistema nervioso. Ya había visto a una persona, demasiado borracha para que le importara, correr y saltar hacia los rayos. Los atravesó, claro, pero se derrumbó al otro lado. Los guardias simplemente empujaron al borracho de vuelta, donde aún yacía, inmóvil. ¿Aturdido durante horas y horas?

No, gracias.

El nuevo prisionero apareció a la vista, al menos cuatro oficiales caminando con él. Opal vio a Mox, vio el exoesqueleto, y no dijo una palabra. Ni siquiera le dedicó una mirada de pasada. Mox la habría visto también. El hecho de que entrara aquí con esas esposas hablaba por sí solo. El grandullón no se dejaría capturar fácilmente. Si Mox iba a entrar en una celda, tendría que recibir una docena de disparos antes de caer. Así que el hecho de que estuviera tranquilo le dijo a Opal todo lo que necesitaba saber. Era hora de preparar a Merc para partir.

CAPÍTULO 51
ENFRENTAMIENTO

El número sobre la celda de Mox indicaba 27, y la que compartían Opal y Merc allá atrás era la 22. La barrera láser de su celda se abrió y un par de guardias le escoltaron dentro, mientras otros dos permanecieron en el pasillo, con sus armas apuntando a Mox. Tan pronto como los tres cruzaron el umbral, la barrera láser se reactivó. Entonces le quitaron las esposas paralizantes.

—Necesitaremos el comunicador —señaló un guardia el dispositivo en la muñeca de Mox.

Mox levantó el comunicador, agarrándolo como si estuviera a punto de arrancárselo.

—Celda 22. A lo grande —dijo Mox.

—¡Ahora! —El guardia intentó apartar la muñeca de Mox.

Mox dejó que el guardia agarrara el comunicador, con sus pequeños dedos buscando el mecanismo de liberación, entonces Mox, con su exoesqueleto rebosante de energía, agarró la espalda del guardia con su mano derecha y lo lanzó a través de la barrera láser contra uno de los que esperaban en el pasillo. Antes de que el segundo guardia en la celda pudiera reaccionar, Mox lo tenía por el cuello, sosteniéndolo en alto y mirando fijamente al guardia restante en el pasillo.

—Abre, o este acaba mal —dijo Mox.

El guardia en la mano de Mox intentó decir algo, pero solo salieron gorgoteos. En el pasillo, el otro guardia miraba a Mox desde el suelo, con su compañero convulsionando a su lado.

—Suéltelo, o dispararé —el guardia optó por las amenazas, entonces.

—Espero que tenga buena puntería —respondió Mox.

De cualquier manera, Phyla tenía que darse prisa, o esta fuga carcelaria habría terminado.

CAPÍTULO 52
NEGOCIACIONES

El nivel de seguridad estaba desierto, solo unas pocas almas seguían desplazándose por los edificios gubernamentales de Miner Prime a estas horas. Un equipo mínimo atendiendo el turno nocturno. Davin y Lina, tras dejar al mecánico esposado en el edificio de mantenimiento, caminaron por la explanada poco iluminada hasta la imponente sede central.

A diferencia del Nivel Cinco, o incluso de Vagrant's Hollow, el centro de seguridad era austero. Edificios administrativos decorados con letreros planos que detallaban su propósito con letras de molde. Ni siquiera un cielo falso, solo el techo gris. Nunca tuvo motivos para subir aquí cuando era niño, y Davin no se había perdido nada.

La sede de seguridad resultó ser el único edificio con estilo. Una serie de círculos cóncavos en las paredes exteriores pintados con alegres murales, escenas de inauguraciones, agentes del orden interactuando con la comunidad, una larga fila de naves esperando para aterrizar en la estación. El logotipo de Miner Prime, un asteroide giratorio con un pico y una rama de olivo, colgaba sobre las puertas principales.

—Esto es... diferente —dijo Davin—. Nunca vine por aquí. Por cómo actúan esos agentes del orden, esperaba algo más brutal.

—Nuestra perspectiva está un poco distorsionada —respondió Lina.

—Supongo que sí.

Entrar en el edificio resultó sencillo: acercarse a la puerta y abrirla de par en par. Un oficial de seguridad estaba sentado tras un mostrador de recepción, sorprendido haciendo girar un bolígrafo entre sus dedos mientras miraba al techo. Se sobresaltó cuando entraron, el bolígrafo cayendo al suelo con estrépito.

—Ah, estamos cerrados a menos que tengáis asuntos urgentes —dijo el guardia.

—Venimos a ver a Bosser —dijo Lina—. Querrá hablar con nosotros.

El guardia les echó un vistazo más detenido y luego, sin quitarles los ojos de encima, tocó la unidad de comunicaciones en su escritorio.

—Señor, acaban de entrar un par de personas. Dicen que vienen a verle.

Hubo silencio durante unos segundos. Un escalofrío recorrió la piel de Davin, esa señal inequívoca de que alguien le estaba observando. Lo cual probablemente estaba haciendo Bosser. Las cámaras de seguridad acechaban en cada rincón de este lugar. ¿Debería saludar?

—Está listo para recibiros —dijo el guardia, sorprendido por las palabras que salían de su boca—. Pero antes de que entréis, tendré que cachearos. Ya sabéis, nada de armas.

—De acuerdo —dijo Lina, de nuevo antes de que Davin pudiera decir palabra.

Era como si Lina no quisiera que hablara. Probablemente no confiaba en las palabras que saldrían de la boca de Davin. Lo cual, teniendo en cuenta todo, era comprensible.

El guardia les quitó la pistola a Davin y el arma que Lina

había cogido del guardia de mantenimiento incapacitado. Ambas cayeron en una caja que podrían reclamar a la salida. Luego el guardia les guió a través de una cafetería. Subieron unas escaleras hasta un apartamento privado.

—El tipo tiene un buen sitio —dijo Davin mientras se acercaban a la puerta.

—Trabaja todo el tiempo —dijo el guardia—. ¿Por qué vivir en otro sitio?

El guardia pulsó un timbre, y un segundo después la luz se volvió verde, desbloqueando la puerta. El guardia los hizo pasar a la sala de estar de Bosser. Un sofá y un par de sillones rodeaban una mesa de café circular que parecía mostrar una imagen en constante cambio de naves en órbita alrededor de Miner Prime. El propio Bosser entró un momento después por una puerta abierta, con una botella de vino y varias copas en la mano.

—Por favor, sentaos en esos sillones. Tú —dijo Bosser, mirando al guardia—, puedes dejarnos solos. Estaré bien.

El guardia hizo una rápida inclinación de cabeza y salió, cerrando la puerta tras él.

—¿Estarás bien? —dijo Davin, sin hacer ademán de acercarse a los sillones—. Valiente afirmación, teniendo en cuenta que estás hablando con un asesino.

—Hacerme daño no te traerá nada de lo que quieres —dijo Bosser.

—Te equivocas. Enviaste un androide tras mi tripulación y yo. Estampar mi puño en tu cara sería de lo más satisfactorio.

—Ganancias a corto plazo frente a objetivos a largo plazo, Davin Masters —dijo Bosser—. Podría verse como una explicación de por qué yo estoy aquí y tú estás ahí.

—Más vale que no sea la única explicación.

—Davin —Lina puso una mano en su brazo—. Concéntrate.

Bosser aprovechó la señal, señaló hacia los sillones y sirvió el vino.

—Por favor, sentaos.

Lina tomó la iniciativa, sentándose frente a Bosser. Davin esperó un momento más, una muestra simbólica de desafío, y luego se sentó. El vino, y Davin tuvo que reconocérselo a Bosser, sabía seco y afrutado, un desfile de sabores que recorrían el círculo cítrico y terminaban con una nota picante. Por un segundo, Davin se perdió en la copa y olvidó dónde estaban.

—Es uno de mis favoritos —dijo Bosser, rompiendo el hechizo—. Cada vez que visito la Tierra, me aseguro de comprar una o dos cajas.

—¿Sabes lo que me gusta hacer mientras mis amigos están en peligro? Hablar de vino —dijo Davin, dejando la copa sobre la mesa.

—Lo que Davin está diciendo realmente —dijo Lina— es que deberías hablar antes de que demos esto por perdido y te disparemos por diversión.

—De acuerdo —Bosser extendió las manos—. No creo que vosotros y vuestra banda matarais a esos inspectores.

—¿Así, sin más? —preguntó Davin.

—¿Por qué no? —Bosser tomó otro sorbo de la copa—. Tengo razón, ¿no es así?

—Sí, pero entonces ¿de qué va todo esto?

—Espero que puedas decírmelo. ¿Has visto el vídeo?

—No he encontrado tiempo para ello.

—Es bastante bueno —Bosser encendió la gran pantalla de la pared.

Cobró vida y, con unas órdenes verbales de Bosser, reprodujo una grabación en blanco y negro. En ella, los dos inspectores entraban en la bahía, con Davin y los demás detrás de ellos. Justo como había ocurrido, vaya, hace ya más de una semana. Ambos inspectores hablaron durante un minuto, luego caminaron hacia la nave. Davin, al parecer, sacó su pistola y les disparó por la espalda. Bosser pausó la grabación.

—Supongo que no fue así como sucedió, ¿verdad? —dijo Bosser.

—Claro, porque soy el tipo de persona que dispara a la gente por capricho —dijo Davin—. No, eso ni se acerca a la realidad.

—Entonces cuéntame lo que ocurrió. Demuestra tu inocencia.

Así que Davin se lanzó a contar la historia. Clare y Ward, solicitando escolta privada y sonando muy sospechosos respecto a algún tipo de conspiración. El aterrizaje emboscado en la otra bahía, el chapoteo del motor. La llegada de las nuevas fuerzas de seguridad justo a tiempo para hacer estallar a las únicas personas que sabían por qué había sucedido todo.

—Así que un vídeo manipulado hace que presenten los cargos —dijo Davin—. Pero hay algo que no entiendo. El androide que nos persigue. Vino de la Tierra, y no hay manera de que tuviera tiempo de llegar a Europa después de que murieran los inspectores. ¡Fue menos de un día!

—Fournine ya estaba en la zona —dijo Bosser—. Eden envió al androide a la órbita de Júpiter para que estuviera listo.

—¿Para qué? —preguntó Lina.

—Esos inspectores no fueron enviados al azar. Marl está ocultando algo en Europa, y Eden envió a los inspectores para averiguar qué. Un asentamiento como ese es vulnerable. Eden quería asegurarse de que Marl no tendría tiempo de destruir su inversión. Esperaba que pudierais contarme su secreto.

—Lo siento, me he quedado sin secretos —dijo Davin—. Marl siempre nos mantuvo a distancia. Si alguna vez la conoces, no discutirás ese acuerdo.

—Si realmente no tenéis nada que decir, entonces lo siento —dijo Bosser—. Eden no retirará vuestros cargos, y Marl, la única otra que podría hacerlo, ciertamente no lo hará.

Bosser tomó un lento sorbo de vino.

—Pero tú podrías convencerles —dijo Lina.

—Tienes verdadera suerte de haberla traído, alguien que sabe jugar a este juego —le dijo Bosser a Davin, y luego deslizó su mirada hacia Lina—. Podría, siempre que paguéis el precio.

CAPÍTULO 53

PREPARAR EL RESCATE

El *Whiskey Jumper* se orientó hacia el nivel de la prisión de Miner Prime. Las bahías de atraque en el medio de la estación mantenían las naves alejadas de esta zona, dándole al *Jumper* mucho espacio para maniobrar. El control de vuelo intentaba contactarles continuamente, y Phyla seguía ignorándoles. Estaban amenazando con desplegar cazas, una amenaza que se haría realidad en un minuto. Phyla estaba prendiendo fuego a lo que quedaba de su relación con la estación.

Pregúntale a alguien en un bar y te diría que disparar contra la estación espacial más grande de la humanidad no era el mejor plan. Aunque sería inesperado. Phyla colocó el *Jumper* en posición, apuntando directamente al nivel de la prisión. Tenían que estar cerca. Precisos.

Miner Prime no activaría sus escudos, bloqueando así todo el tráfico comercial entrante y saliente, a menos que fuera absolutamente necesario. El objetivo era atravesar el casco antes de que eso sucediera.

—Mox, tienes diez segundos —comunicó Phyla por la radio, luego cambió al canal de Trina—. Trina, dispararé un par de ráfagas, y después tendremos que jugar a un intenso juego de atrapar. ¿Estarás lista?

—¿Cuándo no lo estoy? —respondió Trina.

—Erick, ¿estás en la esclusa?

—Confirmado —dijo Erick.

Por primera vez hoy, algo estaba saliendo según lo planeado. Resultaba que sería la fuga de la prisión. Según los mapas de la estación, adquiridos y proporcionados hace tiempo por Lina, la celda 24 estaba situada en el exterior de la estación. Mox dijo que esa celda estaba vacía. En otros dos segundos, según Phyla y las torretas gemelas del *Jumper*, esa celda sería reemplazada por un agujero enorme hacia el vacío. Con suerte, las personas adecuadas caerían a través de él.

CAPÍTULO 54
DE PASEO

El guardia disparó la pistola aturdidora, pero Mox lo vio venir. El agarre tenso, las repentinas gotas de sudor. Tantos gestos delataban que alguien iba a hacerse el héroe. Mox colocó a su guardia delante del disparo y sintió cómo el escudo humano se desplomaba. Mox avanzó con el cuerpo en su brazo, manteniéndolo por delante. Cuando el cuerpo golpeó la barrera láser, interrumpió la conexión por un momento. Si el guardia hubiera estado consciente cuando golpeó esa barrera, habría frito sus sentidos y lo habría dejado inconsciente.

Tal como estaban las cosas, la siesta del guardia iba a ser aún más larga. Los láseres se desactivaron hasta que se reiniciaran, para evitar sobrecargar los nervios de un prisionero hasta el punto de matarlo. Lo que significaba que Mox podía caminar directamente hasta el último guardia.

El hombrecillo tenía agallas. El guardia tenía el arma apuntando directamente a la cara de Mox, apretó el gatillo mientras Mox apartaba el arma de un manotazo. Voló por el pasillo tras su propio disparo, y Mox lanzó al guardia tras ella un momento después.

—Mox, tienes diez segundos —la voz de Phyla sonó por el comunicador.

Opal y Merc estaban a la derecha, en la celda 22. El interruptor que controlaba la barrera láser estaba justo fuera de la puerta. Requería una tarjeta de identificación, así que Mox cogió a uno de los guardias inconscientes que había derribado y lo sostuvo frente al panel de control. Emitió un pitido de confirmación. Los láseres desaparecieron, lo que significaba que justo ahora... Sonó una alarma. Estridente, como uñas sobre metal. Luego un estruendo. Ensordecedor. Un rugido de succión, una corriente de aire desde la celda contigua a la de Opal y Merc.

Mox se acercó a Opal y levantó a Merc del camastro con su mano derecha mientras la fuerza de succión se hacía más intensa. Tiraba de sus piernas, con el esqueleto aumentando la fuerza descendente de Mox para mantener su agarre. Opal no tenía ese apoyo y cayó hacia atrás. Hacia el agujero que Phyla había abierto en la estación, hacia el frío mortal del espacio. Una segunda alarma, de tono más bajo, se unió a la primera. Fuga de prisión y fuga de atmósfera. Seguro que no tenían previsto ese escenario. Su brazo se extendió, agarró la muñeca de Opal, la retuvo.

—¿¡Este era el plan!? —gritó Opal por encima del ruido.

—Sí —respondió Mox.

—¡Es una mierda de plan!

Entonces, Mox se rio.

Un momento después, la succión de la atmósfera disminuyó. El tirón desapareció. Una nueva cuestión. ¿Debido a un amigo o a un enemigo?

—¿Estáis ahí? —preguntó Mox por el comunicador.

—Salta —respondió Trina—. Te atraparemos.

Mox soltó a Opal y, acunando a Merc, corrió hacia el pasillo. Una celda más allá. Una puerta se abrió al fondo del bloque de celdas. Dispararon rayos aturdidores, pero fallaron el objetivo. Disparos apresurados. Opal corría detrás de él.

Giró hacia la siguiente celda. Un agujero desgarrado en la parte trasera. A través de él, la puerta circular abierta de la esclusa de aire del Whiskey Jumper, encajada en la estación para proporcionar un sello suficiente. Mox saltó a través del agujero, manteniendo a Merc firmemente en sus brazos. Detrás de él, Opal saltó. Los tres volaron a través de la puerta exterior.

Se selló rápidamente, la puerta interior permaneció cerrada hasta que los ordenadores confirmaron que no había ninguna fuga. Por la ventana de la esclusa, Mox podía ver cómo Miner Prime se empequeñecía mientras Phyla se alejaba a toda velocidad. Entonces la puerta interior se abrió y Erick le gritó a Mox que llevara a Merc a la enfermería.

CAPÍTULO 55
DISPAROS

Ni siquiera he escuchado tu oferta y ya quiero decir que no —dijo Davin.

—Trabaja para mí —dijo Bosser—. Y convenceré a todos para que retiren los cargos. Se acabará eso de huir por vuestras vidas.

Vaya, esa era buena. Cambiar el palo por la zanahoria.

—Tentador, pero ¿por qué nosotros? Debe haber otros grupos de mercenarios —respondió Davin—. Grupos a los que no tendrías que esforzarte tanto en conseguir.

—Cualquiera puede comprar lealtad con dinero, solo hace falta ofrecer más que el siguiente —dijo Bosser. El hombre seguía con aspecto sereno, sentado en su sofá. Davin dio otro trago al vino.

—Pero la amenaza de marcarlos como criminales... —dijo Lina y Bosser extendió las manos.

—Lo entiendes.

—No sé qué odio más —reflexionó Davin—. Que me estés chantajeando o que lo esté considerando.

—La lógica es tu amiga en este caso, Davin. Tienes una tripulación de la que ocuparte. Te estoy ofreciendo una oportunidad para hacerlo.

El comunicador de Bosser emitió un pitido y él se tomó un segundo para mirarlo, frunció el ceño, y luego volvió a mirar a Davin con expresión impasible.

—Parece que tus amigos están acumulando más delitos de los que tendrás que responder. Toma tu decisión.

Aceptar, y los Nines se convertirían en lacayos de este príncipe borracho durante quién sabe cuánto tiempo. Decir no y volverían a las calles, esquivando disparos y buscando la manera de sobrevivir. Lo cierto es que Davin ya había pasado por eso antes. Una infancia en Vagrant's Hollow le había enseñado que siempre había una salida, siempre que pudiera tomar sus propias decisiones. Davin miró a Lina, leyó lo mismo en sus ojos, en su leve asentimiento.

—Voy a tener que declinar, jefecito —dijo Davin—. Todo ese asunto de las amenazas no me va.

Bosser no reaccionó, pero esa falta de reacción era en sí misma una respuesta. Sentado inmóvil, con los ojos taladrando a Davin como si Bosser intentara ver a través de él. Manos firmemente entrelazadas. Tal vez el hombre estaba sufriendo un infarto. Se le habría reventado una vena de camino al cerebro cuando Davin se negó.

—Bien —fue lo que Bosser dijo finalmente, justo antes de levantarse, sacar una pequeña arma de debajo de su chaleco y disparar a Lina en el pecho.

En el momento en que Bosser metió la mano en su chaqueta, Davin se movió. No consiguió adelantarse al disparo, pero medio segundo después, Davin ya estaba encima de Bosser, derribando al hombre al suelo e inmovilizando el arma hacia un lado con su mano derecha. Con la izquierda, Davin estaba a punto de asestar un golpe cuando la puerta se abrió y algo más disparó. Fue alto, rozando la pared cerca de la cabeza de Davin, pero le obligó a apartarse rodando de Bosser. Durante el movimiento, usando su impulso, Davin agarró y arrancó el arma de la mano de Bosser. Se incorporó apuntando hacia la puerta. ¿A... Viola?

—¡No le dispares! —gritaba Viola, y entonces Davin se fijó en el androide.

Se movió dentro de la habitación, rodeando el sofá y pasando por encima de Bosser hasta que se detuvo sobre Davin, con un ceño impasible en su rostro. Bosser, detrás de él, se levantó de rodillas y sacudió la cabeza. El androide alcanzó su espalda y sacó un cuchillo que había usado en Europa. Algo que, en otro tiempo y lugar, Davin habría encontrado interesante, pero ahora solo profundizaba el horror surrealista.

Davin apuntó con el arma al pecho del androide. Dudaba que el disparo pudiera detener el inminente golpe, impedir que su cabeza acabara en el suelo, pero ¿qué otra opción tenía?

Viola estaba gritando, pero todos la ignoraban. El androide ajustó su agarre mientras Davin apretaba los dedos en el gatillo, mientras Bosser se ponía de pie, y Lina tosía ruidosamente. Luego habló.

—No eres el único con sorpresas —dijo Lina, con la voz burbujeante mientras la sangre se acumulaba en su boca.

Davin se arriesgó a mirar, vio a Lina, una profunda mancha roja en su ropa, desplomada en la silla. Vio sus pendientes en una mano, vio esa mano cerrarse y apretar con fuerza. Un ritmo grave y profundo, un retumbar que se sentía más que se oía. Frente a Davin, el androide se derrumbó, el cuchillo golpeó el suelo. El arma de Davin hizo clic, nada más. Un PEM de corto alcance, inhabilitador de dispositivos eléctricos. Potencialmente suicida en el espacio, donde matar los sistemas de aire significaba la muerte, pero cuando la muerte era inminente de todos modos, ¿qué había que perder?

Bosser maldijo y luego pasó corriendo junto a Viola, quien no intentó detenerlo. Davin se arrastró hasta Lina, mirando la herida. Una quemadura irregular. El arma modificada de Bosser producía más potencia de la permitida por el fabricante. Era la única manera de que hubiera podido atravesar la gruesa chaqueta de Lina.

—Parecía tan educado —dijo Lina, desviando sus ojos hacia Davin—. No pensé que lo intentaría. Qué cabrón.

—No te preocupes por él. Recibirá su merecido —dijo Davin—. Tenemos que llevarte a la nave. Con Erick.

Viola estaba agachada sobre el androide. Buscando algo.

—¿Sabes cómo reiniciar un androide? —Lina tosió, y Viola negó con la cabeza—. Yo jugué con algunos que encontré como chatarra. Presiona en las sienes.

—¿Vosotras dos entendéis que cada minuto que nos quedamos aquí nos metemos en más problemas? —dijo Davin.

Viola le ignoró y presionó en la frente del androide. Pequeños clics anunciaron que los pestillos se soltaban. Una fina línea apareció a través de la parte delantera de su cuero cabelludo, luego creció mientras una consola se elevaba, con cables que se extendían debajo como una medusa mecánica.

—¿Ves? —la leve sonrisa de Lina chorreaba sangre—. Simple.

—Si se despierta, le volaré la cabeza —dijo Davin.

No es que tuviera un arma funcional encima, pero se sintió bien decirlo.

Gritos llegaron desde fuera de la habitación, el sonido de botas acercándose sobre metal. Davin corrió hacia la puerta. Miró a un grupo de guardias de paz avanzando lentamente por el pasillo. Una ciudad en su punto de mira.

—Dadme sus armas —dijo Davin, y Viola cogió las pistolas roja y azul de las fundas del androide y se las pasó a Davin. No había deslizadores aquí, azul para aturdir, rojo para matar. Davin disparó un par de rayos azules. Alcanzó a uno, sus compañeros le sujetaron mientras caía hacia atrás. Los guardias se pegaron contra la pared, un par de ellos devolviendo disparos en dirección a Davin.

—Estamos atrapados aquí —Davin se agachó mientras

algunos rayos impactaban contra el marco de la puerta—. Tendrán refuerzos en camino, y cuando lleguen, simplemente nos abrumarán.

—No es tan complicado —dijo Viola—. Por muy capaces que sean...

—Nunca se supone que deben apagarse —dijo Lina, sentada en su silla—. Este podría haber bloqueado mi PEM si hubiera sabido lo que era. Matando primero su propia energía, luego reiniciándose después del pulso.

—Cadge hizo algo similar. Pero Fournine, ese es su nombre...

—¡¿Sabes su nombre?! —Davin envió más disparos hacia los guardias. Se movían por el pasillo con cautela. Los guardias no tenían por qué arriesgarse con los tres atrapados.

—No importa —dijo Lina—. ¿Puedes entrar?

—Creo que sí —Viola se inclinó sobre la pequeña consola, sus manos trabajando rápido—. Hay tan poca seguridad.

—No se supone que la gente llegue tan lejos.

Fuera de la puerta, dos guardias con armadura completa subieron las escaleras y entraron en el pasillo. Llevaban porras que sacudirían los nervios de Davin como relámpagos. Disparó otro rayo aturdidor, lo vio desaparecer en la armadura sin causar un respingo.

—Vale, chica, se nos acaba el tiempo —dijo Davin.

—¡Casi estoy!

—¿Acaso no siempre estamos sin tiempo? —Lina rodó los ojos hacia Davin. No tenía buen aspecto, su cara pálida y sin sangre, brazos y piernas colgando de los extremos de la silla.

—No vayas a rendirte conmigo —dijo Davin—. Hemos estado en situaciones peores que esta.

—No estoy segura de eso, cariño —dijo Lina.

Viola levantó la mirada al oír eso. Davin echó otro vistazo al pasillo. El par con armadura se acercaba sigilosamente. Sin embargo, en unos segundos más, Davin recibiría una paliza que preferiría evitar.

—Vamos a hablar de esa palabra más tarde —Davin usó el arma roja para disparar. Estos rayos tenían más poder, dejaron marcas de quemaduras negras en la armadura, pero los guardias seguían avanzando.

—¡Aquí vamos! —anunció Viola.

Davin miró al robot, pero entonces la iluminación cambió. Los guardias blindados habían llegado a la puerta. Una porra se balanceó hacia Davin y él saltó hacia atrás, cayendo al suelo. Arrastrándose lejos, Davin intentó crear más espacio. Uno de los guardias se cernía sobre él.

—Deberías haberte rendido —dijo el guardia detrás de la máscara, y la porra descendió.

No llegó a golpear. Una mano perfecta atrapó el antebrazo del guardia y lo sujetó. Luego la pierna del androide pateó la rodilla del guardia y lo hizo caer al suelo. El segundo guardia intentó golpear al androide con su porra, pero el robot giró para esquivarlo y sacó su segundo cuchillo.

—¡Sin matar! —gritó Viola. Fournine dudó, lanzando una mirada a Viola.

—Eso hará las cosas más difíciles —dijo el androide. Davin saltó sobre el guardia que había tropezado, inmovilizando el brazo con la porra contra el suelo con una mano y deslizando la pistola aturdidora de Fournine bajo los pliegues de la armadura del guardia.

—Hora de la siesta —Davin apretó el gatillo. El guardia quedó inmóvil. Davin sintió que el apartamento temblaba y miró hacia arriba para ver a Fournine lanzar al segundo guardia contra la pared, y luego enviar una rápida secuencia de golpes con la empuñadura del cuchillo a la cabeza del guardia. El guardia se desplomó en el suelo, inmóvil.

—Despeja el camino hacia las bahías de atraque —dijo Viola.

Fournine enfundó sus cuchillos, se volvió hacia Davin con las manos extendidas. Davin dudó. Darle al androide esas armas podría significar que los matara a todos en un segundo. Aunque, si Fournine todavía quisiera matarlos, ya podría haberlo hecho.

Davin lanzó las pistolas. Fournine las atrapó ambas y se deslizó al pasillo.

Un momento después, mientras Davin y Viola levantaban a una inconsciente Lina de la silla, comenzaron los gritos. Destellos de disparos láser crearon un efecto estroboscópico durante unos segundos. Cuando cesaron los disparos, el pasillo quedó en silencio.

Hora de volver a casa.

CAPÍTULO 56
TOMAR Y CORRER

Merc estaba de vuelta en su cama, noqueado por los medicamentos de Erick. Opal y Mox compartían las torretas gemelas. Trina trabajaba en los motores mientras el *Jumper* se ocultaba en el enjambre de naves que orbitaban Miner Prime.

—Si enviáis esos cazas tras nosotros, causaréis más problemas de los que solucionaréis —comunicó Phyla al control de vuelo de Miner Prime.

—¡Pero habéis volado parte de nuestra prisión! —fue la respuesta.

—Arrestasteis a nuestra tripulación sin motivo —dijo Phyla—. Te propongo un trato: nos dejas sacar al resto de nuestra gente y jamás volveremos aquí. Nadie más tiene que salir herido.

El oficial de Miner Prime comenzó otra amenaza furiosa, pero se detuvo a mitad. Unos segundos de silencio.

—Me están indicando que os deje marchar —dijo el oficial—. Ordenan no interferir. Pero como causáis el más mínimo daño adicional, haré que mis pilotos os reduzcan a cenizas.

¿Ordenan? ¿Quién? No es que Phyla fuera a discutir.

—Trato hecho —respondió Phyla, y cortó la transmisión.

Se recostó en la silla y miró la estación espacial. Ya había un grupo de robots de reparación y una lanzadera de mantenimiento más grande flotando sobre el nivel de la prisión, soldando las piezas destrozadas. Las naves continuaban entrando y saliendo de las bahías de atraque. El comercio de Miner Prime no se detendría solo por un grupo de mercenarios explosivos.

—¿Phyla? —zumbó el comunicador con la voz de Davin—. Estamos en la bahía. Tú no.

—Sí, sobre eso —respondió Phyla—. Vamos para allá. Aseguraos de que la puerta esté abierta.

Poniendo los motores en marcha, Phyla hizo girar la nave en un arco lento de vuelta hacia la estación espacial. Acercarse a cosas en el espacio siempre resultaba extraño, cómo aparecían de la nada contra el fondo oscuro. Puntos que se convertían en lunas, naves, Miner Prime. Al menos esta vez no tendría que molestarse en tratar con el control de tráfico.

—Lina ha recibido un disparo. Prepara a Erick —dijo Davin.

—¿Grave?

—No pinta bien.

Ignorando a un furioso y vociferante oficial de control de vuelo de Miner Prime, Phyla dirigió el *Whiskey Jumper* hacia la bahía que habían destrozado no hacía ni una hora. Las marcas de quemaduras de los disparos de las torretas salpicaban el interior, por lo demás impecable. Phyla vio a Davin, a Viola, y luego, sosteniendo a Lina, a un cuarto que no reconoció. ¿Otro proyecto de caridad de Davin?

La rampa bajó con la presión de un botón, con Erick y Mox listos para agarrar a Lina y meterla en la cama médica. A través del filtro de las cámaras de seguridad del *Jumper*, Phyla vio a Viola guiando al nuevo por la rampa. La postura del hombre era perfecta, sus pasos avanzaban a un ritmo uniforme por la rampa. Y entonces se giró y miró directamente a la cámara, saludando ligeramente con la mano.

—Es el androide —dijo Davin, entrando en la cabina—. Deja de mirarlo y sácanos de aquí.

—¿No es una idea terrible tener esa cosa espeluznante en nuestra nave?

—Ya no. Vámonos ya.

—¿Dónde está Cadge? —dijo Phyla.

—¿No está aquí? —Davin hizo una pausa—. ¿Responde a su comunicador?

—Viola fue la última en usarlo.

—Solo pudo reprogramar al androide en la oficina de Bosser —dijo Davin, cerrando los ojos por un momento—. Después de tener el comunicador.

—No sé de qué estás hablando, pero no podemos quedarnos aquí. Miner Prime no está muy contento con nosotros, y odiaría que se les acabara la paciencia mientras estamos aquí sentados...

—Despega. Ahora.

—¿Y Cadge?

—No va a venir.

Davin solía tener matices de sarcasmo, de humor en su voz. Aquí, no había ninguno. Phyla activó los propulsores, aún preparados del vuelo anterior alrededor de la estación, llamó a Trina para que volviera a los motores, y pronto la nave estaba de nuevo en el espacio oscuro.

Davin se dejó caer en el asiento junto a ella y se quedó mirando las estrellas. Pasaron los minutos. Al estar en una tripulación como esta, se formaba una burbuja. Parecía que todos iban a estar bien para siempre. Hasta que algo, y siempre ocurría eventualmente, venía y la reventaba.

Cadge no era exactamente el miembro más amigable o estable, pero el hombre siempre estaba ahí para una pelea. Siempre cubriéndole la espalda. Cubriéndoles las espaldas. Difícil pedir más que eso. Phyla respiró hondo mientras la consola indicaba que estaban fuera de la zona de control de Miner Prime. En el espacio libre.

—¿Recuerdas lo que me dijiste cuando nos fuimos? —dijo Phyla—. Que la mejor manera de superar algo triste era centrarse en algo nuevo.

—Lo recuerdo.

—¿Seguimos acusados de asesinar a esos dos?

—Así es.

—Entonces yo diría que nos centremos en eso.

Davin encontró la mirada de Phyla y apretó la mandíbula.

—Marl es la respuesta. Vamos a buscarla —dijo Davin.

Phyla introdujo el destino, dirigió el *Jumper* en una trayectoria para interceptar en unas semanas la órbita de Júpiter. Con esa luna azul helada que había esperado no volver a ver nunca.

—¿Davin? —la voz de Erick crepitó en el comunicador, cansada—. ¿Quieres bajar aquí?

—Voy —dijo Davin.

—Oye —dijo Phyla mientras Davin salía de la cabina—. Dile a Lina...

—Díselo tú misma, más tarde.

Pero Phyla podía ver en sus ojos que Davin no creía en sus propias palabras.

CAPÍTULO 57
ADIÓS

Te envuelve una sensación de irrealidad cuando miras a un ser querido postrado en una cama, con vías intravenosas clavadas, el rostro enrojecido y sudoroso, a la vez lleno de vida y perdiéndola. Davin vio a Lina y su estómago se retorció. Sus piernas lo llevaron junto a ella, pero quería correr a cualquier otro sitio. A algún lugar donde esto no estuviera sucediendo. Donde la chica a la que había amado durante décadas no se estuviera desvaneciendo.

Erick ni siquiera tuvo que explicarle los detalles a Davin, pero el médico lo hizo de todas formas. El disparo de Bosser había atravesado el pulmón izquierdo de Lina y quemado parte de su corazón. Este luchaba por seguir latiendo, pero pronto fallaría. No tenían los suministros necesarios en la nave para hacer frente a esta catástrofe. Quizás, si la hubieran llevado a un centro médico de Miner Prime, habrían podido salvarla. Hasta que Bosser apareciera para terminar el trabajo. En su lugar, Erick estaba adormeciendo a Lina para aliviar el dolor, manteniéndola al borde de la consciencia.

—Háblame —dijo Davin a Lina, inclinándose sobre la cama.

—Por una vez, ¿puedes cogerme la mano? —dijo Lina, con una voz apenas audible.

Davin lo hizo, apretó con fuerza los dedos de Lina. Se sentían pequeños, fríos. Davin no sabía que los dedos podían sentirse así, replegados sobre sí mismos. Como si la más leve presión los redujera a polvo. Pero sus ojos... Davin podría hundirse en esos ojos para siempre. Mientras el resto de Lina se desvanecía, brillaban con más intensidad y parecían más grandes, y Davin les sonrió. Una sonrisa triste, que arrastraba lágrimas consigo.

—Tenías que ayudarnos —comenzó Davin—. Podrías haberte quedado en casa. Haberme mostrado el camino y dejarme hacerlo a mí.

—Déjalo —dijo Lina—. No lo banalices.

Davin abrió la boca, pero Lina le apretó la mano y siguió hablando.

—Erick cree que me ha adormecido, pero puedo sentir lo que está pasando. Es como quedarse dormida, Davin. Todo se vuelve pesado. Lo bueno es que la tensión también se va.

—Nunca parecías estresada.

—Siempre que volvías, lo estaba.

—Lo siento —dijo Davin.

—No lo sientas, porque esos eran mis momentos favoritos. Siempre me preguntaba si volverías otra vez o si te matarían ahí fuera.

—Y yo siempre quise que vinieras conmigo.

—Y esta vez que vengo, ¿qué pasa? Me disparan.

—Eh, no lo banalices.

Lina le dedicó una sonrisa.

—Sabes que Bosser no se rendirá, ¿verdad? O te matará o hará algo peor.

—No se lo permitiré. No se merece esa satisfacción.

—Bien —dijo Lina—. ¿Vas a buscar a Marl?

—Tenemos que hablar.

—Dale una bofetada de mi parte. —Lina tomó aire bruscamente, con un estertor que sacudió todo su cuerpo.

—¿Lina?

La mujer parpadeó lenta y prolongadamente. Sus párpados permanecieron cerrados durante cinco segundos antes de abrirse de golpe.

—Creo que es hora de irme. ¿Qué tal un beso de despedida?

CAPÍTULO 58
CHANTAJE

No me informaste de lo capaces que eran —dijo Bosser a la pantalla.

Mientras el mensaje viajaba por la autopista interestelar hacia Marl, Bosser se sirvió otra copa de la botella de vino. Era demasiado bueno para desperdiciarlo. Además, Bosser sentía que había dado en el clavo. Lina Monte, acosadora incansable, no tenía buen aspecto al salir de su despacho.

—Supongo que eso significa que siguen en libertad —la respuesta de Marl se sacudió en la pantalla antes de volver a congelarse en una máscara inmóvil.

—Y dirigiéndose hacia ti, si la cara de su capitán era algún indicio —dijo Bosser—. Asegúrate de que tu nueva protección esté preparada. Davin salió de aquí con un androide de su lado.

Sería un estudio interesante, el rostro de Marl. Tan tranquilo, incluso un poco divertido. Su pelo arreglado en rizos. Planeando ir a algún evento, sin duda. Bosser no estaba seguro de la hora en Europa. Aquí, era bien entrada la madrugada, cuando Bosser debería estar dormido. Pero tales lujos tendrían que esperar. Los negocios, como siempre, eran lo primero.

Ah, ahí estaba. El cambio en las facciones de Marl. El ligero ceño fruncido delatado por los ojos que se ensanchaban, la dilatación de las fosas nasales. Estos pequeños retrasos lo acercaban mucho más a su sujeto. Una oportunidad de estudiarla con una intensidad que sería descortés en compañía real. ¿Cuánto podría aprender Bosser observando a Marl retorcerse en instantáneas? Lo suficiente para saber cuándo atacar.

—¿No puedes desactivarlo? —preguntó Marl.

—Están obligados a enviar un código cada veinticuatro horas. Si el dispositivo emisor no recibe respuesta de la Tierra, el androide se degradará. Su código se autoeliminará —Bosser dio un lento sorbo a su copa y esperó.

—¿Así que será inútil?

—Me temo que confiar en eso sería un error. Hay al menos un programador competente entre la tripulación de Davin. Sospecho que resolverán la transmisión antes de que cause algún daño.

—¿Entonces por qué me lo dices? ¿Estás intentando provocarme, Bosser? Porque tengo cosas mejores que hacer con mi tiempo que jugar a tus juegos.

Bosser hizo un gesto afirmativo a la pantalla.

—En una situación normal, liberaría dos androides. Parte del protocolo de escalada. Un volumen cada vez mayor de recursos dedicados hasta que se resuelva el problema.

—¿La mía no es una situación normal?

—¿Por qué hiciste matar a esos inspectores, Marl? Convénceme, y me aseguraré de que Eden siga pagando por más androides para hacer tu trabajo sucio.

El rostro de Marl se marchitó en la transmisión, sus ojos se hundieron mientras se desplomaba en la silla detrás de ella. Sin embargo, el momento no duró mucho, y su experiencia se impuso. Apretó la boca y se inclinó hacia delante.

—Tú y yo jugamos fuera de las normas, Bosser —dijo Marl—. Sé lo suficiente sobre lo que estás haciendo como para hundirte conmigo. Así que te asegurarás de que Eden envíe esos androides, y yo guardaré tus secretos. No tiene por qué haber un perdedor aquí.

Interesante. No era probable que Marl supiera todo lo que Bosser tenía en juego, porque la única persona que lo sabía era él mismo. Aun así, podría hacer lo suficiente como para causarle daño, y Bosser no estaba listo para eso. Todavía no.

—De acuerdo, Marl. Tendrás tus androides —Bosser cortó la transmisión.

Había sido un riesgo decirle a las fuerzas de seguridad de Miner Prime que se mantuvieran alejadas, que dejaran escapar al Jumper y los Wild Nines. Y ahora esa apuesta estaba dando sus frutos. Había subestimado a Marl, y no había mejor manera de deshacerse de un problema potencial que hacer que alguien más lo resolviera por él. Con un poco de suerte, Davin Masters y su banda eliminarían a la líder de Eden Prime, y Bosser no tendría que mover un dedo.

CAPÍTULO 59
OPERACIONES

El androide observaba a Viola y Trina mientras desayunaban. Resultaba inquietante la manera en que Fournine te miraba fijamente cuando te llevabas una cucharada de papilla saborizada a la boca. La ausencia de parpadeo, el pecho que no subía ni bajaba, eran lo peor. No es que odiara a los robots, pero cuando Fournine se parecía tanto a un hombre normal, era difícil recordarlo. Bastaba con olvidarlo por un segundo, y entonces un destello de piel perfecta, ojos fijos, ausencia de respiración, la sobresaltaba de repente.

—Puedo hacer eso —dijo Fournine en respuesta a la mirada de Viola—. Respirar, parpadear. Incluso puedo tener pequeños espasmos de vez en cuando si eso te hace sentir mejor.

—¿Por qué? —dijo Trina—. No sería eficiente. Incluso podría ser contraproducente al provocar que disminuya la comodidad alrededor de los robots. Una concesión arbitraria a las necesidades de una persona que se siente nerviosa.

—¿Quieres saber lo que mis sensores detectan de ti ahora? Estás relajada. No hay ni una sola articulación tensada que indique que pienses que voy a cruzar esta mesa y doblarte como un pretzel.

—No podrías. Es parte de tus restricciones de sistema.

—Ah, pero Viola anuló esas cuando ajustó mis directivas. —Fournine clavó la mirada en los ojos de Trina al otro lado de la mesa. Entonces el androide esbozó una sonrisa perfecta—. Ahí está. Tu pulso ha aumentado. Tus ojos se han entrecerrado. ¿Ves, Viola? Trina es, de hecho, una humana normal.

—Gracias por aclararlo —dijo Viola. Trina se ajustó las gafas y se inclinó hacia Fournine, examinándolo.

—Sabemos de qué estamos hechos nosotros. —Trina asintió hacia Viola—. La cuestión es, ¿de qué estás hecho tú?

—Viola ya le echó un vistazo —dijo Fournine.

—Pero fue rápido. Mientras la gente intentaba matarnos —Viola agitó su cuchara en el aire—. No es que pudiera explorar a fondo.

Fournine miró a las dos. Era difícil saber qué cálculos se realizaban tras esos ojos. Secretos que a Viola le encantaría poseer. Un androide inicialmente. Si ese fallaba, el programa Free Laws enviaría dos. Luego tres y más, siempre que el patrocinador siguiera pagando la cuenta. Si dentro de Fournine había una clave para detener a otros androides, entonces abrir al robot podría salvarles la vida.

—Tengo tanta curiosidad como vosotras —dijo Fournine —. ¿Quién no querría saber cómo está hecho?

Viola tenía a Fournine en el banco de trabajo diez minutos después. Trina cogió las herramientas. Puk, ya recargado, flotaba alrededor haciendo comentarios sobre cómo, después de coser a Erick, tenía sentido que Viola ahora diseccionara quirúrgicamente a un androide.

—¿Estás listo? —preguntó Viola a Fournine cuando las herramientas estaban preparadas, con el robot tumbado en el banco de trabajo.

—Nunca me habían preguntado cómo me siento respecto a algo. Aprovecharé la oportunidad para decir que sí. Dime qué soy.

Viola presionó de nuevo las sienes de Fournine, haciendo

que los ojos del androide se cerraran y que el pequeño panel emergiera a través de su cráneo metálico. Sin la amenaza de los disparos, Viola podía profundizar un poco más en la configuración básica que definía cómo funcionaba el androide. Un filtro de personalidad, una elección entre proteger, detener o matar para los parámetros de la misión. Algunos otros elementos sobre la gestión de energía y los tiempos de verificación.

—¿Verificación? —dijo Viola, y Trina miró por encima de su hombro, leyendo el código en la consola.

—Un proceso automatizado —dijo Trina—. Se comunica con la red anfitriona para actualizaciones de los parámetros de la misión. Cada veinticuatro horas terrestres.

—¿Qué ocurre si no recibe ninguna?

—¿A qué te refieres?

—Eliminé todo en la lógica operativa de Fournine cuando estábamos en el apartamento de Miner Prime. Simplemente escribí una línea simple para proteger a las personas que yo elija. No hay nada que le indique a Fournine que ejecute el código de verificación.

—Interesante. —Trina se dio golpecitos en la barbilla, con los ojos dirigiéndose hacia el techo—. Bueno, si Fournine no se ha verificado, probablemente liberarían la segunda oleada de androides.

—¿Así que asumirían que está muerto?

—Técnicamente, Fournine no puede estar muerto porque...

—Lo pillo —dijo Viola.

—Entonces, ¿continuamos? Tiene que haber más que solo su cabeza.

Finalmente, Viola encontró un mecanismo de mantenimiento que abría varias articulaciones por todo el cuerpo de Fournine. Así era como repondrían una pierna perdida o repararían un brazo roto. Una ranura cerca del abdomen conducía a la batería. Frente a ella, sin embargo, había un pequeño rectángulo negro que no parecía tener ningún propósito. Solo había un pequeño cable conectado a él, uno que regresaba a la batería y a ningún otro sitio.

—¿Ideas? —preguntó Viola.

—Las cajas negras pueden ser todo tipo de cosas. Grabaciones. Fuentes de energía. Bombas —dijo Trina.

—¿Una bomba?

—¿Qué mejor despedida? A un paso de completar la misión, te disparan. —Trina representó el escenario—. Tus sistemas se apagan, pero cuando la batería muere, o quizás hay un detonador manual, todo el lugar explota. Es plausible.

—¿Así que hemos traído una bomba a la nave?

—¿Quién es ese "hemos" del que hablas?

—Vale, de acuerdo —dijo Viola—. Yo la he traído. ¿Podemos desarmar la bomba?

—Desarmarla podría activarla. Deberíamos expulsar al androide por la esclusa de aire.

Las dos dudaron. Esperando a que la otra diera el siguiente paso y moviera al androide. La esclusa de aire era la opción más sencilla, Viola no podía discutir eso. Pero estarían deshaciéndose de su mejor arma. Fournine había despejado él solo el camino para salir de Miner Prime. Ahora se dirigían de nuevo hacia el peligro, hacia un enemigo que les estaba esperando.

—No podemos —dijo Viola—. Necesitaremos a Fournine en Europa.

—Una valoración válida. —Trina comenzó a coger herramientas de la pared—. Estaba a punto de sugerir lo mismo. Nuestras probabilidades sin el androide serían escasas. No tengo ningún deseo de morir en esa luna.

—Entonces pongámonos a trabajar —dijo Viola.

E intentemos no hacer volar el *Jumper* en pedazos.

CAPÍTULO 60
CONTANDO BAJAS

adge y Lina —dijo Davin a Phyla, de vuelta en la cabina.

Escalofríos. Phyla no sabía cómo mantener esta conversación. Había quedado claro, en Vagrant's Hollow, que Lina y Davin seguían teniendo la misma relación que habían tenido de adolescentes. Una conexión que Phyla había visto crecer desde fuera. Esos momentos en que uno tomaba la mano del otro sin pensarlo. La mirada de Davin hacia Lina después de una caída, si algo salía mal, llena de preocupación con los ojos como platos por si Lina pudiera estar herida. Al principio, celos. Se preguntaba por qué ninguno de ellos se preocupaba tanto por ella como el uno por el otro. El tiempo curó esa herida.

Ahora extendió la mano y agarró la de Davin, apretándola.

Davin no estaba mirando por la ventana al espacio exterior, el brillante círculo de Júpiter creciendo desde un punto en la distancia. Phyla siguió los ojos del capitán hasta el panel de sensores, una pantalla en la consola de la cabina que mostraba objetos cercanos. Uno, una pequeña y delgada caja, se deslizaba fuera de la pantalla mientras el *Whiskey Jumper* ganaba velocidad. Habían expulsado el contenedor hacía unos minutos, Davin y Mox cargándolo en la esclusa de aire. Lina, envuelta en una sábana, dentro.

—Si te culpas por lo que pasó, te voy a dar una bofetada —dijo Phyla.

—No lo hago —respondió Davin—. No puedo. Porque si me culpo a mí mismo, entonces los que merecen pagar quedan libres.

—El androide mató a Cadge.

—Cadge mató a Cadge. Todos sabíamos que el tipo iba a estallar en algún momento. Pero habría sido bueno tenerlo ahora.

—Probablemente se habría lanzado el primero a la carga y habría muerto de todos modos.

—Sé que no te caía bien, pero no finjas que no era útil.

—No estoy fingiendo.

Davin se rio, levantó las manos en fingida rendición. Era bueno ver que el capitán todavía era capaz de eso. Significaba que Davin no iba a hundirse en una de sus depresiones malhumoradas. Phyla no estaba segura de si el resto de la tripulación se daba cuenta o no, pero Davin era propenso, siempre había sido propenso, a ataques de conciencia.

—¿Así que vamos a atacar a Marl directamente? —preguntó Phyla.

—No quiero, pero no estoy seguro de que tengamos elección —dijo Davin—. Eden Prime no es tan grande. Solo tenemos que ganarles a esos dos androides.

—¿Cómo sabes que Bosser los retirará si ganamos? Podría mantener la acusación allí, incluso si Marl la revoca.

—No lo sé.

—¿Entonces no estamos huyendo al borde del espacio porque...?

—Ya sabes por qué.

—Quiero oírtelo decir —dijo Phyla.

Davin le dirigió una mirada extraña. A veces, sin embargo,

tenías que hacer que alguien se comprometiera. Davin no rompía promesas. Si le hacías decir algo, lo cumpliría. Phyla esperó.

—Crees que voy a decir Lina. Que voy a lanzarme a una diatriba sobre cómo esto es por ella ahora. —La voz de Davin se raspaba mientras hablaba, ronca—. ¿Sabes qué? Tienes razón. Se trata de Lina, maldita sea. Se trata de cómo una amiga intentó ayudarnos y murió por ello. Se trata de cómo toda esta situación fue causada porque una empresa no quería que sus secretos sucios se hicieran públicos y pensó que la mejor manera era convertirnos en criminales.

—Funcionó.

—Y vamos a hacer que se arrepientan.

El ataúd de Lina, en la consola, llegó al borde del radar y, con un parpadeo, desapareció. Davin pulsó un botón y la pantalla de campo cercano cambió a una carta de navegación, un conjunto de números en desplazamiento que indicaba a cuántos kilómetros estaban de su objetivo. Phyla y Davin observaron en silencio cómo el número giraba a la baja.

CAPÍTULO 61
DISTRACCIONES

Opal y algunos otros estaban sentados en una cresta, mientras el polvo rojo levantado por el viento marciano dificultaba la visibilidad. Su primera misión real. El frío se filtraba a través de su camuflaje. Los dedos entumecidos dentro de los guantes. Los terraformadores estaban construyendo la atmósfera de Marte, pero aún les quedaban años de trabajo antes de que el Planeta Rojo fuera tan verde como la Tierra.

El objetivo de Opal era el tercer rover, con sus gruesas ruedas adaptadas a la aspereza sin caminos del desierto marciano. Esos grandes espacios vacíos entre las ciudades abovedadas donde millones esperaban con ansias el día en que Marte tuviera suficiente protección contra los dañinos rayos solares para permitir una verdadera libertad.

Apareció el primer rover, luego el segundo y el tercero. Cada uno pintado con los colores beige y carmesí de la Voz Roja. Un movimiento tolerado hasta que sus ambiciones sobrepasaron el nivel de comodidad de los consejos corporativos que financiaban los proyectos marcianos. Ahora clasificados como terroristas.

Opal tragó saliva, miró a las dos personas dispuestas a su izquierda. Ellos se encargarían de los rovers uno y dos. El objetivo era perforar los depósitos de combustible. Un solo disparo de láser sobrecalentado y estallarían en llamas.

Opal apuntó al tercer rover, movió la mira hasta que el depósito quedó justo en el centro. Los rovers avanzaban metódicamente. Sin idea de que estaban a segundos de la muerte. El dedo de Opal se tensó, esperando la orden de disparar. Qué suerte tener un objetivo tan fácil para su primera misión.

—¡Eh, adivina qué! ¡Estoy vivo! —dijo Merc, apoyándose en el marco de la puerta—. Estas situaciones de vida o muerte son lo mejor.

Opal parpadeó para despejarse de las arenas rojas, de los restos de la siesta, y miró al piloto de combate.

—Diversión para todos —dijo Opal—. ¿No deberías estar durmiendo?

—Después de la décima u undécima hora, dormir se vuelve aburrido. La razón por la que he venido...

—¿Además de despertarme? —interrumpió Opal.

—Necesito tu ayuda. Todavía no estoy listo para escalar, y el Viper necesita algo de cariño antes de que lleguemos a Europa.

Merc parecía mucho más feliz ahora, con los ojos brillantes y una amplia sonrisa. ¿Qué le estaría dando Erick? El piloto todavía llevaba un grueso vendaje en medio del pecho, aunque Opal entendía que era más para mantener el ungüento regenerador en el lugar correcto que para evitar que la sangre brotara.

Aun así, las piernas de Opal se sentían inquietas. Las manos también. Le vendría bien un trabajo sucio.

Para ser un caza pequeño, el Viper necesitaba mucho cuidado para mantenerse en forma de combate. Opal contó cinco sistemas principales que requerían revisión: los motores que, a diferencia del *Whiskey Jumper*, funcionaban con baterías eléctricas. El Viper era demasiado pequeño para que los paneles solares sirvieran de mucho, y cualquier espacio exterior disponible que pudiera permitírselo estaba cargado con mejores placas deflectoras para repeler láseres.

Hablando de eso, Opal colocó un par de baterías cargadas para las armas. Montados bajo la cabina, el par de cañones ofrecía una puntería flexible y, con la electricidad almacenada, podían disparar un millar de veces antes de necesitar recarga.

—¿Qué piensas de Cadge? —preguntó Merc, ajustando la calibración de los escudos del Viper.

Si se presentaba el lujo, ajustar los escudos del Viper para vuelo atmosférico o en el vacío ayudaba a conservar energía. Sin los fuertes vientos y el aire golpeando el caza, Merc podía permitirse enviar energía de los motores a los escudos, otorgando al Viper más armadura para resistir golpes. Opal intentó calcular mentalmente la mezcla óptima para la atmósfera exterior de Europa, pero la pregunta de Merc desestabilizó su concentración.

—Era un luchador —dijo Opal.

—Sí, pero habías luchado con él antes, ¿verdad?

En Marte. En esa cresta. Cadge no estaba allí, pero sí en la radio. Parte del equipo de limpieza. Cuando Opal disparara, eliminando el rover, sería Cadge quien vendría a confirmar la muerte. Aunque no le conocía entonces.

—Rebelión marciana. No trabajamos juntos mucho.

—¿Estás bien? Perdona si he tocado un punto sensible.

¿Lo había hecho Merc? Opal no estaba segura. No es que a nadie le guste que un compañero muera, pero Cadge no era precisamente material para amistades. No como Merc. Cadge nunca la hizo reír.

—Supongo que estoy intentando averiguar cómo me siento al respecto —dijo Opal—. Es como si hubiera muerto un amigo de un amigo. O un compañero de trabajo.

—Tiene sentido, ya que es exactamente lo que ha pasado.

—No seas capullo. Arruina tu imagen de niño bonito.

Merc también lo era. Tenía diez años menos que Opal, el rostro aún enrojecido por ese complejo de invencibilidad. Un trabajo fácil patrullando los cielos de la Tierra no debería haberle preparado para ese disparo en Europa. Cómo seguía tan animado, a pesar de casi morir, era un misterio. Uno que Opal no quería resolver: lo estropearía.

—Los niveles de O2 están bien. El reciclador muestra verde —dijo Opal, mirando la lectura del sistema de soporte vital.

Eso hacía cuatro de las piezas críticas listas para funcionar. La última requería meterse en el caza. Para mantener más fuerte la parte más débil, la cabina transparente, los fabricantes habían soldado el cristal al marco metálico y recubierto la unión con placas de distorsión. Eso significaba que la entrada venía desde abajo.

El tren de aterrizaje del Viper colocaba la base a unos dos metros del suelo, así que Merc se agachó mientras se movía por debajo de la cabina y presionó el código en un pequeño teclado. Con un zumbido y un siseo de presión liberada, se abrió un círculo del tamaño de un cuerpo en la nave. Merc se introdujo a través de él y subió hasta el asiento del piloto.

A través del cristal, Opal observó cómo Merc realizaba las comprobaciones previas al vuelo. El ordenador era esencial: volar a ciegas significaba no tener una buena idea de dónde estaba nada, si algo te seguía o a qué velocidad ibas en relación con tu objetivo. Merc presumía constantemente de que estaría bien con un apagón, pero Opal había visto eso antes. En los tiempos en que los pulsos electromagnéticos eran la principal forma de la Voz Roja para igualar el campo de batalla. Opal solo necesitó ver un transporte cargado de tropas estrellarse a ciegas contra una ladera para saber lo importantes que eran los malditos ordenadores.

Merc levantó el pulgar un minuto después. El Viper estaba listo. Podía saltar del hangar y hacer llover luz láser sobre cualquier cosa que Marl pusiera en su camino. Aquellos conductores probablemente se sentían así. Confiados, preparados.

Pero cuando Opal apretó el gatillo, el tercer rover estalló de todas formas.

CAPÍTULO 62
GIN

Sabes, Mox, siempre pensé que eras un hombre competente. Ese cañón que llevas pegado al pecho da la impresión de que eres alguien letal. Y sin embargo, ¿dejaste que Cadge se largara con la chica? —Erick colocó una carta boca arriba sobre la mesa—. Podrías haberle salvado de sí mismo.

La cocina, a estas horas, solo albergaba a Mox y Erick. Ninguno de los dos, al parecer, disfrutaba durmiendo en el lado normal de la noche. No es que la noche tuviera un lugar real en el *Whiskey Jumper*, pero dada la importancia del ritmo circadiano para un funcionamiento adecuado, Erick había establecido ciclos diurnos en la nave. Las luces se atenuaban o se ajustaban sus tonalidades para imitar los azules de una noche poco iluminada en la Tierra. Había sido una de las primeras cosas que Erick hizo después de que Davin le contratara.

—Éramos menos —respondió Mox.

—¿Cuántos había?

—Tres.

—Eso no debería ser nada para ti.

—No lo fue.

A pesar de sus instintos para conocer el pasado de su paciente, Erick no lograba sacarle mucho a Mox. En parte, era por su forma de hablar. Las frases simples no se prestaban a una visión descriptiva. Un análisis más superficial podría suponer que Mox era un poco simple, pero había signos que indicaban lo contrario. Su destreza con las cartas era uno de ellos. Davin todavía no le había contado a Erick cómo había encontrado a Mox, qué había hecho para persuadir al hombre de metal a unirse a su banda.

—¿Confías en el androide? —preguntó Erick.

Su nuevo compañero. Viola y Trina trabajando en esa cosa. Era inquietante ver algo tan parecido a la vida y saber que detrás de los ojos solo había circuitos. Sin alma. Erick puso una sota sobre la mesa.

—¿Confiar en una máquina? —replicó Mox.

Con su padre, Erick había trabajado con diferentes culturas. Se habían topado con sus pueblos y ofrecido tratamiento médico a cambio de comida, una noche bajo techo. Fascinados con las partes de la Tierra que evitaban el futuro por amor al pasado. Las máquinas complejas eran vistas como enemigas, un robo de los dones del hombre por sus propias creaciones. Erick simpatizaba con ello, hasta el último viaje, cuando perdieron a un hombre por una lesión que un robot quirúrgico podría haber reparado sin problema.

—Creo que conseguirán que funcione para nosotros —dijo Erick mientras Mox ponía una mano sobre la sota, luego la desplazó hasta el mazo y robó—. Debería ayudarte sobre el terreno.

—¿Tú no vienes? —dijo Mox, mirando su nueva carta.

Una broma. Una ofensiva, si Erick estuviera inclinado a tomarse en serio que le llamaran cobarde. No tenía nada en contra de disparar un arma. Él mismo había apretado el gatillo más de una vez. Su padre le puso un rifle en las manos por primera vez cuando tenía diez años. Era necesario ir armado en las zonas salvajes. No todos los grupos daban la bienvenida a los forasteros. Pero dada la opción, la muerte despojaba el color del rostro de una persona, mientras que los cuidados adecuados podían elevar ese mismo rostro a nuevos matices. Devolver el brillo a los ojos, una risa. ¿Qué argumento había para elegir otro camino?

—¿Sabes qué pasa cuando disparan al médico? —Erick alargó la mano hacia el mazo.

—¿Qué pasa?

—Que por fin tiene un día libre.

—Gracioso. —Mox jugó sus cartas. Erick ni se molestó en mostrar las suyas, deslizando su mano por la mesa. Era la tercera partida consecutiva que ganaba el grandullón.

—¿Cuánto falta para llegar? —preguntó Erick.

Mox sonrió y barajó el mazo.

CAPÍTULO 63
COMPLOTS Y PLANES

Marl apartó de un manotazo la copa que le ofrecían, pero Castor atrapó el recipiente antes de que su contenido pudiera salpicar el suelo. Incluso eso hizo florecer en ella un sentimiento de irritación. Todo lo relacionado con hoy, con ayer, con mañana era una cascada de mierda cayéndole sobre la cabeza.

Ferro y sus soldados eran unos incompetentes. Unos matones grandes y brutos que espantaban a los intereses comerciales de Eden Prime y acosaban a los que ya estaban aquí, hasta el punto de que Marl se pasaba todo el tiempo asegurándoles que sus "crímenes" habían sido perdonados.

Alissa le había recordado que estos eran combatientes, no policías. Que mantenerlos a salvo era importante. Que la Voz Roja los necesitaría pronto de nuevo. Con suerte, ese "pronto" no estaba lejos, porque Eden Prime no aguantaría mucho más. Así que ahora estaba sentada esperando a que Ferro diera la cara y le dijera que trabajarían en sus modales. La misma conversación que llevaban teniendo durante semanas.

Solo que esta vez, Marl tenía algo nuevo que decir.

Castor se apoyaba contra la pared, el hombre pegado a su comunicador, pasando rápidamente por las noticias y comentarios. No era que no hubiera una silla para que el hombre se sentara, había dos delante del escritorio de Marl. No recordaba haber visto nunca a Castor usar una de ellas. Marl estaba a punto de preguntarle por qué cuando los ojos de Castor se dirigieron a la entrada de la oficina, y luego volvieron hacia ella con un asentimiento.

La puerta se abrió, justo frente al escritorio de Marl, y el hombre al que esperaba entró a grandes zancadas. La postura erguida de Ferro y su costumbre de adelantar un pie más que el otro, como si siempre estuviera inclinándose hacia ti. Llevaba la misma confianza impostada de siempre. No importaba que las noticias nunca fueran buenas.

—Tu presa fugitiva está regresando —dijo Marl.

—¿Davin Masters? —respondió Ferro—. El hombre es insensato, pero no puedo negar que deseo enfrentarme a él de nuevo. Luchó bien.

—Por lo visto. Alissa está enviando una fragata para interceptarlos. Con suerte, no tendremos que preocuparnos más por Masters.

Ferro se tomó un segundo para procesar.

—¿Pero si fracasa?

—Hay dos androides que llegarán en breve. Les ayudarás con lo que necesiten. Y si los Wild Nines consiguen llegar hasta aquí, te asegurarás de que cualquier civil al que aún no hayáis asustado esté fuera de las calles. Sin bajas.

—¿Merece la pena arriesgar la fragata por un grupo tan pequeño?

—Depende, Ferro. ¿Cuántos otros hogares tienes, si te quitan este?

—Crees que la Voz Roja es débil.

—¿No es por eso que Alissa te envió aquí? —preguntó Marl—. Sacando lo que queda de vosotros de Marte tan rápido como puede.

—Lo que somos se mide en algo más que números.

—Para. Para con esa basura —dijo Marl. Castor levantó los

ojos del comunicador al oír esas palabras y la miró—. La razón por la que enviamos la fragata para interceptar y, con suerte, matar a los Wild Nines es porque vuestros ideales no han ganado. Los inspectores que tuvimos que matar solo vinieron porque Eden sospecha que estoy trabajando con Alissa. A nadie le importa vuestro mensaje, Ferro.

—Entonces, ¿por qué nos ayuda, señora Reinhart?

—Es señora Rose —intervino Castor.

—Porque mi hermana necesita mi ayuda —respondió Marl. Lo cual era la verdad. Había sido la verdad durante años. Años duros jugando en ambos bandos de una guerra total.

—Y nosotros también —dijo Ferro.

—Entonces ayúdame a cambio, Ferro. Dile a tus fuerzas que suavicen su trato. Dad la bienvenida a los negocios con los brazos abiertos, tratad a nuestros visitantes como tratarías a tus propios hombres. Cada moneda que llega a Eden Prime va a la Voz Roja. Financia aquello por lo que luchamos.

Ferro la miró fijamente durante unos segundos y luego asintió.

—Y si la fragata fracasa, estad preparados. Porque si Davin Masters y sus mercenarios aterrizan en esta luna, si descubren quién mató realmente a esos inspectores, entonces, como tú dices, morirá algo más que lo que somos.

CAPÍTULO 64
RENACER

Despierta.

Fournine escuchó la voz y la atribuyó a un espacio vacío en su memoria. Memoria vacía. Sus receptores ópticos se activaron a continuación, observando los pequeños y cuadrados confines de lo que parecía ser una nave espacial. Su giroscopio interno lo confirmó. Si Fournine aún estuviera en la Tierra, su velocidad actual sería mucho menor. La gravedad más fuerte. Y su nombre, Fournine. Bloqueado en el código como un tatuaje, grabado en su base.

Una chica se movió frente a Fournine, mirando sus ojos. O más bien, las cámaras detrás de ellos. La chica habló de nuevo. Otro saludo. Fournine guardó la imagen de la cara con los sonidos de su voz. Necesitaba una etiqueta para el archivo.

—¿Nombre? —preguntó Fournine, adaptándose al idioma elegido por la chica.

—Viola —dijo la chica y Fournine selló el archivo—. ¿Te encuentras bien?

Encontrarse. Una búsqueda en su base de datos entendió que la palabra se refería a emociones, las cuales no poseía. Sin embargo, la frase también podía pedir una evaluación de condiciones. Fournine ejecutó sus comprobaciones. Volvieron en verde, aunque un gran número de ellas informaban de piezas faltantes. Programas, rutinas, referencias. Los errores podrían causar que acciones, como moverse, resultaran en un fallo de una pierna. Pie derecho adelante, pie izquierdo de lado, Fournine cayendo al suelo.

—Estoy reiniciado —dijo Fournine.

—Lo estás —respondió Viola—. Tuve que hacerlo.

—¿Por qué?

—No puedo decirlo. Te volveré a armar y luego veremos qué tenemos.

—Me gustaría eso —respondió Fournine.

Viola sacó un pequeño dispositivo circular sujeto a una pulsera, que se deslizó en la muñeca.

—¿Qué es... —comenzó Fournine, pero Viola pulsó el botón y todo se volvió negro.

CAPÍTULO 65
INTERRUMPIDO

uncionó. Había recableado un androide. Fournine permanecía inerte después de que Viola pulsara el botón de su mando a distancia. Era un simple transmisor que provocaba una interrupción en el circuito de energía de Fournine. Cuando volvía a pulsar el botón, el transmisor restablecía la conexión, devolviendo al androide a la consciencia. Trina también ayudó, utilizando su experiencia en la construcción de los sistemas del *Jumper* para eliminar cualquier fragmento problemático del código en la memoria de Fournine.

La bomba resultó imposible de desalojar con las herramientas de la nave, así que Trina eliminó cualquier mención del dispositivo en la mente de Fournine. Después, Viola ensambló los sistemas sociales básicos y los programas de movimiento.

Pero un androide que no recordaba cómo hacer ninguna de sus mortíferas habilidades no iba a ser de mucha ayuda. Así que ahora Viola necesitaba devolver todas las partes buenas, sin la bomba. Primero estaba la base de datos de algoritmos de combate, un paquete ingenioso que evaluaba la situación actual y ejecutaba una estrategia basada en diversos factores. Oponentes, entorno, aliados, todo. Viola deseaba tener uno para sí misma.

—Alguien está frenando —dijo Puk, flotando sobre el hombro de Viola.

—¿Qué? —respondió Viola.

—Te lo digo. Estamos frenando. Demasiado pronto. Debería faltar otro día hasta que alcanzáramos la atmósfera de esa luna azul.

—Pero aún no estamos listos. Fournine no está preparado.

—Le estás hablando al robot equivocado.

Viola se lanzó hacia el botón del intercomunicador mientras daba manotazos a su comunicador para iniciar la carga. Le llevaría horas al androide procesar los datos, reinstalar sus protocolos.

—No puedo hablar ahora, Viola —respondió Phyla al aviso—. Hay una nave donde no debería haber ninguna, y no parece amistosa.

—¿No estamos en Europa?

—Y puede que nunca lleguemos. Si quieres ayudar, ve al hangar y asegúrate de que Merc esté listo.

Phyla cortó el canal y Viola se quedó allí un segundo, mirando fijamente el comunicador. ¿Una batalla en el espacio? ¿Eso que solo había leído en libros? ¿Que solo había visto en películas? Viola salió corriendo de la habitación, dejando su comunicador bombeando datos a Fournine.

CAPÍTULO 66

HACIA LA VÍBORA

Merc se deslizó en la cabina de la Víbora mientras Opal retiraba la escalerilla del caza. Su peso en el asiento hizo que la consola de la Víbora se iluminara, con una pantalla central que mostraba los sistemas de la nave, incluyendo la lectura del escáner de la Víbora. Fuera del *Jumper*, parecía que había tres naves en la zona, una grande y un par de pequeños puntos luminosos. Cazas. Estaría en desventaja numérica. Merc pulsó la secuencia de arranque, y la Víbora rugió mientras sus motores se calentaban.

Su peor y último día como miembro de la defensa de cazas de la Tierra había comenzado exactamente así. Despegando hacia los cielos en una patrulla rutinaria, como parte de un escuadrón de doce cazas. Aquel día había mucho tráfico de carga pesada. Naves más pequeñas sumergiéndose en la atmósfera y barcazas más grandes soltando su carga en órbita, con los contenedores activando sus propios controles de descenso para aterrizar en sus destinos. Su trabajo era simple: mantener la calma y asegurarse de que nada peligroso violara la atmósfera terrestre.

Debería haber sido fácil. Hasta que hicieron un barrido a una barcaza gigante con el nombre *Gloria de Deimos* grabado en su costado con pintura rojo-dorada. El escuadrón se dividió en grupos de seis, cada uno recorriendo un lado, para escanear los contenedores antes de que se separaran para dirigirse a la Tierra. Captaron las señales de inmediato. Vida, y mucha, comprimida en esos cubos. Como si alguien planeara lanzar en paracaídas a la población de una ciudad, o un ejército.

El capitán del *Deimos* no respondió cuando lo llamaron, y la enorme nave rompió filas, deslizándose fuera de la línea como una hoja que se balancea a cámara lenta. El líder del escuadrón de Merc ordenó a seis cazas disparar contra los motores, ya que el *Deimos* aún estaba lo suficientemente lejos como para no caer en la órbita terrestre sin potencia. Merc no estaba entre los atacantes, pues a la mitad de su escuadrón se le había asignado patrullar, vigilar cualquier cosa insólita mientras los otros inutilizaban el carguero. Protocolo estándar.

Lo que no era estándar era la avalancha. Los cajones lanzándose desde el *Deimos*. Demasiado lejos para que los reactores de carga estándar los llevaran a la atmósfera, pero estas cajas despegaron como un resorte. Sobrecargados para un solo uso. Los contenedores se estrellarían si la mitad del escuadrón de Merc no hacía algo. El líder del escuadrón les ordenó esperar, pero Merc reaccionó. Y su compañero de ala le siguió.

Se lanzaron en picado hacia los contenedores, rociándolos con fuego láser. Entonces sus escudos chispearon, con láseres disparando de vuelta a los cazas. El Deimos tenía defensas, ocultas por los cajones. El compañero de ala de Merc estaba siendo destrozado tan cerca del *Deimos*. El propio Merc en un frenesí, zigzagueando, describiendo arcos sobre los cajones para mantenerlos entre las torretas y él mismo. Se alejó en espiral de la nave y observó cómo los cajones golpeaban la atmósfera terrestre. Contempló cómo las defensas superficiales de su planeta natal, avisadas con tiempo de sobra, desataron una furia de fuego concentrado sobre los contenedores descendentes y los redujeron a cenizas.

Su compañero de ala se eyectó, herido, y esperó el rescate. Nunca había existido un riesgo real, y Merc había ignorado una orden. No había lugar para un piloto así.

El ordenador de la Víbora emitió un pitido. Lista para partir.

—Estoy a punto de entrar en acción —comunicó Merc a Phyla.

—Ya era hora —respondió Phyla—. Despega cuando yo te diga.

La palanca de vuelo se sentía sólida en las manos de Merc, con poca elasticidad. Algunos pilotos querían esa sensación de holgura, empujar la palanca y que se moviera en la dirección a la que intentaban ir. Él prefería una respuesta más rápida. De eso se trataba la Víbora.

Los propulsores de maniobra alzaron la Víbora del suelo del Jumper. Con un giro de muñeca, Merc rotó el caza para que encarara las puertas del hangar. Opal las abriría en cualquier momento, con el escudo magnético activándose para mantener la atmósfera dentro. Esta era la mejor parte. Lo que Merc imaginaba que sentían los antiguos astronautas cuando el cohete se encendía bajo ellos.

Merc aumentó la carga de las baterías, cargando los motores principales para su impulso inicial. Ajustó los cañones a potencia media. Suficiente para perforar escudos mientras le permitía fallar algunos disparos antes de quedarse sin energía.

—Aún no han atacado, así que no te hagas el héroe ahí fuera —dijo Phyla—. Davin está intentando hablar con ellos.

—¿Ah, sí? ¿Qué está consiguiendo el capitán? ¿Una escolta hasta la superficie?

Las vibraciones resonaron por el hangar mientras la puerta exterior se abría. La oscuridad salpicada de estrellas brillaba a través de la abertura cada vez mayor. Júpiter, gigantesco a un lado, como si el universo hubiera parcheado un agujero con un círculo beige. Ninguna otra nave a la vista, ni en el escáner. Sería un lugar solitario para morir.

—Han cortado la comunicación —dijo Phyla—. Ve.

—Lanzamiento —dijo Merc, y el comando de voz activó los motores de la Víbora, que cobraron vida con toda su potencia.

El empuje presionó a Merc contra el asiento. Su pecho se inflamó por un momento, con una ardiente oleada de dolor que se extendió por sus piernas mientras Merc se catapultaba al espacio. Puede que el piloto no estuviera al cien por cien, pero aquí fuera, las partes que importaban estaban lo suficientemente bien. Merc dirigió la Víbora hacia el enemigo.

Hora de cazar.

CAPÍTULO 67

EL PRIMER MOVIMIENTO

nferior en número pero nunca en armamento. Ese era el lema de Davin. Al menos por el momento.

—Pasa por delante de Merc —le dijo Davin a Phyla—. Luego continúa hacia el cazador más alejado.

Phyla aceleró los motores del *Jumper*, impulsando la nave hacia delante mientras Merc salía del hangar. En los sensores, el bloque más grande del *Jumper* impedía que se detectara el caza de Merc. Un segundo de sorpresa. Los cazas reaccionaron al movimiento; el más lejano giró para enfrentarse directamente al *Jumper*, mientras que el otro comenzó un giro para poner los motores del *Jumper* a tiro. La fragata enemiga apenas se movió, siguiendo la nave de Davin mientras se dirigían hacia ella.

—¿Crees que conocen todos nuestros trucos? —preguntó Davin.

—Yo no conozco todos nuestros trucos —respondió Phyla.

—Buen punto —Davin activó el comunicador—. Ocúpate del que nos persigue, Merc. Nosotros limpiaremos el de delante y nos encontraremos en el medio. Estos dos parecen modelos antiguos. Debería ser fácil.

El comunicador emitió un clic afirmativo y el Viper de

Merc giró en un rizo vertical cerrado, elevándose por encima del borde posterior del *Jumper* para apuntar al caza que se preparaba para su disparo trasero. Mientras Merc disparaba su láser, la consola de Davin emitió un pitido para anunciar que el caza que se aproximaba estaba a tiro.

La mano derecha de Davin apretó el gatillo, enviando un torrente de gruesos proyectiles, con un ritmo contundente mientras el cañón principal lanzaba cada línea de fuego, retrocedía y volvía a disparar. Cada uno brillaba al rojo vivo mientras se dirigía hacia la forma cada vez más grande del caza. Que no se movió.

El primer disparo del *Jumper* alcanzó al caza, fundiendo su estructura metálica y provocando que la nave se desintegrara. Davin echó un vistazo a los sensores mientras Phyla daba una palmada de victoria. El panel de sensores mostraba que tenían la retaguardia despejada, con Merc volando libre sin objetivo. Dos cazas menos, solo quedaba la fragata. Phyla orientó el *Jumper* hacia la izquierda mientras Merc giraba por el otro lado.

—Ni siquiera esquivaron —dijo Davin.

—Prefiero un enemigo estúpido siempre —respondió Phyla.

La fragata los seguía, girando para igualar la trayectoria del *Jumper* y exponer su parte trasera al Viper. Todavía no había disparado ni un solo tiro, aunque los grandes cañones de la nave ya estaban a tiro. ¿Qué estaba esperando?

—Merc, abandona la maniobra de pinza. Mantente alejado —dijo Davin por el comunicador.

—Lo tenemos controlado, capitán —respondió la voz de Merc.

—Por una vez, haz lo que te digo. Si están planeando algo, nosotros podremos aguantar un impacto. Tú no.

Phyla giró el *Jumper* hasta que quedó de frente a la fragata. Viéndola directamente, la fragata parecía un ala, con módulos en forma de pluma que se separaban de una columna central.

Significaba que podía ajustarse para adaptarse a cualquier necesidad. Solo había que intercambiar un módulo por otro. En ese momento, apuntando al *Jumper*, la fragata no parecía tener muchas torretas.

—Si están fanfarroneando, es hora de descubrirlo —dijo Davin—. Vamos a asarlos.

Phyla apuntó el cañón a la cabina de la fragata y la mano de Davin se posó sobre el gatillo. Cuando pulsó el botón de disparo, los módulos frontales se abrieron. Enormes puertas se deslizaron a un lado revelando compartimentos. Dentro había cañones largos y masivos que dispararon... algo que Davin no pudo ver.

Pero lo escuchó un momento después cuando sonaron las alarmas del *Jumper*. Brecha en el casco. El cañón principal del *Jumper* disparó uno, dos, tres tiros en rápida sucesión. Todos impactaron en la parte frontal de la fragata; el primero rebotó en la gruesa armadura y salió disparado al espacio. El segundo quemó una profunda cicatriz en la armadura y el tercero la atravesó, liberando una lengua de fuego que se extinguió cuando la fragata cortó el oxígeno a esa parte de sí misma.

—¿Y qué decías de su fanfarronada? —preguntó Phyla.

—Esos cazas. Eran cebo —respondió Davin—. Mox, Opal, ¿podéis localizar dónde está la brecha?

—En la bodega principal —la voz de Erick crepitó—. No vas a creer lo que estoy viendo.

El *Jumper* se elevó por encima del frente de la fragata cuando la nave de Davin chirrió y la cabina se inclinó hacia un lado. El *Jumper* dio vueltas. Davin y Phyla, atados a sus asientos, se apretaron contra sus arneses. Gritos llegaron por el comunicador: las maldiciones de Opal, el grito de pánico de Trina seguido por el crujido de un cuerpo contra el metal y el repentino silencio cuando los motores se apagaron. Las alarmas de brecha en el casco continuaron sonando.

—No puedo poner en marcha los motores —dijo Phyla, mirando las luces rojas parpadeantes en la consola.

—¡¿Trina?! —exclamó Davin por el comunicador.

—Son arpones —respondió Erick—. Estamos atrapados.

—Oye —la voz de Merc—. La fragata no ha terminado. Está lanzando más cazas. Son omnis.

Lo cual era lo último que Davin quería oír.

CAPÍTULO 68

SALVA LOS MOTORES, SALVA LA NAVE

Fournine, apenas despierto, agarró a Viola cuando el Jumper se estremeció hasta detenerse. Aun así, Viola pensó que su cuello se rompería y su cabeza continuaría hacia la pared de la habitación. Sin embargo, las manos de Fournine, con ese agarre de androide, eran demasiado fuertes para soltarla, y un segundo después ella volvió a caer del banco de trabajo.

—¿Viola? —el comunicador vibró con la voz de Davin—. Necesito que vayas a los motores rápido. Trina no responde.

—Voy para allá —respondió Viola, cortando la comunicación—. No es que sepa cómo funcionan los motores, ni nada.

Dejando al androide atado en el banco —Viola no estaba segura de lo que haría todavía—, la chica salió corriendo de la habitación y rebotó por el pasillo pasando las habitaciones de la tripulación y dirigiéndose hacia los motores. Trina estaba desplomada frente al panel de control, con una línea brillante de sangre que iba desde una mancha hasta donde la cabeza de Trina descansaba contra la pared.

—Te necesito aquí atrás, Erick —comunicó Viola—. Trina se ha golpeado la cabeza cuando la nave se detuvo.

Erick respondió afirmativamente. Viola se acercó a Trina,

intentó encontrar el pulso, pero luego se detuvo. No importaría si Trina seguía viva si la nave enemiga los hacía pedazos. Prioridades. Los diagnósticos en el panel de control indicaban, en grandes letras mayúsculas, que los motores se habían apagado para prevenir el sobrecalentamiento. Tenía sentido. Pero el botón de reinicio no funcionaba. Cada vez que Viola lo tocaba, aparecía una pequeña X y parpadeaba un temporizador con una lectura de temperatura.

—Vamos a necesitar unos minutos más —comunicó Viola.

—No los tenemos —respondió Davin—. Anúlalo.

Viola estuvo a punto de decir que no sabía cómo, pero se contuvo. Mira alrededor. Trina no habría permitido que un ordenador asustado le impidiera hacer lo que quería con estos motores. La consola de control en sí no ofrecía pistas. Un par de botones para diagnósticos de motor, derecho e izquierdo. Lecturas de energía disponible. Y el lugar en la pantalla donde debería estar el impulso estaba ocupado por esa advertencia de apagado de emergencia. Viola respiró hondo y dio un paso atrás.

—Están dando la vuelta —comunicó Davin.

—No te preocupes, yo me encargo —la voz de Merc interrumpió—. Viola, prepárate para largarte.

Davin le gritó a Merc, pero Viola los ignoró. *Si yo fuera un interruptor de arranque oculto, ¿dónde estaría?* Los ojos de Viola captaron de nuevo la salpicadura roja. Donde Trina se había golpeado la cabeza. Había algo negro en el centro de la sangre. Un pequeño círculo. Viola tomó un dedo y limpió la sangre, quedándose el rojo brillante pegado a la mano. La palabra MANUAL impresa en letras diminutas se veía a través. Una cerradura, pero ¿dónde estaba la llave?

—¡Te quedan diez! —gritó Merc por el comunicador—. ¡Nueve!

¡Trina debe tenerla! Viola se dejó caer de rodillas mientras Merc continuaba la cuenta atrás. Metió la mano en el bolsillo de Trina, con la cabeza de la mecánica colgando flácida hacia un lado. Intentó no centrarse en buscar el pulso. Cinco segundos. ¡Ahí, en el cinturón! Viola alcanzó el costado de Trina, el pequeño destello de metal colgando allí. Un manojo de llaves, pero solo una con la forma cilíndrica perfecta para el agujero.

—¡Uno! —dijo Merc.

Viola metió la llave en la anulación manual y giró a la derecha. Sin querer, los ojos de Viola se cerraron cuando el *Jumper* se estremeció. Los motores cobraron vida bruscamente, el chirrido atronador de metal tensionado resonó por toda la nave. Viola esperaba que toda la nave se detuviera un momento después, pero no fue así. Lo que fuera que los mantenía en su lugar había desaparecido. El *Jumper* se impulsó hacia adelante, los diagnósticos emitiendo una advertencia amarilla. La temperatura seguía alta, pero los motores funcionaban.

Viola se apoyó contra la pared. Éxito. Y entonces recordó a Trina, tendida allí en el suelo. Cuando Erick dobló la esquina, Viola se dejó caer junto a la mecánica, buscando cualquier señal de que pudiera estar viva.

CAPÍTULO 69
PILOTO TEMERARIO

Contra el muro negro del espacio, los cables que sujetaban el *Whiskey Jumper* eran invisibles. Aunque eso no importaba demasiado, porque Merc no intentaba dispararles. Los cazas, preparándose para sus pasadas de ataque, se tomaban su tiempo. Giros perezosos. Como si les hubieran ordenado dar a Davin tiempo para contemplar lo jodido que estaba. Por supuesto, Merc no iba a permitir que eso sucediera.

Mientras se balanceaba alejándose del *Jumper*, Merc oyó a Viola decir que Trina no estaba muy bien. Viola tenía que poner en marcha los motores, porque solo había una oportunidad. La parte trasera de la fragata, con sus motores formando un trío de portales resplandecientes de color naranja, deslumbró la visión de la cabina de Merc. Su escáner mostraba puntos que se extendían por el costado de la fragata. Los omnis, cazas con forma de disco capaces de maniobrar en cualquier dirección, reaccionaban con lentitud. Sus reactores direccionales eran flexibles, pero no tan rápidos como el gran depósito de potencia propulsora del Viper.

—¡Cuatro! —gritó Merc por el comunicador. El Viper pasó

por encima del borde trasero de la fragata, y entonces Merc tiró con fuerza para virar a la izquierda. El escáner mostraba tres omnis en su vector. Suficientes para acabar con Merc. Si pudieran acertarle.

—¡Tres!

En el punto medio de la fragata, pero alejándose rápidamente de ella. Un par de omnis detrás de él ahora, disparos de prueba. Merc activó los reactores de maniobra al azar, movimientos hacia arriba y abajo para que el Viper se moviera como una línea dentada.

—¡Dos!

El último omni apareció de la nada, descendiendo desde arriba del Viper, con la consola central clasificándolo como amenaza principal. Uno, dos impactos en los escudos disipadores de energía del Viper. Merc apagó los motores principales, accionó el reactor de maniobra en la nariz del Viper. El universo giró. El mando de vuelo vibró y Merc apretó el gatillo.

Los cañones gemelos lanzaron luz supercalentada directamente hacia el omni que se aproximaba. Aunque el ángulo de tiro solo estuvo ahí por una fracción de segundo, las armas mejoradas del Viper atravesaron los escudos del omni y destrozaron la nave.

Dando la vuelta, Merc reactivó los motores y el Viper aumentó la velocidad. Justo delante, el *Jumper* flotaba sobre la fragata, pequeño junto a la nave más grande. Atrapado, por el momento.

—¡Uno!

Los cables eran invisibles para sus ojos, pero el escáner del Viper los marcaba como amenazas, y Merc se dirigió directamente hacia ellos. Justo cuando Merc pasó por debajo del *Jumper*, hubo un chisporroteo de fuego, de luz sobre el Viper. Merc soltó un grito, liberándose de un enorme peso de miedo que no se había dado cuenta que llevaba en el pecho. Los motores del *Jumper* estaban encendidos. Y entonces el Viper se sacudió con violencia, con un chillido cuando algo atravesó el escudo de energía. Pero la tensión se liberó una fracción de segundo después.

Sobre él, el *Jumper* giró. Parcialmente libre.

Merc enderezó el dañado Viper para volver a su rumbo y un segundo después golpeó el otro cable. Los debilitados escudos del Viper no hicieron nada para detenerlo. Merc vio cómo el cable se incrustaba en el metal mientras se deshilachaba, solo visible por la línea que estaba rasgando en la nariz de su caza. El cable avanzó hacia la cabina, los ojos de Merc cerrándose mientras aparecían grietas en el cristal. Un botón en el lateral del asiento de Merc selló su traje de vuelo, desplegando un casco sobre su cabeza. El cristal se hizo añicos y los últimos trozos del cable atravesaron la consola del Viper.

Una forma dura de perder su nave.

Merc pulsó la almohadilla de eyección, disparándose a través de la cabina destrozada. El impulso del Viper seguía cortando el cable, hasta que llegó a los motores y la batería. Merc, flotando libre en el espacio, miró más allá del borde del *Jumper* y observó cómo su caza explotaba en una brillante bola de fuego azul que estuvo allí un segundo y desapareció al siguiente. Junto con el cable. El *Jumper*, con los motores en marcha y repentinamente libre, se disparó hacia adelante alejándose de la fragata.

—Te dije que lo tenía controlado —dijo Merc a nadie. Podría haber intentado usar el comunicador de corto alcance, pero ya no había nadie lo suficientemente cerca para hablar.

Fuera de su casco, los restos del Viper desaparecieron contra los escudos de la fragata. Merc se retorció, trayendo a Júpiter en toda su gloria a su campo de visión. El impulso de la eyección lo estaba enviando directamente hacia el gigante gaseoso. Estaría muerto mucho antes de que su cuerpo cayera en la atmósfera y se desintegrara.

Como forma de morir, no era mala. Merc ya podía sentir la cosquilleante sensación del sueño, esa señal reveladora de que el oxígeno se estaba agotando. Unos minutos más mirando maravillas, y luego apagaría las luces.

CAPÍTULO 70
TOMANDO ALIENTO

El punto que representaba el Viper de Merc desapareció de la consola. El espacio en blanco en la pantalla se asentó en el pecho de Davin. Otro más perdido. Tres de su tripulación, tres de sus amigos desaparecidos desde la traición de Marl.

—Capté una pequeña explosión, justo antes de que el Viper estallara —dijo Phyla—. Puede que se haya eyectado.

—Si volvemos, destruirán la nave —dijo Davin—. No podemos permitir que Merc muera para nada.

Phyla no contestó, solo se quedó mirando por la ventana. El *Whiskey Jumper*, con los motores volviendo a condiciones óptimas de funcionamiento, se alejó a toda velocidad de la fragata y se deslizó hacia la órbita exterior de Júpiter. Europa no estaba lejos. Un punto fuera de la cabina. Podrían dirigir el *Jumper* hacia allí ahora. Adelantarse a la fragata.

—Nos matarían si lo intentáramos ahora —dijo Phyla, leyendo los pensamientos de Davin—. No creo que estemos listos para otra pelea.

—Erick, ¿cuál es el estado de Trina? —comunicó Davin, recordando por el comentario de Phyla.

—Su pulso es estable. Esta es su segunda conmoción cerebral en menos de una semana. Necesitará mucho descanso —respondió Erick—. Sea lo que sea que quieras hacer, capitán, yo dejaría a Trina fuera de esto.

Davin se recostó en la silla y miró a través del cristal. Se suponía que ser capitán mercenario era una aventura. Recorrer la galaxia, ver nuevos lugares, conocer gente nueva y experimentar el lado picante de la vida. No ver cómo sus amigos se desmoronaban.

—¿Capitán? —comunicó Viola—. Los motores parecen estar bien, pero no me gustan algunas de las lecturas. Las temperaturas están subiendo de forma aleatoria y hemos perdido eficiencia. Estamos quemando más de lo que la energía solar puede cargar.

—¿Cuánto tiempo? —respondió Davin.

—No el suficiente para llegar a la mayoría de los sitios.

Júpiter tenía muchas lunas. Algunas tenían estaciones. Puntos de reabastecimiento para naves que se dirigían a los confines del sistema solar o que regresaban con cargamentos de minerales raros, gases o simplemente experimentos. Incluso en su estado renqueante, el *Whiskey Jumper* debería ser capaz de llegar a una. La pregunta era si los androides de Bosser estarían esperando.

—Si quieres, tengo una idea —dijo Viola.

—Te escucho.

—Mis padres son propietarios de Galaxy Forge, en Ganímedes. Es una fábrica, con mucho espacio para nosotros. Piezas para reparar. Podríamos escondernos allí.

—¿No tiene tu padre una recompensa por tu cabeza? —preguntó Davin—. ¿Y está bien con dar cobijo a sospechosos de asesinato?

—Quiere que vuelva a casa, sea como sea.

—¿Estás segura de que quieres hacer eso?

—Quiero hacer cualquier cosa menos eso. Solo que no creo que tengamos elección.

—Me gusta —dijo Davin—. Vamos a llevarte a casa.

Phyla asintió y marcó el destino. Una tenue línea azul apareció en el cristal, trazando una curva y perdiéndose en la distancia. La ruta que seguirían hasta Ganímedes. Interceptar la luna cuando apareciera en su órbita. Davin observó la línea durante un segundo, sintió cómo el *Jumper* giraba, y luego se puso en pie.

—Será mejor que vea si Opal está bien —dijo Davin—. ¿Te las apañas aquí delante?

—Ve a ser el capitán, capitán —respondió Phyla.

Ese título ya no sonaba tan bien como antes.

CAPÍTULO 71
REGRESO A CASA

La rampa del *Jumper* se deslizó hacia abajo y Viola luchó por mantener un rostro impasible. No sabía si sentirse feliz o triste, entusiasmada ante la idea de volver a casa o asustada por lo que dirían sus padres. Aunque, por otra parte, había estado a punto de morir al menos dos veces desde que se marchó, y al menos su padre no la mataría, ¿verdad?

—Deberías ir primero —dijo Davin, de pie junto a Viola en lo alto de la rampa—. Supongo que tendrán más ganas de verte a ti que a un montón de mercenarios sucios.

Viola captó la indirecta y caminó hacia el hangar. Era parte de la planta de procesamiento de metales preciosos que la empresa de su padre extraía de Ganímedes, y era enorme. El *Jumper* parecía diminuto en comparación con las naves de un kilómetro de longitud que podían atracar allí. También estaba vacío excepto por sus padres, que la miraban fijamente desde el sucio suelo de pizarra.

Ver sus rostros, la interminable preocupación y curiosidad de su madre, la ceja arqueada y los brazos cruzados de su padre, inundó la cabeza de Viola con recuerdos. Como una bóveda de felicidad que acababa de abrirse. Por qué había huido de estos dos hacia el espectáculo salvaje y terrible del espacio era una pregunta sin buena respuesta.

Intercambiaron abrazos, besos en las mejillas. El padre de Viola estrechó la mano de Davin y agradeció al capitán por traer de vuelta a su hija. Hubo promesas de comida, instalaciones médicas y suministros. Davin ni se molestó en protestar, pero dijo que Viola había hecho mucho más que su parte, lo que provocó que un rubor apareciera de la nada en sus mejillas.

El resto de la tripulación se dispersó hacia la serie de habitaciones reservadas en los alojamientos normalmente utilizados para pilotos y empresarios visitantes. Excepto Fournine, que seguía en la nave —Viola había apagado su energía para mantener inerte al androide hasta que alguien decidiera qué hacer con él.

Viola siguió a sus padres fuera del hangar y hacia el corto tranvía que los llevaría de vuelta a la residencia. Los vagones eran lo suficientemente grandes para diez personas, construidos como autobuses, y se desplazaban a lo largo de raíles magnéticos hacia varios destinos. Las piezas y el pavimento necesarios para vehículos personales eran demasiado caros en Ganímedes, así que Galaxy Forge construyó casas en módulos. Un centro conectado a seis o siete lugares que salían disparados en varios ángulos, protegidos de la radiación mediante energía eléctrica, como los de las naves espaciales. El viaje duró menos de diez minutos, pero lo pasaron entero bajo el resplandor del monstruoso cuerpo de Júpiter.

Tan pronto como atravesaron la puerta principal, la madre de Viola anunció que quedaba una hora hasta la cena. Viola se dirigió hacia su habitación, pero su padre la cogió del codo y la dirigió hacia un pequeño estudio.

—¿Tiempo para una charla rápida? —preguntó su padre.

Esa frase. Una que su padre usaba cada vez que Viola iba a

recibir una reprimenda. Inocente a primera vista, solo una ocurrencia, un intento de conseguir unos minutos con su hija para explicarle alguna lección de vida. Esa frase alejó la calidez, trajo consigo el motivo por el que Viola había huido. La mirada expectante en los ojos de su padre. Era hora de volver a la disciplina. Revertir el error en el plan, volver a los negocios.

—¿Sabes qué? Sí. Hablemos —dijo Viola.

El estudio de su padre era un ejercicio en antigüedades. Estanterías de roca-madera, piedra pintada y pulida para parecerse a un nogal oscuro, cubrían la habitación. La madera auténtica era demasiado cara para molestarse en traerla desde la Tierra. Baratijas cubrían esas estanterías, productos y modelos de diseño fabricados en Galaxy Forge. Una historia desde pequeños exploradores individuales hasta enormes cargueros militares contenida en las figuras. Al fondo, el escritorio donde trabajaba su padre cuando estaba en casa. Una ventana que miraba a través de la burbuja hacia la vasta superficie gris helada de Ganímedes.

El padre de Viola se sentó en una de las dos sillas de la habitación, cruzando una pierna sobre la otra mientras entrelazaba sus manos. Viola lo observó tomar una respiración profunda y atacó primero.

—Pusiste una recompensa por la cabeza de tu hija —dijo Viola, manteniéndose de pie—. Casi me secuestraron, dos veces, por tu culpa.

La boca de su padre se abrió de par en par.

—En Europa, había dos hombres, con armadura, que me tiraron al suelo. Iban a llevarme a su nave, quizá atarme, y llevarme a casa —continuó Viola—. En Miner Prime, me salvé porque un androide decidió matar al hombre que me estaba llevando. ¿Lo entiendes? Un hombre murió por tu estúpida recompensa.

—Viola, yo...

—No. Aún no te toca hablar —dijo ella—. Hay un universo ahí fuera que ni siquiera conoces, lleno de gente luchando y esforzándose y muriendo por ganar unas monedas. ¿Tu recompensa? Eso fue comodidad para ti. Para no tener que buscarme tú mismo. Pero para la gente que intentaba llevarme, para Cadge, esas monedas lo significaban todo.

—Nunca dijiste por qué huiste —respondió su padre, lanzando las palabras como defensa.

—¡Quería algo más emocionante que estar sentada en esta burbuja todo el día! Quería más que el futuro que habías planeado para mí.

—¿Y lo encontraste?

Viola asintió. Sintió que la conversación daba un giro. El arrebato no había abrumado a su padre, y ahora que había recuperado la compostura...

—Lo siento —dijo su padre—. No debería haber publicado la recompensa, pero no sabía adónde habías ido. No sabía cómo encontrarte. Fue una reacción. Ahora, sin embargo, estás en casa.

A través del intercomunicador de la casa, la madre de Viola llamó. La cena, preparada por los robots de la casa, estaba lista.

—¿Le contaste sobre ello? ¿La recompensa?

—Eso ya no importa —dijo su padre—. Se acabó. Lo que importa es adónde vas a ir ahora. Queremos que te quedes aquí.

—Es demasiado aburrido.

—Lo sé, así que estoy gestionando que tomes un trabajo en Galaxy Forge. Tendrás que ganártelo, y será duro, pero nadie te disparará.

Al ver la expresión de Viola, añadió:—Dale una oportunidad. Si echas de menos la emoción, seguirá ahí esperándote.

Salieron del estudio, deambularon hacia lo que sería la mejor comida de Viola en meses. Comida de verdad, no paquetes de pasta. Una mesa de verdad, en lugar de la cocina mugrienta del Jumper. Comodidades que Viola ni siquiera se había dado cuenta de que echaba de menos hasta que las tuvo de nuevo frente a ella. Ya podía sentir cómo el hogar se imponía, rompiendo su determinación. Ganímedes había sido una parada temporal, pero ahora estaba formando un lugar más permanente.

CAPÍTULO 72

DECISIONES

Cuánto tiempo tardará en estar lista? —preguntó Viola a Davin mientras él daba un sorbo a la humeante taza de café.

La cafetería, una de las tres únicas en toda la fábrica de diez mil trabajadores, estaba diseñada como los engranajes que impulsaban las máquinas extractoras de mineral que fabricaban. Viola observó a Phyla, que se acercaba a una consola en el centro de la cafetería. Cada una mostraba una variedad de opciones en una pantalla de colores, y luego pedía un pase para deducir el pago. Entre bastidores, los robots preparaban las bebidas, y los ingredientes eran repuestos por un personal de apoyo casi invisible.

Las mesas, como la pequeña en la que Viola y Davin estaban sentados, rodeaban el centro y, con un toque en la superficie, mostraban titulares desplazándose. El techo de cristal sobre ellos dejaba ver la mañana gris en Ganímedes, producto de la escasa luz solar y los gases artificiales destinados a densificar la atmósfera. A veces la vista no era estupenda, pero la espesa niebla bloqueaba la radiación, y Viola prefería no tener un tumor, muchas gracias.

—Solo dos días. Reparar un pequeño desgarrón en el casco no lleva demasiado tiempo.

—Podéis quedaros más tiempo, ya lo sabes.

Davin miró a Viola por un momento y asintió, un gesto de agradecimiento por lo que su padre les estaba dando y aún estaba dispuesto a darles.

—No, no podemos —dijo Davin—. Mataron a Merc. Todavía nos están cazando, y los androides nos seguirán aquí eventualmente. Nuestras opciones son contraatacar o huir hacia los confines.

Huir hacia los confines. Davin escuchó las palabras y les dio vueltas en su mente. No sería muy diferente de Vagrant's Hollow. Sobrevivir con cualquier trabajo que pudieran encontrar, mantenerse en movimiento y escoltar transportes por los anillos de Saturno hasta Urano.

—¿Estará Trina lista? —preguntó Viola.

—Lo suficiente para volar.

—¿Lo suficiente para luchar?

Davin dio otro largo sorbo a la taza de café. Viola sabía que el capitán no era muy mayor, pero los ojos de Davin cambiaron mientras consideraba las palabras de Viola. Como si Davin envejeciera justo delante de ella, el capitán cerró los ojos un momento y dejó la taza, soltando un largo suspiro al hacerlo.

—Lo suficiente para marcharnos —dijo Davin—. Si lucharemos o no, no lo sé.

—¿Te estás rindiendo?

Davin no contestó, pero se quedó mirando el café como si no fuera Viola quien hubiera preguntado. Como si fuera él mismo.

CAPÍTULO 73
LO QUE PODRÍA SER

Ganimedes era aburrido. La rutina diaria se infiltraba en la vida de Viola como un virus, devorando su alma a través de desayunos estándar, informativos, las mismas conversaciones con su madre y su padre sobre reintegrarse. Sobre prepararse para empezar en Galaxy Forge. Nadie le había disparado en días. Era horrible.

—Veo que trabajas duro —comentó Puk mientras Viola miraba a la nada, sentada en la habitación junto a su cama, donde había hecho que Puk disparara a Roddy hace siglos.

—No puedo concentrarme —dijo Viola.

—Antes te encantaba estar en esta habitación.

—Creo que era porque no sabía lo que había fuera de ella.

—¿Una atmósfera dura y fina que te mataría en segundos?

—No lo decía en sentido literal.

—Lo siento, has subido demasiado mi configuración de sarcasmo para mantener esta conversación.

Viola sonrió. El pequeño robot tenía una manera de leer sus estados de ánimo. Un efecto no intencionado del algoritmo de aprendizaje que había conectado a Puk años atrás. Viola pensaba que había algo erróneo en el código, algo que estaba volviendo loco a Puk. Una errata en la variable que mediaba la personalidad del robot.

—Nunca cambies, Puk.

—Eso es literalmente imposible, Viola.

—Supongo que tienes razón. Aunque es un poco cruel pedirle a alguien que nunca cambie, ¿no?

—Mi base de datos de películas románticas populares dice que la mayoría lo encuentra entrañable.

—¿Ah, sí? ¿Qué más te dice esa base de datos?

—Que te falta el amor de tu vida.

—Gracias.

—Y que nunca lo vas a encontrar aquí.

—¿Qué? —Viola giró en su silla y miró fijamente al pequeño robot—. Quiero decir, obviamente no voy a encontrar a alguien en esta habitación.

—No hablo de alguien, Viola. Hay un hilo común entre las películas, ¿no? Es donde la persona tiene que buscar en su interior, vivir una aventura, antes de tener la oportunidad de encontrar lo que realmente ama.

—Ahora te estás poniendo filosófico.

—No es mi punto fuerte. Pero puedo decir que, basándome en mis observaciones de tu estado de ánimo durante las últimas semanas, cuando estábamos con los mercenarios fue el momento más feliz de tu vida desde que eras niña.

Como si Viola no lo supiera. Como si no entendiera que cada segundo a bordo de esa nave, recorriendo los ascensores de Miner Prime, o buscando la forma de arrancar los motores antes de que la fragata los hiciera pedazos la hacía sentirse más viva que las horas dedicadas a ejercicios mentales. No es que a Viola no le gustara analizar datos, pero tenía un hormigueo por poner en práctica toda esa inmersión en datos. Por ver a Fournine abrir sus ojos y funcionar como ella quería.

—Mi padre no estará contento contigo.

—Por suerte, eso no me importa.

CAPÍTULO 74
DUDA

Los cinco se sentaron alrededor de la mesa en el vestíbulo del *Moonshot*, el hotel que el padre de Viola había dejado usar a Davin y al resto mientras continuaban las reparaciones. Davin observó sus rostros: Erick recostado, con los brazos cruzados y expresión de curiosidad; Mox mirando la mesa como si contuviera los grandes secretos de la vida; Opal devolviéndole la mirada a Davin, con los ojos enrojecidos y dilatados. Phyla era la única que parecía estar comprometida, y hasta ella sujetaba el vaso de agua frente a ella como si pudiera escaparse en cualquier momento.

—Mañana, los médicos creen que Trina estará lista. El *Jumper* está casi preparado para volar —comenzó Davin—. Quería preguntaros adónde creéis que deberíamos ir.

Hizo una pausa. No hubo arranques, ni llamadas inmediatas para un ataque de venganza contra Europa. Davin casi deseaba que alguno hablara. Que gritaran que no podían dejar que Marl se saliera con la suya. Que Mox volcara la mesa, sacara a Trina del hospital y desatara muerte láser sobre Eden Prime. Al menos hasta que los derribaran. Los labios de Opal se abrieron, pero lo que fuera que iba a decir no salió.

—Quiero limpiarnos —dijo Davin—. Quiero que nos

abramos paso a tiros, decirle a Marl que retire los cargos. Que confiese que organizó el ataque a esos inspectores. Quiero que los androides nos dejen en paz. Y durante todo el tiempo que hemos estado aquí, he estado dándole vueltas a ideas. Pensando en formas de ganar. Pero no encuentro ninguna que no acabe con todos nosotros muertos.

—Hablas como si algunos de nosotros ya estuvieran muertos —dijo Opal.

—Merc...

—No sabemos si se ha ido —dijo Opal, su voz salpicada de un calor sombrío—. Y Cadge se lo buscó. Lo siento también por Lina, pero ella no era realmente una de nosotros.

—Eh —advirtió Phyla.

—Está bien —dijo Davin—. Tienes razón. No lo sabemos con certeza. Pero no ha habido contacto. Vimos cómo se desintegraba su nave. Incluso si se eyectó, no sé por qué lo habrían salvado.

—No creo que eso esté ayudando —dijo Phyla, mientras la mirada de Opal se volvía más sombría.

—Intento decir que volver a Europa es un suicidio. Podemos volar más lejos desde aquí. Conozco a algunas personas que transportan mineral y gas desde Urano. Nos conseguirían contratos. Los androides no nos encontrarían.

—Huir —dijo Mox.

—Eso parece —murmuró Erick.

—Mirad. No quiero ver morir a ninguno más de vosotros, ni a mí. No quiero seguir mirando por encima del hombro preguntándome si la próxima persona que veo es realmente un robot homicida que quiere diseccionarme. Esa no es la vida que quiero llevar —dijo Davin—. Si nos vamos lejos, nada de eso ocurrirá.

—¿Y si no queremos? —preguntó Opal.

—Es mi nave, va donde yo voy —dijo Davin—. No tenéis que decidir ahora. Nos iremos mañana, así que pensadlo. Estoy seguro de que podéis encontrar transporte fuera de aquí si no queréis venir. Pero todos sois más que bienvenidos a acompañarme.

Davin se apartó de la mesa y caminó por el pasillo, subiendo las escaleras hasta su habitación. Nadie le siguió, nadie hizo comentarios que pudiera oír mientras se alejaba. Davin sintió una sensación de malestar creciente en su estómago. ¿Era esto lo que sentían los cobardes? Por la cabeza de Davin pasaban corrientes de racionalizaciones, todas válidas y sin sentido.

La habitación era austera. La pantalla de la pared se encendió cuando Davin entró, configurada con sus preferencias automáticas. Apareció una película de artes marciales, que dio paso a un anuncio. Davin se quedó allí, observando cómo una toma panorámica mostraba las líneas cambiantes de Europa, el crecimiento verdoso de musgo en un lado y el hielo azul en el otro. Una voz acompañó el recorrido de la cámara por el paisaje, hablando de las oportunidades de negocio, las posibilidades vacacionales, los hermosos paisajes pronto disponibles. Todo procedente de Eden Prime.

Un golpe en la puerta arrancó a Davin de sus pensamientos. Phyla estaba en el pasillo, con una mirada que desgarraba el alma de Davin. Su contraexpresión, un encogimiento de hombros con la boca abierta, provocó que Phyla se abriera paso junto a Davin y entrara en su habitación. La puerta se cerró tras ella, como el pestillo de una trampa.

—¿Qué? —dijo Davin, sintiéndose débil aunque no sabía por qué.

—Sabes qué. Sabes exactamente por qué estoy aquí. Por eso estás ahí cerca de la puerta como un crío que quiere salir corriendo —dijo Phyla.

Davin avanzó poco a poco hasta llegar al espacio habitable de la habitación. Se apoyó contra la pared, cruzó los brazos sobre el pecho e intentó adoptar una apariencia que no denotara miedo.

—¿Mejor así?

—Ahora pareces un adolescente arrogante que no quiere admitir que está siendo estúpido. Lo que, supongo, es bastante acertado para ti.

—Lanzando dardos esta noche, ¿eh?

—Llevando la antorcha por las personas a las que llamas tus amigos. Tu tripulación. Los que has abandonado.

—¿No les he ofrecido transporte? ¿Una oportunidad para seguir adelante?

—¿Quién eres tú para hacerles elegir? ¿Para decirles que si son listos olvidarán a Merc, olvidarán a Lina y simplemente huirán al borde de la existencia como si todo esto nunca hubiera ocurrido?

—No lo disfruté —dijo Davin, apartándose de la pared y sentándose en la cama—. No era un discurso que quisiera dar. Pero nos superan en armamento, Phyla. Ni siquiera podríamos meter el Jumper en la atmósfera de Europa antes de que esos cazas nos hicieran pedazos.

—Quizás no, pero ¿no le debemos a Merc intentarlo?

—Si tienes alguna idea, ahora es el momento. De lo contrario no, no creo que le debamos nuestras vidas a Merc —Davin suspiró—. Lo siento, eso sonó más duro de lo que pretendía. Mañana. Si podemos elaborar un plan mañana, una forma de llegar a esa luna, encontrar a Marl y detener esto, entonces no me llevaré la nave.

—Entonces ven conmigo.

—¿Adónde?

—De vuelta allí. Con la tripulación. Si vamos a resolver esto, tiene que ser juntos.

Davin se levantó de la cama y se pasó la mano por el pelo.

—Tú y Lina, siempre cambiándome de opinión después de que ya me haya decidido.

CAPÍTULO 75
DE VUELTA A EUROPA

Viola cruzó las puertas principales del hotel y, al divisar a la tripulación, se acercó en su dirección. Estaba más cerca del amanecer que del anochecer, y el vestíbulo permanecía vacío excepto por su equipo. Había necesitado la ayuda de Puk, que revoloteaba por las esquinas para asegurarse de que sus padres no la estaban vigilando, para salir de casa. Viola había sobrevivido a un secuestro, luchado contra mercenarios en otro mundo, pero había tenido que escaparse de su propia casa como una adolescente.

Los Wild Nines parecían miserables. Como si hubieran comido limones. Caras arrugadas, cabizbajos, tensos.

—Hola —dijo Viola cuando la miraron.

—Mal momento —murmuró Mox.

—Estamos intentando encontrar una forma de volver a Europa —dijo Erick—. ¿Tienes alguna idea?

—Ella no debería involucrarse —dijo Phyla—. Sus padres ya nos están dando suficiente.

—Por eso he venido —Viola se acercó más y se apoyó en la mesa—. No quiero quedarme. Quiero ir con vosotros.

—Esto no es solo un viaje de placer, Viola —dijo Opal—. La gente sale herida.

—¿Crees que no lo sé? —respondió Viola—. Yo estaba, literalmente, justo allí cuando Merc...

—Lo sabe —interrumpió Mox—. Aún eres inocente.

—Eso es lo que tú crees —replicó Viola.

—Intentan disuadirte porque saben que volver a esa luna es un suicidio —refunfuñó Davin—. ¿Para qué añadir un cuerpo más a la mezcla?

—Davin —dijo Phyla.

—En realidad, estaba pensando en eso —dijo Viola—. Eden Prime sigue teniendo mucho tráfico, ¿verdad? ¿Un flujo constante de naves que van y vienen?

Nadie respondió. La miraron fijamente. La ceja de Davin se elevó un centímetro.

—Ellos saben cómo es el *Whiskey Jumper*. Tal vez incluso lo estén rastreando de alguna manera —continuó Viola—. ¿Y si usáramos otra cosa?

—¿Otra nave? —dijo Phyla—. No tenemos ninguna.

—Vosotros no. Galaxy Forge, sin embargo, tiene muchas.

—¿Y van a darnos una nave sin más?

—¿O vamos a coger una? —preguntó Davin.

—Bingo —dijo Viola—. Puk puede conseguirnos los códigos de acceso. Luego solo tenemos que ir a los muelles de carga y coger el vehículo que queramos.

—Me encanta robar a la gente que es amable con nosotros —Davin negó con la cabeza—. Viola, ya tenemos suficientes enemigos. No necesitamos crear más.

—Dejaréis el *Jumper* como garantía. Estoy segura de que vale tanto como uno de esos cargueros.

—Más —dijo Davin.

—Es lista —añadió Mox.

—Tendremos cobertura, por una vez —reflexionó Erick—. Podríamos incluso llegar hasta la superficie sin que nos disparen.

—Estoy seguro de que nos llenaremos de láseres de todas formas —dijo Davin—. Pero creo que podría funcionar. Una vez en tierra, tendremos la oportunidad de llegar hasta Marl.

—Y encontrar a Merc —dijo Opal.

Davin miró al grupo, sus rostros decididos. Era hora de decidir.

—Así que tenemos una elección. Huir o luchar —dijo Davin—. Deberíamos votar. Sé que soy el capitán, pero para esto, cada uno debe decidir por sí mismo.

Todos asintieron.

—Entonces, ¿quién está a favor de volver a Europa?

Las manos de Phyla y Opal se levantaron de inmediato. La de Viola un momento después. Las de Mox y Erick un segundo más tarde. Davin miró a través de la mesa.

—Está bien, cabrones. Cuando os disparen, no quiero oír ninguna queja.

CAPÍTULO 76
SECUESTRADORES

Estás lista? —preguntó Viola a Fournine, que estaba sentado en el banco, parpadeando.

El plan para coger una de las naves de la compañía era sencillo: el personal la reconocería a ella, y probablemente también al resto de los Nines, lo que significaba recurrir a la única persona cuya existencia Galaxy Forge desconocía.

Fournine estiró los brazos y movió cada dedo, probando el movimiento. Hizo lo mismo con los pies, luego flexionó cada articulación. Viola sabía, tras examinar el código de Fournine, que esto era parte de la secuencia de arranque. En un par de segundos, empezaría la verdadera diversión.

—¿Quién soy? —preguntó Fournine, con voz monótona.

—Eres un androide —respondió Viola.

—Eso está claro —dijo Fournine, girando la cabeza para mirar a Viola.

El revestimiento de plaspiel parecía antinatural bajo la luz brillante. Fournine podía ajustar el tono a voluntad y ahora mismo la plaspiel estaba de un blanco espectral. Ausente de color. El pelo era gris, su estado neutral. Fournine parecía una persona cubierta de harina. A pesar de su apariencia, la mandíbula de Fournine funcionaba mientras hablaba. Sus ojos se movían por la habitación, observando objetos aunque las cámaras del robot ya habrían escaneado el lugar. El aire caliente salía de su boca, impulsado por pequeños chorros, simulando la respiración. Viola se estremeció.

—Tengo una nueva personalidad para ti —dijo Viola—. Si estás listo.

Cuando Viola creó a Puk, le llevó tiempo conseguir una personalidad que encajara con el robot. Entre las disponibles para descargar, Viola había ajustado y probado, haciendo girar al robot flotante a través de versiones como un noble príncipe, un adolescente oscuro y taciturno, un niño inocente, y más. Durante un tiempo, el ser de Puk cambiaba para reflejar el estado de ánimo de Viola. Solo que una cosa era experimentar con un robot pequeño e inofensivo y otra ajustar uno que podría partirla por la mitad sin esfuerzo.

—Estoy listo —dijo Fournine.

Nuevamente Viola presionó sus dedos contra las sienes de Fournine. La unidad de procesamiento se elevó desde su cabeza, con ranuras disponibles para el chip de personalidad, la unidad que contenía el conocimiento de combate, y la pieza que Viola y Trina habían quitado y destruido. El transmisor que conectaba a Fournine con el centro de mando de androides en la Tierra que le enviaba órdenes prioritarias, que podría y ordenaría a Fournine autodestruirse después de no comunicarse.

Viola deslizó el chip de personalidad en la ranura y empujó. Con un clic, el chip quedó fijado en su lugar y, con otra presión en las sienes, la unidad de procesamiento se deslizó de vuelta dentro de la cabeza de Fournine.

—¿Quieres que sea así? ¿En serio? Porque creo que te vas a arrepentir —dijo Fournine en cuanto su cráneo se selló—. Quiero decir, hay locura, y luego está lo que tienes aquí.

—Adonde vamos, necesitaremos un poco de locura.

—Poco, dice. Como llamar fuego artificial a una supernova. ¡Pero eh! No estoy aquí para juzgar. Solo para hacer. Hacerlo todo.

Viola dejó a Puk con esta personalidad durante dos días hace años. Luego, incapaz de soportar las anécdotas divagantes sobre nada y las innumerables amenazas de muerte a las que esta matriz de personalidad era propensa, la había retirado. Fournine, sin embargo, parecía necesitar algo picante.

—Me alegra que estés entusiasmado. Esto es lo que necesitamos que hagas.

CAPÍTULO 77
ANDROIDE DESATADO

Fournine sabía por su reloj interno que en Ganímedes era demasiado tarde. La fábrica y sus bahías anexas no lo reconocían así, y seguían procesando minerales durante el tercer turno. Aun así, al atravesar los pasillos y las estaciones vacías, quedaba claro por qué las misiones nocturnas eran más sencillas. Nadie prestaba atención a las áreas auxiliares.

De vez en cuando, mientras avanzaba por la fábrica, Fournine tenía que detenerse y pasar una tarjeta por un escáner. Cada vez, tras un segundo, el escáner parpadeaba en verde y la puerta se abría. Fournine suponía que los escaneos quedaban registrados en algún sitio, que alguien haría preguntas más tarde sobre por qué estas puertas se habían abierto a horas tan intempestivas. Pero nadie apareció para cuestionar al androide. Lo cual tenía sentido, ya que la ruta elegida hacia las bahías era tan apartada como resultaba posible.

Fournine llevaba un uniforme prestado de los pozos de fabricación, una vestimenta que cubría todo su cuerpo salvo la cabeza con una tela gruesa de color azul turbio. Si estallaba una pelea, la primera tarea sería quitarse el uniforme para recuperar movilidad. Mientras tanto, Fournine avanzaba pesadamente por los pasillos, con la piel teñida de un tono más oscuro realista, intentando imitar el andar encorvado y fatigoso de los demás trabajadores.

La primera estación con personal era el último control antes de las bahías. Un solitario miembro de seguridad de la fábrica, con aspecto aburrido y polvoriento. El guardia estaba sentado en una cabina junto a la verja cerrada y no dijo nada hasta que Fournine intentó pasar la tarjeta.

—Eh, hola —dijo el guardia, animándose—. Es fuera de horario, así que tendré que verificarte personalmente.

—¡Por supuesto, mi amigo del tercer turno! —anunció Fournine, acercándose a la cabina y presentando la tarjeta.

El guardia la cogió y la miró con el ceño fruncido.

—Oye —dijo Fournine—. ¿Por qué pareces como si acabaras de asomar la cabeza por un pozo de mina?

El guardia parpadeó un segundo y luego examinó sus mangas manchadas de tierra.

—La seguridad aquí funciona por rotación. Trabajas un tiempo abajo en las trincheras, y luego te dan una semana aquí arriba —dijo el guardia, entornando los ojos hacia Fournine—. Aunque eso ya deberías saberlo. Tu tarjeta te da acceso de máximo nivel.

—Consultor —respondió Fournine—. Solo estoy redactando un informe sobre las partes interesantes.

El guardia gruñó, luego pasó la tarjeta por otro lector en la cabina. La verja se abrió con un sonido y el guardia le devolvió la tarjeta.

—¿Por qué vienes tan tarde, si solo estás escribiendo un informe?

—Eres un tipo suspicaz, ¿verdad? —respondió Fournine—. ¿Acaso te digo yo cómo hacer tu trabajo?

El guardia se lo tomó como pudo, se encogió de hombros y le hizo un gesto a Fournine para que siguiera. Los milagros que puede lograr la confianza. Aunque quizás Fournine tenía ventaja en que su programación impedía el miedo. Cualquier persona normal a punto de ser pillada podría sudar, temblar o tropezar con sus respuestas. A Fournine le daba igual. Si le cogían, desmontaría a cualquiera que se interpusiera en su camino.

Hablando de eso, el largo pasillo que se extendía detrás de las bahías ahora se abría ante Fournine. Solo las más alejadas estaban en uso esta noche, sus luces brillantes filtrándose por la parte superior del pasillo e indicando dónde no debía ir. No fue difícil navegar por algunas bahías y encontrar una nave vacía, apagada y lo suficientemente grande para diez personas. Fournine entró en la bahía y se dirigió hacia la nave. La rampa estaba levantada y la puerta de la nave cerrada.

—¡Aquí tenemos nuestro primer problema! —comunicó Fournine—. He encontrado nuestro transporte, pero no está abierto. ¿Arranco la puerta?

—Necesitamos que esté sellada o moriremos allá arriba —respondió Viola a través del comunicador.

—Vosotras las criaturas vivas y vuestras necesidades —dijo Fournine.

—Qué fastidio, lo sé. ¿Cuál es el modelo?

—Es un Cask Seven Star.

—¿No es un poco grande?

—Lo siento, seguiré deambulando ilegalmente por la bahía hasta que encontremos el tamaño perfecto —dijo Fournine.

Oyó a Viola suspirar por el comunicador.

—¿Y esta es nuestra? —preguntó Viola.

—Tiene el nombre de tu empresa por todas partes.

—Entonces el código de reinicio es veintisiete, veinticuatro.

Fournine tecleó los números y la rampa silbó, se abrió y bajó. Ah, los beneficios de la infraestructura masiva y la consistencia que requieren tales operaciones. Fournine subió por la rampa, casi había entrado en la nave, cuando unas luces brillantes se encendieron detrás.

—¡Eh! ¿Qué estás haciendo ahí? —gritó el mismo guardia de la cabina.

—¿No te lo había dicho? —gritó Fournine en respuesta—. Necesito ver cómo se está utilizando esta. Tenerla aquí en la bahía sin hacer nada no le da beneficios a nadie, ¿sabes?

—¡He comprobado con operaciones y nadie sabe nada de ningún consultor que venga esta noche! Sal aquí para que podamos aclarar esto.

Fournine calculó las probabilidades. Podría volver corriendo, dejar inconsciente al guardia y luego subir a bordo del navío en menos de treinta segundos. Sin embargo, si el guardia pedía refuerzos, podrían sellar la bahía más rápido de lo que la nave podría despegar. Fingir ignorancia ofrecía un mejor resultado.

—No quiero estar aquí más tiempo del necesario —respondió Fournine—. O espera ahí abajo un minuto o sube tú. La inspección no llevará mucho tiempo.

Mientras el guardia vacilaba, Fournine entró en la nave y se dirigió a la cabina de mando. A diferencia del *Jumper*, la cabina de la nave de carga estaba en la popa. Esto permitía que la mayoría de la carga se deslizara hacia adelante donde los trabajadores y robots podían descargarla fácilmente. Cuando Fournine entró en el espacioso recinto, con asientos para cuatro, se encendió una suave iluminación. Un toque en la consola inició la comprobación previa al vuelo, con luces verdes apareciendo por todo el tablero. La nave no estaba averiada, entonces.

—Tengo un problema con un guardia —comunicó Fournine—. Le he retrasado un minuto, pero la curiosidad ganará antes de mucho tiempo.

—Se supone que no debes herir a nadie —respondió Viola.

—Prometo no hacerle mucho daño.

Un ruido metálico resonó por la nave hacia la cabina. Era

el guardia subiendo por la rampa. Una decisión desafortunada. Fournine pulsó el botón para el calentamiento de motores y, mientras el suave rumor de energía en movimiento llenaba el navío, el androide volvió para recibir al guardia.

—¿Por qué estás preparando la nave para despegar? —preguntó el guardia al coronar la rampa y encontrar a Fournine de pie allí.

—Es parte de la rutina. La calidad de la nave es una parte importante del informe. No se puede medir la eficiencia de carga con precisión si no sabes lo preparadas que están las naves para el vuelo.

—Mi supervisor viene de camino, ¿sabes? Así que si me estás mintiendo, ahora es el momento de largarte —dijo el guardia, llevando la mano a un arma enfundada.

Fournine siguió el brazo del guardia, manteniendo las suyas propias en alto.

—Las amenazas son innecesarias —dijo Fournine—. Además, si alguien va a lanzar amenazas, seré yo.

—¿Qué? —dijo el guardia mientras Fournine se adelantaba.

El guardia intentó sacar su arma, pero la mano derecha levantada de Fournine se movió rápidamente, inmovilizando el brazo del guardia contra su costado. Con la mano izquierda, Fournine presionó con fuerza la garganta del guardia. Lo malo de los humanos es que sin oxígeno se derrumban muy rápido. Tras unos segundos de forcejeo, el guardia quedó inerte en los brazos del androide. Al retirar la mano, Fournine sintió el débil pulso y la repentina inhalación de aire que indicaba vida.

—Tu guardia tendrá dolor de cabeza, pero despertará mañana —comunicó Fournine después de dejar al guardia en el suelo de la bahía.

Minutos después, cuando el supervisor del guardia dobló la esquina hacia la bahía, Fournine elevaba el Cask Seven Star sobre la oscura superficie ámbar de Ganímedes.

CAPÍTULO 78
APROXIMACIÓN

Europa no parecía tan azul esta vez. Viola observaba la luna a través de las cámaras del carguero, proyectando la imagen en la pared plana de la parte trasera de la cabina. Fournine era la única otra persona allí con ella. Cuando el control de vuelo de Europa intentara averiguar quién trataba de aterrizar un carguero en su luna, no verían ninguna cara que reconocieran. Davin y los demás esperaban cerca de la rampa de carga, listos para salir disparados en cuanto el carguero aterrizara en tierra firme.

La primera comunicación llegó cuando Europa se hizo lo suficientemente grande como para dominar la vista. El piloto automático, utilizando la ruta programada por Phyla, ya estaba disparando los propulsores para reducir la velocidad del carguero y prepararlo para la atmósfera.

—Aquí Eden Prime llamando al, eh, *Big Bertha*. ¿Cuál es el motivo de su visita?

—Venimos a dejaros mineral de primera en vuestro regazo —respondió Fournine.

Viola pulsó el botón de silencio y fulminó con la mirada al androide.

—¿Qué te parece si me dejas responder al resto de las preguntas?

—¿Cuál es el problema? —preguntó Fournine—. ¿Crees que está teniendo un día aburrido? Porque parece que está teniendo un día aburrido. Ni siquiera se ha reído del nombre del barco. Deberíamos animarle. Especialmente porque cuando aterricemos y se sepa que ha dejado entrar a un montón de mercenarios buscados en su base, su día va a empeorar mucho.

—Cállate, por favor.

—Tú me hiciste como soy.

—*Big Bertha* —dijo el controlador de vuelo—. Tendremos un hangar listo para vosotros, el número cuatro. ¿Os importaría ajustar vuestra aproximación para que coincida con las coordenadas que os estoy enviando?

—Lo agradecemos —respondió Viola.

¿Sin pedir identificación, sin preguntar por el número de tripulantes, ni siquiera por los tipos de mineral que traían? Viola había pasado tiempo, durante una de las interminables iniciativas de orientación profesional de su padre, en las salas de control de vuelo de Ganímedes. La lista de preguntas y protocolos a seguir para tener una buena idea de lo que aterrizaba en tu planeta era larga.

—¿Davin? —llamó Viola por el comunicador.

—¿Qué pasa?

—Nos han dejado pasar, pero no me hace ninguna gracia.

—Parece que debería hacértela, si es que tenemos vía libre.

Viola le transmitió sus preocupaciones, a lo que Davin, con un tono de voz que Viola reconoció como un "¿qué quieres que haga?", respondió que todo sería un lío de todas formas. Mientras no tuvieran que luchar dentro de la lenta caja metálica sin armas del *Big Bertha*, las cosas no podían estar tan mal. Difícil discutir esa lógica.

Mientras la nave descendía a través de la atmósfera de Europa, Viola usó las cámaras para explorar la vista. Eden

Prime y el paisaje circundante seguía siendo de un verde mohoso, un pedazo de vida creciente rodeado por la línea en marcha del terraformador. Desde esta altura parecían colinas cubiertas de niebla, líneas onduladas de bruma que se movían demasiado lentamente para que Viola pudiera verlas mientras devoraban el hielo y absorbían el agua y, mezclándose con rocas y arena importadas, convertían el material en tierra.

Europa era una bola cubierta de hielo, y el terraformador estaba creando tierra desde abajo hacia arriba. Haciendo crecer montañas. Lo que Viola daría por estar dentro de una de esas gigantescas máquinas, viendo cómo un mundo se creaba literalmente bajo sus pies.

CAPÍTULO 79
HERMANAS

Estaban aterrizando. Los Wild Nines, aquí. Marl configuró la transmisión, dirigiéndola hacia el satélite de relevo que la enviaría rebotando a través de una serie de repetidores hasta la nave de Alissa, escondida en algún lugar de las profundidades del espacio.

—Hermana —comenzó Marl, y luego tomó aire—. Hermana, envío esto por si no sobrevivo hasta mañana. El grupo de mercenarios está resultando ser obstinado, peligroso.

—Existe la posibilidad de que lleguen hasta mí. Bosser, el hombre que maneja los hilos de Eden, me ha dicho que o consigo las cabezas de estos mercenarios o entrego la mía. No tengo mucha confianza en lo primero.

Detrás de ella, la puerta de la oficina se abrió y Castor entró. Marl esperó hasta que cerró la puerta tras él.

—Alissa, debes saber que no hay hogar para ti aquí. Eden está vigilando de cerca, y aunque sobreviva, no me dejarán vivir sin correa.

—Sin embargo, hay algo que puedo decirte. Quizás puedas utilizarlo para ayudar a tu causa. Hace varios días, un gran carguero pasó por el sistema, con la marca de Eden y ligeramente protegido. Me reuní con el capitán y averigüé hacia dónde se dirigen, y por qué.

—He enviado los detalles en este paquete, y espero que sea suficiente.

Castor se aclaró la garganta.

—Hermana, tengo que irme. Si este va a ser el final, lamento que no hayamos tenido más tiempo juntas. Que pasáramos nuestras vidas al límite. Te he querido a través de todo.

Marl cortó la grabación y envió la transmisión. Luego miró hacia los páramos helados. A través de la bruma borrosa de las lágrimas, podía imaginar las torres, las playas, los placeres infinitos en los que Eden Prime se convertiría. Que quizás aún podría ver.

—Es hora de irnos —dijo Castor, poniendo su mano en el hombro de ella—. La trampa está preparada.

Marl alcanzó debajo de su escritorio y sacó el arma que guardaba allí para emergencias. Completamente cargada y lista para su tarea homicida.

—Entonces observemos cómo se activa.

CAPÍTULO 80
ATACANDO HIELO

Al mirar a los Nines, cada uno de ellos armado hasta los dientes, Davin sintió una descarga eléctrica. Esto era lo que significaba formar parte de un equipo. Juntos enfrentando una misión imposible.

Mox, de pie cerca de donde se abría la rampa, tenía su cañón acoplado y apuntando hacia la salida. Cualquier emboscada recibiría una ráfaga de láser en plena cara. Detrás de él, Opal sostenía un par de armas largas y delgadas. Punteadores de precisión, los llamaba Opal. Modificados a partir de soldadores y herramientas de fabricación precisa, los rayos disparados por esos artilugios eran tan diminutos que resultaban invisibles. Como los láseres eran silenciosos, eliminar la visibilidad del rayo hacía prácticamente imposible encontrar al tirador de una de esas armas.

Davin llevaba a Melody, su escopeta, junto con un par de armas de mano en el cinturón. Phyla portaba un fusil de asalto más sencillo, aunque no menos letal, diseñado para disparar un montón de láseres en rápida sucesión. Lo sujetaba con una correa al hombro. Davin no recordaba la última vez que Phyla había participado en una misión terrestre con ellos, pero sus brazos estaban firmes y su mirada, dura.

—Aterrizando ahora —la voz de Viola sonó por el comunicador—. La bahía parece vacía. Demasiado vacía para una entrega de carga.

Davin miró a Erick, quien le hizo un rápido gesto de asentimiento. El médico llevaba una pequeña arma de mano, pero no los acompañaría. Cualquier herido necesitaría tener un lugar al que retirarse, y aunque la *Big Bertha* no contaba con una verdadera bahía médica, habían traído suficiente equipo de primeros auxilios para que Erick pudiera hacer su magia.

¿Estaban listos? Tenían que estarlo.

El transportador tocó tierra con un golpe, y Mox abrió la rampa un segundo después. El grandullón no disparó mientras caminaba hacia la bahía, una buena señal. O una mala, dependiendo de si Marl sabía que venían. Si las otras bahías estaban ocupadas, podría no haber descargadores disponibles.

Ese pensamiento murió rápidamente cuando Davin pisó el suelo de la bahía y no vio nada, ni siquiera un oficial de seguridad que viniera a registrar la llegada de la nave.

—Saben que estamos aquí —dijo Davin al grupo, mientras Viola y Fournine bajaban por la rampa tras él—. Eso significa que vamos despacio, con cuidado. Dejemos que cometan un error.

Mox y Davin tomaron la delantera, con el resto del grupo filtrándose detrás. Opal se mantuvo a un lado, con Viola cerrando la marcha. Fournine hacía lo suyo, escaneando el área delante, arriba, detrás y soltando comentarios sobre la mala decoración, o lo bien que se vería todo reducido a escombros. Davin resistió el impulso de contestar. Viola les había advertido a todos que la nueva personalidad de Fournine sería irritante pero que, cuando las cosas se pusieran feas, sería un luchador despiadado. Y eso era lo que importaba.

Atravesaron tres bahías más, todas vacías, y el silencio carcomía a Davin con cada paso. La tensión iba en aumento.

Todos querían una excusa para empezar a disparar, así que cuando abrieron las puertas principales hacia el paseo, Davin se sintió decepcionado al encontrarlo vacío. Las tiendas visibles tenían carteles rojos que indicaban que estaban cerradas. Ni un alma en la calle.

—¡Davin Masters! —retumbó la voz de Marl desde todas partes—. Eres una constante espina en mi costado. Si simplemente te dignaras a morir, las cosas serían mucho más sencillas.

Davin buscó pero no logró encontrar los altavoces, reutilizados de su propósito original como megafonía de emergencia. Aunque tampoco importaba. Marl debía estar en el edificio principal de Eden Prime, al final del paseo. La ubicación parecía ridícula cuando Davin vino aquí por primera vez.

¿Por qué situar el destino obligatorio de todos los que aterrizaban allí, para cualquier negocio en realidad, tan lejos de las bahías? Marl explicó que hacer caminar a los clientes potenciales por toda la base ayudaba a venderles el plan de Eden Prime. Estrategia de marketing estándar que resultaba terrible para una incursión.

—Ahora, ese truco tuyo —continuó Marl—. ¿Venir con ese feo transportador de carga? No os habríamos pillado. Os habríamos dejado entrar sin más. Solo que, una vez más, tus crímenes te han alcanzado. El director de la empresa a la que robaste eso me llamó. Quiere recuperar a su hija, al parecer. Qué sinvergüenza eres, Davin.

Davin no se molestó en mirar a Viola. No era culpa de la chica. Haciendo un gesto al resto para que le siguieran, Davin guio al grupo por el paseo. Cada minuto que Marl siguiera parloteando estarían más cerca de su edificio.

—Quizá te interese saber que tu piloto sobrevivió. Ferro me dijo que lo encontraron flotando entre los restos del caza. Si quieres intentar salvarlo, tendrás que darte prisa —Marl hizo una pausa—. Ahora, en un minuto conoceréis a un par de invitados sorpresa. Han venido desde muy lejos para veros, así que por favor prestadles toda vuestra atención.

—¿Dónde está? —gritó Opal al aire.

Marl no respondió. El silencio cayó por un breve momento, luego dos figuras, una alta y una baja, salieron de una tienda cerrada. Ambos llevaban la misma gabardina larga que Fournine lucía cuando se encontraron con el robot por primera vez.

—Androides —dijo Mox, confirmándolo.

—Vuestro amigo, el piloto —anunció la figura alta—. Está en la prisión. Marl deseaba que os dijéramos que tenéis diez minutos antes de que sea ejecutado.

—Es una trampa —dijo Phyla—. Nos están dividiendo. Haciendo que sea fácil acabar con nosotros.

—Incluso si lo es, tenemos que intentarlo, ¿verdad? —dijo Opal—. Tenemos que hacerlo.

—Vosotros dos, id —dijo Davin—. El resto nos ocuparemos de estos dos.

Los dos androides dejaron pasar a Opal y Mox. Davin levantó a Melody, apuntando con ella a la pareja.

—Supongo que esto sigue siendo un asunto de matar o morir, ¿no? —preguntó Davin a los androides.

Asintieron al unísono, de forma escalofriante.

—Cuando empiece la pelea, pasad corriendo junto a ellos, ¿vale? —dijo Fournine—. Porque ya sabes que te tengo en alta estima, capitán, pero no hay manera de que venzamos a dos de ellos. Así que serviré de cebo, los mantendré ocupados con mi bocaza mientras vosotros os ocupáis de esa loca. Eliminad la orden de asesinato y los androides se detendrán. Hacedlo muy rápido y puede que ni siquiera acabe convertido en chatarra.

—Te ayudaré —dijo Viola, con Puk flotando detrás de ella—. Tenemos algunos trucos bajo la manga.

—¡Estás loca! —exclamó Fournine—. ¡Me encanta!

—¿Estás segura? —preguntó Davin.

—Vete ya —respondió Viola.

Entonces Davin se volvió hacia los dos androides y, apretando el gatillo, inició una pelea que no podía ganar.

CAPÍTULO 81

GUERRA EN MOVIMIENTO

La puntería fue perfecta. El disparo fue directo al corazón del androide bajo, pero en el momento entre que los láseres salieron de Melody y llegaron al androide, el bajo ya no estaba allí. Se había desplazado hacia un lado, dejando que las bolas de plasma pasaran inofensivamente. El androide era demasiado rápido para que pudieran seguirlo.

—No esperaba menos —dijo Davin con indiferencia.

—¡Vamos! —gritó Fournine, saltando hacia el alto.

Davin no esperó, ni comprobó si Phyla le seguía, simplemente corrió hacia el hueco entre los androides. El alto avanzó para encontrarse con Fournine, ambos chocando con sus largos cuchillos en un tintineo metálico. Saltaron chispas. El bajo esquivó algunos disparos de Phyla, que mantenía apretado el gatillo mientras corría, e hizo un movimiento para cortarles el paso cuando Viola lanzó una descarga incesante de energía ardiente hacia él.

El androide bajo saltó y se transformó en una bola, pasando rápidamente junto a Davin y moviéndose hacia Viola. Davin esperaba que ella supiera lo que estaba haciendo. Ahora, sin embargo, dependía de él y de Phyla llegar hasta Marl, detener el ataque antes de que esos dos robots los mataran a todos.

Con los sonidos de la lucha a sus espaldas, Davin y Phyla corrieron por el paseo marítimo hacia la gran forma abultada del edificio corporativo de Eden Prime. Como con las otras tiendas en Eden Prime, el edificio corporativo se enroscaba por la pared curva de la base.

Para adaptarse al tamaño, la base se había construido como un hongo, cultivando vainas adheridas al paseo y entre sí, hasta cubrir cien metros de suelo desde el suelo hasta el techo. Cada sección redondeada brillaba con un color diferente, representando las diferentes lunas que Eden, la megacorporación, ya había o estaba en proceso de convertir en inmuebles privilegiados. En el centro, alrededor de la puerta principal, estaba el azul profundo de Europa.

—¿No deberíamos habernos encontrado con alguien, cualquiera, a estas alturas? —resopló Phyla detrás de Davin.

—Apuesto a que están esperando detrás de esa puerta, listos para hacernos pedazos tan pronto como entremos —respondió Davin.

La entrada se alzaba imponente, el portal curvado se aplanaba al llegar al suelo y se extendía lo suficiente para que cuatro o cinco personas pudieran pasar de frente. Una pequeña escalera conducía hasta ella, con amplios semicírculos de hormigón formando cada escalón. Cualquiera que mirase a través de las oscuras ventanas paralelas a la puerta habría visto a Davin y Phyla disminuir la velocidad y mirar alrededor, intentando sin éxito encontrar otra manera de entrar.

—Si todo lo que tenemos es la puerta principal, asegurémonos de llamar con educación —dijo Davin.

—¿Con educación?

Davin se acercó a la gran puerta. A la izquierda había un escáner, listo para desbloquear si tenían una credencial. Davin hizo un gesto hacia el lado derecho y Phyla se dirigió allí, con el rifle preparado. Davin miró el escáner, luego sacó su antigua tarjeta de seguridad de Eden Prime. La presionó contra el escáner, que emitió un pitido negativo y permaneció en rojo.

—Valía la pena intentarlo —dijo Davin ante la mirada incrédula de Phyla.

—¿Y ahora qué?

—Llamamos.

Davin golpeó la puerta con la mano. Decir que el exterior metálico fue amable con su mano sería una tremenda exageración. Más bien, el metal ondulado, con surcos que imitaban las olas congeladas de los mares de Europa, arañó el puño de Davin. Al otro lado, Davin escuchó el roce de botas moviéndose. Fragmentos de órdenes susurradas se colaron en sus oídos. Los cerrojos de la puerta se desengancharon. Luego las losas metálicas se deslizaron hacia adentro, enrollándose hacia atrás.

—¿Ves? Sabía que no desperdiciarían la oportunidad de dispararnos —dijo Davin.

—Me alegra tanto que tengas razón —respondió Phyla.

Al otro lado de la puerta se encontraba el vestíbulo de entrada, una caverna embaldosada que daba paso en la parte trasera a una serie de mostradores, en los que se podían registrar quejas, rellenar formularios y hacer cola. El mismo Davin había desperdiciado varias mañanas allí, mirando a la multitud e intentando averiguar por qué Eden les pagaba por vigilar a un montón de burócratas. A los lados del vestíbulo, las escaleras se curvaban a lo largo de paredes azules hacia el espacio de oficinas. Hacia Marl.

Colgando del techo había una espectacular lámpara de araña hecha con reproducciones de hielo de Europa entrelazadas con luces. Proyectaba sobre la sala un resplandor submarino. Aparte de eso, el resto del vestíbulo estaba vacío. Davin miró a través de la entrada hacia la cara tensa y estresada de Phyla y esbozó una sonrisa. Mejor enfrentarse a la fatalidad con una sonrisa arrogante que con ojos llorosos.

—Cúbreme —dijo Davin, y Phyla asintió rápida y escuetamente.

Davin apuntó con Melody a la lámpara de araña y apretó el gatillo. El disparo fue alto y se expandió, golpeando alrededor del techo donde estaba atornillada la lámpara. Los láseres quemaron el cableado, rompiéndolo y enviando la obra de arte precipitándose hacia el suelo. Davin se apoyó contra la puerta y se protegió los ojos. Cuando el destello brillante disipó el negro de su visión, Davin bajó el brazo y, agachado, giró alrededor del borde de la puerta izquierda.

Sin mirar, Davin apretó el gatillo de nuevo y envió un rayo rodando hacia el soldado que estaba detrás de la puerta. El disparo del soldado pasó silbando sobre la cabeza de Davin y chamuscó algunos cabellos. El disparo de Davin alcanzó al guardia en el pecho, haciendo que se derrumbara convertido en una ruina humeante. Algunos láseres pasaron bailando junto a Davin desde tiradores detrás de la puerta derecha, golpeando la pared más alejada a un lado.

Davin giró a la derecha, buscando el siguiente objetivo, y vio a un trío de soldados apuntándole. Se agrupaban alrededor de una entrada que conducía a un lado del edificio, escondiéndose detrás de la abertura cuando Davin miró. No había ninguna cobertura, solo un largo espacio vacío entre Davin y la puerta. Así que el capitán accionó el interruptor de la escopeta y apretó el gatillo. Cargada con un par de granadas de choque precisamente para este propósito, Melody escupió un óvalo negro que rebotó frente a la abertura lateral.

Uno de los soldados consiguió hacer un disparo poco entusiasta que se desvió, rebotando en la puerta izquierda y alejándose. Los otros dos lo agarraron y se alejaron de la granada. Explotó un momento después, enviando una serie de arcos de relámpagos hacia cualquier cosa conductora. Los soldados cumplían los requisitos: varios rayos saltaron hacia el trío y recorrieron sus cuerpos con blanco durante un segundo antes de dejarlos gimiendo e incapacitados.

Más disparos resonaron detrás de Davin. Phyla estaba ocupada cumpliendo su promesa de fuego de cobertura. El capitán apretó su espalda contra la puerta izquierda y dio un paso lateral hasta el final, manteniendo un ojo en el vestíbulo vacío y en las escaleras que llevaban al segundo piso. Debería haber habido francotiradores allí. O alguien con un rifle como el de Phyla, listo para rociarlos con luz ardiente. Que no los hubiera significaba que los soldados eran unos ineptos tácticos, o que había algo más sucediendo aquí.

Una mirada alrededor del borde de la puerta mostró a Phyla aferrándose al extremo de la puerta derecha, asomándose con el rifle de asalto y disparando algunos milagros. Davin distinguió a un par de soldados en ese lado, agazapados alrededor de las escaleras. Otra granada podría funcionar, pero entonces se quedaría sin ellas. En cambio...

—¿Qué tienes? —gritó Davin a Phyla.

—¿La pareja en las escaleras? —dijo Phyla—. Creo que me tienen.

—Les distraeré, tú los eliminas.

—¡Dime cuándo!

Davin dio unos pasos rápidos hacia el primer guardia que había disparado y le quitó el arma de las manos. Llevando el rifle corto de vuelta al borde de la puerta, Davin extendió su brazo izquierdo y se preparó para lanzarlo. El par en las escaleras continuaba disparando láseres dispersos.

—¡Tres! ¡Dos! —gritó Davin—. ¡Uno!

El arma trazó un arco desde la mano de Davin, volando y rebotando por el suelo. Mientras volaba, Davin giró alrededor de la puerta y disparó hacia las escaleras. Se desvió bastante, pero el destello del rayo asustó a la pareja, que estaba observando el arma lanzada. Phyla captó la señal, se asomó por el lateral de su puerta y abrasó a la pareja con una cortina de fuego azul. Un segundo después, el vestíbulo, aparte de los gemidos de algunos de los soldados, quedó en silencio.

—Eso fue suerte —dijo Davin.

—Para ti, quizás —respondió Phyla—. Yo soy pura habilidad.

—Y estoy muy agradecido —Davin caminó hacia las escaleras—. Yo voy por la izquierda. Tú toma la derecha.

Los dos se deslizaron por los escalones gris pizarra y azules. La oficina de Marl estaba en la parte superior y al fondo, con una ventana que daba al exterior de la base y al húmedo exterior de Europa. Davin llegó primero a la parte superior de las escaleras. Una puerta cerrada esperaba a la derecha, al otro lado del estrecho pasillo que unía las dos escaleras. Una puerta similar en su lado.

Davin levantó un dedo hacia Phyla, haciendo que se detuviera en su escalón superior. Señaló la puerta cerrada que Phyla no podía ver, usando la palma de su mano para mostrar lo que era. Phyla asintió, luego dio un par de zancadas y confirmó que la esquina de Davin tenía lo mismo más allá.

Davin indicó a Phyla que mantuviera su posición, cubriéndole de nuevo, mientras él avanzaba hacia su esquina. Giró alrededor, alcanzó la puerta con una mano, la otra en el gatillo de su escopeta. Cuando la mano de Davin se acercó al panel para abrir la cosa, la puerta se abrió y Ferro le dio una patada en la cara a Davin.

Davin sintió cómo sus dientes se agitaban, su cerebro rebotaba dentro de su cráneo mientras caía hacia atrás y golpeaba el suelo del pasillo. El rebote obligó a Davin a abrir los ojos, y vio un torrente de láseres destellar sobre su rostro. Phyla salvándolo, de nuevo.

Empujando hacia atrás el dolor, Davin inclinó la cabeza hacia arriba y miró a través de la puerta. Ferro no estaba allí.

—No creo que le haya dado —dijo Phyla, corriendo hacia él, manteniendo su arma apuntando hacia la puerta abierta.

—No olvides la otra —gruñó Davin, y Phyla se giró rápidamente para cubrir la puerta cerrada—. Vaya, ese tipo realmente me dio una buena patada.

—Parecía mala. ¿Estás bien?

—Lo voy a sentir mañana —dijo Davin, poniéndose en cuclillas y recogiendo su arma del suelo—. Por ahora, sin embargo, tengo que devolvérsela a alguien.

Mientras Davin levantaba su arma, Ferro volvió a aparecer en la puerta abierta. Al mismo tiempo, un silbido desde atrás indicó que la puerta cerrada se abría. Phyla, mirando en esa dirección, apretó el gatillo. Davin hizo lo mismo, pero se dio cuenta de que Ferro estaba desarmado. Ferro levantó las manos. Rindiéndose. Davin apuntó con Melody al pecho del hombre.

—No hay nadie ahí —dijo Phyla, sin apartar la mirada de la otra puerta.

—Tenemos un amigo —dijo Davin—. ¿Debo dispararle?

Phyla arriesgó una mirada rápida hacia atrás, vio a Ferro. Vio al hombre dar un lento paso adelante.

—No me dispares —dijo Ferro, con voz de plomo líquido—. Me gustaría hacer un trato.

—Quédate ahí y habla —respondió Davin.

—Hay más detrás de este conflicto de lo que sabes —dijo Ferro, manteniendo las manos levantadas—. Incriminarte fue un error. El camino de un cobarde. Pero por las vidas de mis hermanos y hermanas, te pido que me permitas esto.

—No tengo ni idea de lo que estás hablando.

—Tú y yo, Davin Masters. Un duelo, como en los viejos tiempos —dijo Ferro—. Si gano, Marl dirá a Eden que retire los cargos contra el resto de tu tripulación. El resto de mis hombres vivirá. Eden Prime continuará.

—¿Y si gano yo, qué, todos morimos?

—No. Viviréis. Al menos por ahora.

—Me parecen buenas condiciones —dijo Davin, dejando a Melody en el suelo—. Vamos a pelear.

CAPÍTULO 82
SUPERADA

El androide bajo cayó al suelo justo frente al rostro de Viola, con el puño dirigiéndose a sus ojos demasiado rápido como para esquivarlo. Viola se echó hacia atrás, recibiendo el golpe en la barbilla en lugar de en la cara, el impacto la hizo caer al suelo. El androide la miró durante un segundo, escaneando su cuerpo de arriba abajo.

—No está en la lista —dijo el androide bajo—. Explícitamente señalada como no matar. Sin embargo, debe saber que si vuelve a atacar, podría tener que dejarla fuera de combate.

El androide se volvió hacia la interminable serie de golpes de espada entre Fournine y el robot alto. Fue entonces cuando Puk atacó, el pequeño robot escupió su pequeño láser contra el androide. Quemó un agujero en el cuello del androide bajo, precisamente donde debería haber estado la conexión neural al cuerpo del androide.

Pero en lugar de desplomarse en el suelo convulsionando, el androide bajo se giró y disparó con un arma lateral que apareció en su mano como por arte de magia. El rayo alcanzó a Puk y derribó la esfera al suelo.

Viola lanzó varios disparos más con su rifle achaparrado,

pero su puntería no era ni de lejos lo que necesitaba. El android observó cómo los rayos pasaban zumbando, luego se propulsó hacia Viola con la mano levantada. Viola cerró los ojos, esperando el golpe, pero no llegó. Oyó y luego vio a Fournine tacleando al androide bajo y estrellándolo contra la pared interior del paseo.

Los puños de Fournine apaleaban la desesperada defensa del androide bajo, perforando agujeros en la piel sintética y provocando chispas cada vez que acertaba un buen golpe. Pero, ¿dónde estaba el otro?

Viola miró hacia donde los dos habían estado luchando justo a tiempo para ver al androide alto sacar los cuchillos de Fournine de su estómago. Al parecer, las puñaladas no habían afectado nada vital, porque el androide apenas se detuvo antes de tomar carrerilla hacia la pareja que forcejeaba. Viola disparó de nuevo, con la ráfaga rozando alrededor del androide. Un proyectil rozó un hombro, pero el robot no se detuvo.

—¡Detrás! —gritó Viola y Fournine se agachó.

El androide bajo hizo lo mismo, ambos cayendo al suelo mientras los golpes del androide alto pasaban sobre sus cabezas. Fournine le dio una patada por detrás con el pie, derribando la rodilla del androide alto. Ese momento le dio una oportunidad al androide bajo, permitiéndole agarrar el cuello de Fournine y estampar al androide contra el suelo.

—¡Sal de aquí! —gritó Fournine, forcejeando mientras los otros dos androides lo golpeaban—. ¡Me queda un último truco y no te va a gustar!

Viola no dudó, recogió a Puk y corrió hacia las puertas de la bahía. Un momento después escuchó la risa desquiciada de Fournine, distorsionada y con tonos que subían y bajaban mientras su procesador vocal recibía uno o dos golpes de los androides.

Entonces Viola salió volando por los aires y rebotó contra

el suelo. Un segundo después, el rugido retumbante de una explosión la envolvió. Mirando al suelo, respirando con dificultad a través de sus pulmones magullados, Viola solo podía esperar que las cosas estuvieran yendo mejor para el capitán.

CAPÍTULO 83
DUELO

Davin atacó primero, lanzándose con un golpe de derecha hacia la rótula de Ferro. El fornido soldado se echó hacia atrás y bajó por los escalones.

—¿Cediendo la posición elevada? —dijo Davin—. Apuesta peligrosa.

—La vida es una serie de riesgos —respondió Ferro.

—Esperemos que este te salga bien.

Ferro le superaba en alcance y tamaño, pero Davin suponía que él era más rápido. Y dudaba que Ferro pudiera igualar su experiencia en peleas de borrachos. Cuando Davin notó que Ferro se agachaba, estando a solo un par de escalones de distancia, en lugar de dar una patada o intentar lanzar un golpe salvaje, se abalanzó sobre él en una placaje. Golpeó al comandante de la tropa en el pecho superior, arrastrándolos a ambos escaleras abajo en una caída. Davin sintió los escalones, la barandilla, el cuerpo de Ferro rebotando contra él mientras rodaban hacia el vestíbulo.

Davin cayó primero de espaldas contra el suelo y usó el impulso para quitarse a Ferro de encima, haciendo que el grandullón rodara un poco más lejos, pero incorporándose sobre sus rodillas.

—Un estilo divertido, pero arriesgado —dijo Ferro—. ¿Ganas muchas así?

—Aún no estoy muerto, ¿verdad?

Ahora, sin embargo, Davin no tenía un truco obvio que utilizar. Al pie de las escaleras, todo estaba nivelado. Así que Davin se enderezó y miró fijamente a Ferro, que hacía lo mismo. Ferro se sacudió la ropa por un segundo y luego se lanzó hacia Davin.

A un paso de distancia, Ferro ejecutó un gancho de derecha. Davin se agachó ante el golpe, usando su hombro izquierdo para desviar el puñetazo de Ferro. Eso debería haber dejado espacio para un jab en el estómago de Ferro, pero el puño izquierdo del grandullón impactó primero en el costado de Davin. Como un moratón en explosión, Davin sintió que su lado derecho se desmoronaba con el golpe. Concentrándose al máximo para mantenerse erguido, Davin retrocedió tambaleándose e intentó respirar.

—Directo —dijo Ferro, dando otro paso hacia Davin—. Sin finura.

De nuevo con el gancho de derecha, solo que esta vez Davin pivotó hacia la izquierda, permitiendo que el golpe de Ferro pasara a su derecha y errara su cabeza por centímetros. Davin agarró el brazo y tiró hacia delante, extendiendo la pierna. Ferro avanzó y Davin sintió el contacto, luego empujó mientras Ferro deslizaba la parte delantera de su pie derecho bajo la espinilla de Davin.

Ferro, cayendo, se retorció con el movimiento y tiró de su propio brazo. Davin, aún agarrado al miembro, cayó sobre el cuerpo de Ferro y giró hacia el suelo. Ambos quedaron tumbados en el suelo, mirando al techo.

Davin se levantó, plantando los pies debajo de él, solo para caer de nuevo cuando Ferro giró sus piernas para derribar las de Davin. Tan pronto como Davin golpeó el suelo, rodó. Cualquier cosa para conseguir espacio. Ferro tenía mejor técnica, así que Davin tenía que encontrar otra manera. Romper las reglas.

En el pasillo a la derecha del vestíbulo estaban los soldados desorientados que Davin había dejado inconscientes con su granada aturdidora. Mientras uno estaba sentado, los otros dos seguían tumbados en el suelo. Davin echó a correr hacia el trío, hacia sus armas.

—¿Demasiado miedo? —gritó Ferro—. ¿Ya estás huyendo?

Davin le ignoró, se lanzó hacia los rifles en el suelo del pasillo. El guardia que estaba sentado miraba a Davin sin comprender mucho, sacudiendo la cabeza. Davin agarró un rifle, se giró y puso el dedo en el gatillo. Solo para ver a Ferro sacar una pistola de debajo de su camisa. Los dos apuntaron sus armas el uno al otro, a solo dos metros de distancia. Era poco probable que alguno fallara.

—Puedes soltarla ahora —gritó Phyla desde arriba.

Ferro miró en su dirección.

—¿No era esto un duelo? —dijo Ferro.

—Si crees que arriesgaré todo en alguna demostración de bravuconería, te equivocas —dijo Davin—. Tenemos una tripulación que proteger. Así que habla, o ella te licúa.

Ferro dudó, luego dejó caer su arma. Golpeó el suelo con un ruido hueco y rebotó lejos.

—Si queréis encontrar a Marl, está en el terraformador —dijo Ferro—. Esperando que su lanzadera venga a llevársela.

—¿Está huyendo? ¿No confía en vuestra protección?

—Marl hace lo que necesita para sobrevivir —dijo Ferro—. Como todos nosotros.

Eso fue suficiente. Davin levantó el arma robada, deslizó el dedo índice por el ajuste de potencia, disparó y acertó a Ferro en la rodilla. El disparo de baja potencia hizo que Ferro se agachara, pero el hombre no hizo ruido, solo miró a Davin fijamente.

—En el futuro, hagamos esto de nuevo. Sin interrupciones —dijo Ferro mientras Davin pasaba junto a él.

—Sí, lo pondré en mi lista. Allá por el final.

Las motos acuáticas, diseñadas para los cruceros de exhibición en el mundo, estaban atracadas cerca. De las tres que Eden Prime mantenía en la explanada plana utilizada como zona de atraque, faltaba una. Las otras dos, sin embargo, reposaban en sus respectivas plataformas de aterrizaje grises.

—Simplemente esperándonos —comentó Phyla mientras ambos subían por las escaleras de abordaje.

Como las motos acuáticas eran barcazas flotantes de una sola cubierta, no había rampa. Una escalera, útil en emergencias o aterrizajes no programados, podía bajarse desde uno de los lados. Por lo demás, las escaleras rodantes en las plataformas de aterrizaje facilitaban la carga y descarga. Más allá de eso, las motos acuáticas consistían en barandillas, un puñado de bancos y una consola de pilotaje.

Estas cosas eran tan lentas que las medidas de seguridad eran inexistentes. Si te metías en una pelea en una moto acuática, ibas a perder. A menos que tu oponente fuera otra moto acuática, en cuyo caso Davin se imaginaba que se desarrollaría como una vieja película de piratas, ambos lados chocando entre sí y disparándose hasta que uno u otro se rindiera.

Phyla activó los propulsores, motores a pequeña escala que funcionaban con el movimiento del aire en lugar de cualquier propulsor. Todo el concepto daba a la moto acuática un tiempo de vuelo interminable, pero su velocidad máxima apenas superaba la de un trote. No es que esto fuera un problema cuando la usabas para vender una luna. Marl tenía mucho tiempo para elaborar discursos de venta, mientras que los representantes de la empresa podían echar un vistazo al lugar y hacer números para tener una decisión en la mano para cuando la moto acuática aterrizara. Eran deliberadamente aburridas.

—El ordenador dice que tardará una hora —dijo Phyla—. Estas cosas son tan lentas.

—Y tú decías que tenías envidia cuando yo escoltaba reuniones en estas cosas.

—Sí, bueno, ya no.

CAPÍTULO 84
EL TERRAFORMADOR

La máquina llenaba el horizonte. Una enorme línea metálica pintada en partes con publicidad vendida, logotipos de Eden Prime, y zonas dañadas donde algún escombro inesperado había arrancado el color. Un desgastado arcoíris. Fabricada por piezas en la Tierra y en el espacio, luego enviada a Europa en una serie de cajas impulsadas por cohetes, ingenieros contratados y robots habían ensamblado la máquina hasta convertirla en la línea de remodelación planetaria que era ahora.

—Siempre olvido lo grandes que son estas cosas —dijo Phyla, mirando fijamente.

—Demasiado impacientes como para hacerlas más pequeñas —respondió Davin.

El terraformador no ganaría ninguna carrera, pero avanzaba sobre el hielo depositando plantas diseñadas para crear una atmósfera, para calentar la luna. Para derretir esa superficie helada. Con el tiempo, Europa se convertiría en una bola de roca con océanos, y desde ahí el camino hacia un nuevo paraíso no sería largo.

—Hemos encontrado a Merc —la voz de Opal llegó a

través del comunicador—. Tenían un par de tipos vigilándole. Echaron un vistazo a Mox y salieron corriendo. Estamos de vuelta a la nave.

—¿Viola? —preguntó Davin—. ¿Ya te has encargado de esos androides?

—Lo hizo Fournine —respondió Viola un segundo después—. Los hizo explotar a los dos. Y a sí mismo.

Una pausa. Viola sonaba triste, pero el robot reconvertido había hecho más de lo que debería. ¿Un intercambio de dos androides por uno? Aceptaría eso en cualquier momento.

—Siento oír eso —dijo Davin, sin saber qué más decir.

—No te preocupes. Copié los datos de Fournine mientras estaba apagado. Si conseguimos un cuerpo nuevo, puedo traerlo de vuelta.

—Lo añadiré a la lista de la compra —dijo Davin—. Vamos de camino a encontrar a Marl. Tened listo el carguero. Puede que necesitemos que nos recojáis.

Se intercambiaron confirmaciones y un minuto después Phyla guió la lancha hacia la bahía de atraque del terraformador. A pesar del tamaño de la máquina, el espacio real para personas era mínimo. La bahía tenía espacio para dos lanchas, una de las cuales ya estaba ocupada. Desde allí, una amplia escalera de andamiaje conducía hasta una plataforma de observación y paneles de control. Solo lo esencial. A diferencia del espectacular exterior, esta parte era de un gris apagado. Los turistas no llegaban hasta aquí, así que Eden Prime no se molestaba en arreglarlo.

Al bajar de la lancha, Phyla y Davin volvieron a sacar sus armas, subiendo las escaleras con Davin a la cabeza.

—¿Cuánto quieres apostar a que Castor, el lameculos favorito de Marl, está aquí? —dijo Davin.

—Todo lo que tengo —dijo Phyla, comprobando la energía de su rifle—. ¿Sabes mucho sobre él?

—Solo le he visto engatusando a turistas embobados. Con

nuestra suerte, el tío es secretamente un arma viviente que nos va a liquidar a los dos antes de que sepamos qué está pasando.

—Parece una buena suposición.

El rellano antes de la plataforma de observación, una plataforma allí para dar espacio a una viga estabilizadora de acero que sobresalía a través del terraformador, no ofrecía respuestas en su vacía planicie. Arriba, la plataforma de observación se escondía detrás de las empinadas escaleras y el interior revestido de la gran máquina. El ruido aquí, a cincuenta metros sobre el suelo, sonaba como un estómago gruñendo conectado a un amplificador. Hielo quebrándose.

—Allá vamos —dijo Davin, tomando aire y preparándose para subir las escaleras a toda velocidad.

Esperaba un "vale" de Phyla, un gruñido de reconocimiento. Lo que Davin oyó en su lugar fue un grito ahogado y el sonido de un cuerpo golpeando la plataforma detrás de él. Davin se dio la vuelta, levantando a Melody para disparar, y recibió la patada de Castor en la mandíbula.

Davin rebotó hacia atrás contra las escaleras, desparramándose sobre los peldaños metálicos, pero sin soltar la escopeta. Castor, sosteniendo su propia arma en la mano izquierda, le dirigió a Davin una mirada niveladora y apretó el gatillo.

Un rayo verde salió disparado, golpeó la rodilla de Davin y se extendió alrededor de su pierna como fuego ardiente. Un disparo aturdidor, diseñado para sobrecargar los nervios y provocar un shock. Davin reconoció la sensación —después de suficientes peleas de bar estaba bastante acostumbrado— y movió la escopeta, disparando una ronda. Castor se lanzó a un lado, agarrándose a la barandilla. Phyla volvió a ponerse en cuclillas, alcanzando su rifle de asalto.

—Dos contra uno, Castor —dijo Davin con voz ronca mientras su pierna izquierda quedaba insensible, la sensación ardiente subiendo por su estómago y extendiéndose hacia su lado derecho—. Suelta el aturdidor y no te mataremos.

—De todos modos no me matarás —dijo Castor, rodando hasta quedar en cuclillas—. No eres un asesino.

—¿Entonces por qué tu jefe afirma que lo somos?

Davin acentuó la última palabra con un disparo de Melody. Castor lo anticipó de nuevo, apartándose, pero se incorporó justo frente a un disparo del rifle de asalto de Phyla. El rayo blanco incandescente salpicó el pecho de Castor y se apagó, una lluvia de chispas y luego nada. Un escudo personal. Esos malditos aparatos eran caros, caprichosos y tendían a dejar pasar los disparos que realmente necesitabas que detuvieran, pero por supuesto este tipo tenía uno que funcionaba.

Davin, ahora sentado en los escalones y sintiendo que su brazo perdía la capacidad de apretar el gatillo, disparó otra ronda. No fue ni remotamente precisa, pero Castor se lanzó de todas formas. Ahora estaba en el lado opuesto del rellano.

Castor levantó el aturdidor y disparó un segundo rayo. El fuego verde golpeó a Davin en el pecho y lo empujó contra las escaleras. Aunque los aturdidores no interferían por diseño con el corazón y los pulmones, Davin ya no podía sentir si estaba respirando o no.

—Déjale en paz —dijo Phyla.

Otro rayo blanco del rifle de asalto de Phyla golpeó el escudo de Castor, fragmentándose. Luego otro, y un tercero. Phyla apretó con más fuerza el gatillo mientras avanzaba, enviando docenas de disparos a corta distancia contra Castor. Él intentó moverse, intentó apartarse rodando, pero estaba demasiado cerca.

Unos segundos después del inicio de la andanada, el escudo de Castor se sobrecargó con un fuerte estallido y el guardaespaldas recibió un par de disparos sin impedimento antes de que Phyla levantara la mano del gatillo. Castor yacía en el rellano, humeante y encogido sobre el suelo metálico.

—Vamos —dijo Phyla, pasando el brazo de Davin por sus hombros—. Vamos a hacerle una visita a Marl.

Davin habría asentido, pero parecía haber dejado de funcionar. En lugar de eso, dejó que Phyla arrastrara su cuerpo insensible escaleras arriba hasta la plataforma de observación abierta, donde las aguas congeladas de Europa ocupaban el lugar central.

CAPÍTULO 85
DOLOR

El resplandor vespertino de Júpiter se derramaba a través de los amplios ventanales de la cubierta de observación del terraformador. Se encontraba en lo alto de una larga serie de escaleras, y Phyla se alegraba de verla. Davin no era precisamente una carga ligera. Con él colgando sobre su hombro, inerte, Phyla volvió a comprobar que el capitán mantuviera los ojos abiertos. Así era, y miraban fijamente la oscura silueta recortada contra la luz.

—Siempre supe que eras bueno, Davin, pero nunca me di cuenta de cuán bueno eras en realidad —dijo Marl, sin molestarse en darse la vuelta.

El suelo plano de la cubierta de observación terminaba con la ventana en un extremo y, a los lados, barandillas que daban vista al funcionamiento interno del terraformador. Los pistones bombeaban, las cintas transportadoras desplazaban materiales hacia tolvas que los llevarían a los puntos de depósito. Los movimientos mecánicos habrían resultado hipnóticos en una situación más tranquila.

—Marl —dijo Phyla—. Se acabó. Retira los cargos.

Marl miró hacia atrás, con los ojos muy abiertos. No era la voz que esperaba. Phyla no había conocido a Marl. Solo había oído a la mujer a través del comunicador del Jumper de vez en cuando. Al verla ahora, con un equipo de combate similar al de Castor, la determinación de la mujer era evidente. Los hombros erguidos, los brazos cruzados, la boca firme. Phyla había visto suficientes traficantes en Vagrant's Hollow como para reconocer a alguien que estaba completamente segura de sí misma.

—Supongo que Castor ha dejado a nuestro amigo Davin en su estado actual, ¿no? —dijo Marl.

—Eso no importa. Solo retira los cargos para que podamos irnos.

Phyla mantuvo la distancia. Deseaba que hubiera algún sitio donde dejar a Davin para poder sacar su propio rifle. Marl tenía al menos un arma corta, y no sería nada divertido esquivar disparos mientras intentaba mantener al capitán sobre sus hombros.

—Lamento que los inspectores se pusieran en contacto con vosotros —dijo Marl—. Se suponía que aterrizarían y luego serían neutralizados inmediatamente después. Por eso me aseguré de filtrar la información sobre la segunda nave, la que activó sus motores contra tu tripulación. Solo que tú no debías estar allí.

—Gracias por hacérnoslo saber —dijo Phyla. Se agachó para deslizar a Davin de su espalda, manteniendo una mano en el rifle de asalto.

—Intentaba protegerte.

—Intentabas guardar un secreto —replicó Phyla. Davin cayó al suelo, desplomado. Phyla se giró y sujetó la cabeza de Davin antes de que se golpeara contra el suelo.

El arma corta no hizo ningún ruido al dispararse. El destello del láser golpeó los ojos de Phyla al mismo tiempo que la quemadura le laceraba el costado. El dolor floreció y Phyla se desplomó junto a Davin. Respirar era como inhalar fuego. Líneas blancas bailaban en los bordes de su visión, amenazando con expandirse y borrar el universo en estado de shock. El suelo, que tocaba con su mano izquierda, estaba helado. Ese frío la alejó del borde. No podía colapsar ahora. Tenía que crear distancia, usar el rifle.

Contraatacar.

—Eden quiere que alguien cargue con la culpa de Clare y Ward —dijo Marl. Ahora caminaba hacia Phyla, su rostro aureolado por Júpiter a través de las ventanas. Sostenía el arma corta frente a ella, rígida, como si estuviera dirigiendo una ceremonia—. Y aunque creo que Eden puede pudrirse, mientras hago todo lo posible por destrozarlo, aún no estamos preparados para su atención concentrada. Todavía no.

Phyla usó sus piernas, empujándose hacia atrás. El rifle se arrastraba por el suelo mientras sus brazos estaban ocupados empujando. Vio a Marl tensarse. Agarró el rifle y lo levantó frente a su cara.

Phyla no pudo ver el láser, solo la luz que proyectaba mientras el disparo se enterraba en el rifle. Nada atravesó el cuerpo del rifle. Seguro que sus fabricantes no pensaron que serviría como escudo. Phyla volvió a girar el rifle hacia Marl, apretó el gatillo, y la luz de seguridad parpadeó en rojo. Avería.

—Casi me tienes —dijo Marl, su expresión pasando del pánico atónito a una sonrisa tranquila—. Habríamos intentado reclutaros a todos. Una lástima.

—¿Reclutar para qué? —Phyla tenía su propia arma corta en el muslo izquierdo. Marl la mataría si intentaba cogerla, pero no había otra opción.

—Ya no importa —respondió Marl. Levantó de nuevo el arma corta. No había tiempo. Phyla hizo un movimiento hacia la suya, con la quemadura en su costado derecho abrasándola.

CAPÍTULO 86
UN FINAL

Marl estaba a solo un metro de distancia. A punto de disparar, con la postura corporal de una guerrera ejecutando sumariamente a un oponente derrotado. Lo que ocurre es que esa concentración le impidió ver lo que Davin estaba haciendo. Cómo luchaba por mover una mano que no podía sentir para agarrar la empuñadura de Melody, cómo solo supo que la había encontrado en la niebla de su percepción cuando su brazo no se levantó tan fácilmente como antes.

Cómo apretó el gatillo en cuanto la escopeta se desplomó frente a sus propios ojos.

Melody no estaba aturdida. La escopeta hizo lo que estaba diseñada para hacer. Seis bolas de energía verde brillante explotaron desde el arma y se estrellaron contra Marl, estallando en chorros de fuego. El fuego de Melody se propagó rápidamente, el calor de cada bola encontrándose con las otras a medio camino e incendiando todo el uniforme de Marl.

Provocando que la diréctora de Eden Prime girase y retrocediera, golpeara el borde de la plataforma de observación, se precipitara sobre la barandilla y cayera como un meteorito esmeralda hacia las profundidades trituradoras del terra-formador.

Habría sido agradable suspirar en ese momento. Sentir cómo la tensión se escapaba de sus músculos. Respirar profundamente. Pero Davin seguía flotando en un mundo semiconsciente donde su cuerpo no le proporcionaba ninguna información. Donde sus pulmones lo mantenían respirando por respuesta instintiva, donde sus ojos parpadeaban por costumbre. El mundo era una película que estaba viendo desde dentro de su propia cabeza.

—Eh —dijo Phyla, con su cabeza apareciendo frente a sus ojos—. Gracias por eso.

Una pausa. Una espera por una respuesta que Davin no podía dar. Habría asentido, declarado que eso era lo que Marl se merecía, pero su cuerpo no le escuchaba.

—Bien. Voy a recogerte otra vez, y vamos a salir de aquí —dijo Phyla—. Estoy herida, Davin, así que si puedes despertarte, cuanto antes mejor. O me deberás tanto por llevarte cargado hasta la nave, que...

Davin estaba bastante seguro de que Phyla seguía hablando. Que mezclaba una serie de maldiciones mientras bajaban por las escaleras y el peso completo de Davin caía sobre ella. Pero no podía concentrarse realmente. No podía luchar contra la falta de sensaciones ahora que la adrenalina disminuía. No podía hacer nada excepto recibir la oscuridad esperando que cuando despertara, estuviera en otro lugar.

CAPÍTULO 87

UN NUEVO CONTRATO

La luna azul nunca había lucido mejor que cuando Davin la dejaba atrás. Brillando allí en el oscuro campo de estrellas, con el borde de Júpiter asomándose por la ventana mientras el carguero ganaba velocidad en una maniobra de asistencia gravitatoria que los pondría rumbo a Ganímedes.

Las ayudas de navegación antiguas como la maniobra de asistencia gravitatoria eran necesarias, ya que el carguero no tenía el combustible suficiente para abrirse paso por el espacio a la fuerza. La maniobra significaba que tardarían unos días en rodear la enorme masa de Júpiter e interceptar Ganímedes. Allí, recuperarían su nave.

—¿Y luego adónde? —preguntó Phyla, tumbada en su camastro. Erick le había vendado todo el pecho, aplicando ungüentos en la zona donde el disparo de Marl había impactado.

—Aún no estoy seguro. Pero he oído que Neptuno es precioso en esta época del año —dijo Davin, sentado junto a ella—. A la siguiente oleada de androides les costará encontrarnos allí.

Viola estaba en la cabina, con Opal dándole consejos sobre

navegación espacial a la chica. Con la ruta ya preprogramada, no había mucho en lo que pudieran meterse en problemas. De hecho, por primera vez en lo que parecían meses, Davin no tenía miedo de que algo fuera a salir mal.

Unas horas más tarde, cuando se preparaba para echarse una siesta muy deseada en los estrechos camarotes de la tripulación, Davin oyó un zumbido en el comunicador.

—Eh, capitán —la voz de Viola—. ¿Puedes subir un momento?

—¿Puedo echarme una siesta primero?

—No creo que quieras hacer eso.

Ya en la achaparrada cabina, donde Davin tuvo que agachar la cabeza para llegar a la sección más profunda con los asientos, Viola tenía el transmisor en la consola. Una pantalla de vídeo mostraba una llamada activa procedente de Miner Prime.

—¿Te importa dejarnos a solas unos minutos? —le dijo Davin a Viola, quien pasó a su lado con una mirada de reojo y dejó solo al capitán.

—Ha sido más difícil encontrar esta dirección de lo que pensaba —dijo la voz al otro lado—. Descubrí que tu nave estaba en Ganímedes, pero no pude contactarte allí. Entonces un amigo mencionó tus tendencias a los secuestros. Menudo paso atrás.

—Pronto recuperaremos el *Jumper* —respondió Davin. El tiempo de espera entre transmisiones le dio a Davin la oportunidad de revisar los titulares. Una nota sobre Eden Prime, un accidente fatal que involucraba al administrador de la base. Una segunda explosión accidental en la propia base, que dañó algunos almacenes y un hotel. El equipo de medios de Eden haciendo su trabajo.

—Marl no retiró los cargos —dijo la siguiente comunicación de Bosser—. Todos seguís buscados por asesinato.

—Tú mataste a Lina. Si vuelvo a verte, haré todo lo posible para justificar ese cargo.

—Todos estáis buscados, Davin. Tu tripulación, por la que dices preocuparte tanto. Te llamo para ofrecerte una solución.

—Bosser ni siquiera se inmutó en la transmisión. La muerte de Lina no causó la más mínima sorpresa. Sin remordimientos. Davin no se había dado cuenta de lo que era odiar a alguien hasta este momento. La ira burbujeante atravesando el autocontrol y suplicando a Davin que encontrara la manera de saltar a través del espacio, agarrar a Bosser y arrojarlo por una esclusa de aire.

Pero Davin no podía hacer eso. Volver a Miner Prime tampoco funcionaría. Bosser estaría preparado, ahogaría al *Jumper* en fuego láser antes de que la nave pudiera siquiera atracar. Si el corto plazo quedaba descartado, solo había otra dirección posible.

—¿Retirarás los cargos?

—Convenceré a Eden para que los retire. Les diré la verdad.

—¿Qué quieres? —preguntó Davin, odiando cada palabra que salía de su boca.

La imagen del rostro de Bosser, con una expresión sombría, se transformó un minuto después en una sonrisa dentuda mientras describía lo que los Wild Nines tendrían que hacer para limpiar su nombre. Mientras escuchaba las palabras, Davin se preguntó si de todos modos iban a morir.

———

Davin intentó limpiar su nombre, y acabó en deuda con el hombre más peligroso del sistema solar. Y ha llegado la hora de pagar esa deuda.

Continúa la aventura con *Hielo Oscuro*:

AGRADECIMIENTOS

Esta novela es el producto de mi familia y amigos que se negaron a dejar morir un sueño. A mi esposa Nicole, por permitirme escribir en las primeras horas de la mañana y asegurarse de que no me muera de hambre. A mis hermanos y padres por sus continuos comentarios, apoyo y entusiasmo.

A Evan Aaseng, por ser un constante punto de apoyo y hacerme volver a la realidad cada vez que mis ideas iban demasiado lejos.

Y, por supuesto, a ti, lector, por darme una razón para escribir.

SOBRE EL AUTOR

A.R. Knight teje historias en una casa gélida en Madison, Wisconsin, principalmente dominada por un par de gatos. Después de verse absorbido por la rutina laboral durante la crisis económica de 2008, se encontró a sí mismo volando por el espacio y viviendo grandes aventuras durante aburridas reuniones.

Con el tiempo, dedicándose a podcasts, guiones, relatos cortos y otras novelas, encontró una historia en la que podía sumergirse y un elenco de personajes a la vez entretenidos y llenos de corazón.

The Wild Nines tienen más aventuras por venir, junto con nuevas tramas, escenarios e historias en el futuro. A partir de ahí, A.R. Knight planea saltar a otros mundos y encontrar nuevas historias que contar en los límites ilimitados de nuestra imaginación.

¡Gracias, como siempre, por leer!

A mi madre

Copyright © 2025 por Adam Knight

Todos los derechos reservados.

ISBN:

Libro electrónico - 978-1-946554-00-0

Edición rústica - 978-1-946554-36-9

Publicado por Black Key Books

Este libro o cualquier parte del mismo no puede ser reproducido ni utilizado de ninguna manera sin el permiso expreso por escrito del editor, excepto en el caso de breves citas en reseñas literarias.

Esta es una obra de ficción. Cualquier similitud entre los personajes y situaciones descritas en sus páginas con lugares o personas, vivas o muertas, es involuntaria y coincidencial.

www.blackkeybooks.com

www.ingramcontent.com/pod-product-compliance
Lightning Source LLC
Chambersburg PA
CBHW020231010826
48973CB00006B/1461